别样的乡愁

贾广恩◎著

中国出版集团　现代出版社

图书在版编目（CIP）数据

　　别样的乡愁 / 贾广恩著 . -- 北京 ：现代出版社，
2018.1

　　ISBN 978-7-5143-6781-2

　　Ⅰ . ①别… Ⅱ . ①贾… Ⅲ . ①散文集－中国－当代
Ⅳ . ①I267

中国版本图书馆 CIP 数据核字（2018）第 005182 号

别样的乡愁

作　　者　贾广恩
责任编辑　杨学庆
出版发行　现代出版社
地　　址　北京市安定门外安华里504号
邮政编码　100011
电　　话　010-64267325　　010-64245264（兼传真）
网　　址　www.1980xd.com
电子邮箱　xiandai@vip.sina.com
印　　刷　成都新千年印制有限公司
开　　本　710mm×1000mm　1/16
印　　张　15
字　　数　215千
版　　次　2018年1月第1版　　2020年6月第2次印刷
书　　号　ISBN 978-7-5143-6781-2
定　　价　52.80元

序

　　我之所以很愿意为《别样的乡愁》这部散文集说几句话，不是因为它的文采，也不是因为作者贾广恩是我丰县老乡。事实上，我至今未见过作者，还是别人介绍寄来的书稿。

　　这部散文集打动我的是它的真情、诚实和质朴。

　　这么多年，散文呈现井喷之势，发表在大大小小的刊物、报纸、网络上，大概是有史以来最为繁盛的时期。这当然是一件好事，写作不是哪个人的专利，只要愿意，谁都可以写作。但略微关注一下就会发现，很多所谓散文，矫揉造作，无病呻吟，虚头八脑，不知所云，做高雅状，做高深状，做奇葩状，做华丽状，做痛苦状，做贵族状，怎一个"装"字了得。

　　文章恰恰是不能"装"的。

　　如果水平不够没关系，再学习提高就是。如果刻意装样还是算了。

　　散文是要把自己放进去的，思想、观念、情感、视觉、内心等都在里头，不管真假，读者一看而知，是瞒不住人的。现在有一句很时尚的话："不忘初心。"其实写文章也是如此。这个初心就是知道并且承认自己是谁。

　　作者贾广恩离开家乡很久了，并且在外地领导机关长期从事文字工作，可他依然清楚知道自己是谁。他用一篇篇散文回忆自己童年、少年、青年时代乡村的贫困、生活的艰辛、求学的不易。他其实写出了一代又一代农村孩子和命运抗争的历程。从这本书里，我们可以看到那个困难年代乡村的真实生活、教育状况、农村孩子上学的困难，可以看到敬业的乡村教师、上进的同学、善良的乡亲。一幅幅图景，历历在目，感人至深。这本书甚至可以看作20世纪七八十年代的乡村史志，让后世人知道那一代人是怎么生活、怎么奋斗、怎么苦读、怎么一步步走出来的。从这个意义上说，这部书又带有励志的意义。

更可贵的是，作者在回忆那些艰苦岁月的时候，没有抱怨、更没有诅咒，而是满怀深情，感恩每一个人，包括父母、兄弟、校长、老师、同学，包括弯曲的乡间小路、破败的校舍和桌椅板凳，甚至包括破衣烂衫、寡汤咸菜。那是他生命的源头，成长的阶梯。在那些艰难的岁月里，隐藏着乡村最质朴的大美。作者正是带着大美，走向更大的世界。

出身寒门不是一件羞耻的事，忘掉那些才是可怕的。

我一向认为，一个人只要心存真情、诚实、善良，保留生命的底色，就不会走大的弯路。说到底，散文只是小文章，人生才是大文章。

谨此祝贺贾广恩先生这部散文集的出版！

是为序。

2017年9月19日于南京紫金山下

目录

第一辑

乡间音韵

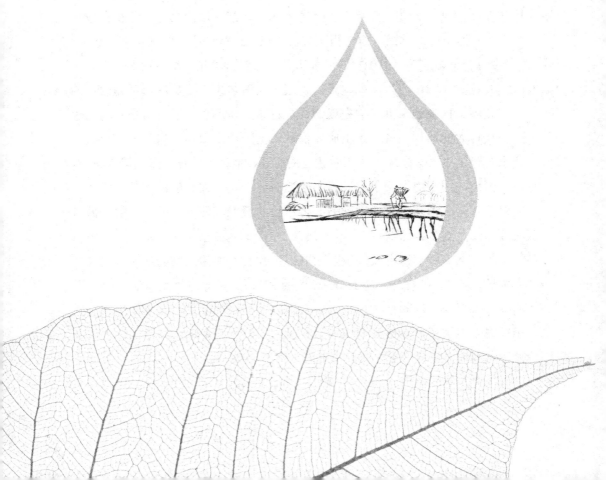

以读书的方式走来

"满朝朱紫贵，尽是读书人"，意思是满朝百官，个个都是勤学苦读取得功名的。古时候人们多以此教育孩子好好读书，取得功名，享受荣华富贵。江西有个晓起村，村名即是说这儿的人"拂晓即起，或耕或读，耕读传家"。纵观历史，无数千古流芳的名士，都是以读书走进历史，以读书取得功名，以读书或尽忠或报国。自古以来，赞扬读书的词句不胜枚举。"书中自有黄金屋""书中自有颜如玉""万般皆下品，唯有读书高"……皖南有鲍家花园，原为清朝乾隆、嘉庆年间著名徽商、盐法道员鲍启运的私家花园。据说鲍家世代重视读书，几百年家境不衰。康百万是对河南康家历代传人的通称。康家始祖康守信从明初随母由山西迁居至河南巩义。康家花园是康氏家族先祖康绍敬建造的府邸，他读书致仕，家族崇尚耕读，数代昌盛……历史上关于通过读书改变命运、光宗耀祖的例子数不胜数，而对于普通人，却可以通过读书改善自己的境况，使自己的生活得以改善与提升，做到学而优则商，学而优则富，学而优则达。

实际上，对于每个人来说，读书都是改变人生的最好的途径，也是让人生活充实、保持良好心态的方法。读的书多了，眼界自然宽，心胸自然阔，遇事也就沉稳，待人接物也能入情合理。读书与不读书，人生的道路会大相径庭。我虽然没有借读书成为达官贵人，但一路走来，却是因读书改变命运，因读书修身齐家，对读书的好处深有感触。

我上小学时，是20世纪70年代，那时农村文化的落后，生活的贫瘠，是现在的孩子想象不到的。当时，人们所有的活动都围绕着食果腹、衣蔽体，对于读书有不少人带着偏见和歧视。就是冬天村里偶尔有读闲书的，也被视为"二流子"。村里小学老师每到9月份就挨家挨户动员，很多家长都找借口不愿意让孩子上学，也有的上一年两年就辍学回家了。有的家长让孩子进学校，目的是能识几个字，认得秤星和钱币，识得自己的名字就可以了。多数学生书包里，除了两本教科书，两个作业本，一支铅笔，其他的什么都没有了。至于课外书，没有想过，更没有见过。和我同桌的男孩，他爸爸在镇上中学里工作，家里条件自然好点。有一次，他爸爸给他一本画册，这在班里算是稀罕物了，孩子们都争着看，谁和他关系好他就借给谁。我虽然和他同桌，有时两人会因为争东西打架，所以他没有借给我。有一天中午放学，我悄悄地从他书包里"偷"走这本神秘的画册，惶恐不安地带回家，趁吃饭的时候躲在屋子里读了两遍。画册的名字是《卖火柴的小女孩》。我被故事的情节感动了，还清楚地记得当时流下了泪水，也许自那时起，就培养出了同情善良的性格。读画册的过程中，一直在想那个可怜的女孩是否真的去了天堂，是否真的在天堂里找到了外婆。也是因为读了这本画册，培养出了自己的想象力。读后的几天，都在为那女孩设计不同的美好归宿。下午到校的第一件事，就是趁同桌不注意时把画册放进他的书包里，当时的感觉，既为自己的"偷"而惭愧，又被画册的内容所吸引、所陶醉。也许自那时起，我就爱上了读书。平时，我刻意与这个同桌处好关系，希望他还能带来更好的课外书，可惜的是他只知道玩，不喜欢读书，他父亲再也没有给他买过课外书。

我小时候，家后的邻居有和我同岁的伙伴，他父亲在东北当工人，每年春节才回来一次。他父亲回来探亲时，不但给他带来很多好吃的东西，还会给他带来一些书。由此可见城乡的文化差异以前就存在的。我去他家玩时，就想向他借书，可是他妈妈不让借给我，抑或是珍惜书，我想更多是怕我给损坏了或者丢失了。后来，我用几颗大黄杏和伙伴换来了一本书，书名是《格林童话选》，伙伴答应借给我三天。每天下午放学回来，我不再出去疯玩了，读到晚饭后就接着在煤油灯下读，有时会读到很晚。父母催我睡觉时，就骗他们说在做作业，而第二天上课时打盹又会被老师揪着

第一辑　乡间音韵

耳朵站起来听课。经过三天的熬夜，我读完了不太厚的《格林童话选》，但受到的教育和影响却是永远的。现在想起来，书也许真的是非"偷"不能读也，非"借"不能读也。

养成了读书的习惯，喜欢上了读书，自然想着找机会读书。周日时，经常和伙伴们一同到镇上的小书摊那儿读连环画，1分钱一本，厚的2分钱一本。几个伙伴合伙，在那儿一上午能读5本。等散集了便带着身体的饥渴和精神的满足回家，大家在路上还议论着小人书的故事情节。有时知道村子里谁家有书，我便去借来读。而这件事，总会被父母视为不认真学习，加以禁止。父母虽然不认字，但懂得学习的重要，因为我们兄弟姐妹多，便对我们要求特别严，有不听话的，轻者是巴掌鞋底，重时会罚跪和施以棍棒。记得我从同村高年级的同伴那儿借来了《林海雪原》，情节引人入胜，人物栩栩如生。少剑波的勇敢，杨子荣的机智，刘勋苍的胆识，让人难以释卷。每天早晨一放学，我就跑到房间里不出来，喊着吃饭时，也是端起碗就到屋里接着读，有时会导致上课迟到，便想法诌个理由搪塞老师。有时也会因迟到而被老师罚着站到外面听课。那时，学校是三晌制，早上放学时父母便会让我们去到地里给猪和羊割草，回来再吃饭上学。我有两次不愿意去，都是因为抵不住书的诱惑。一天放学回来，发现放在席子下面的书没有了，一问才知道让母亲拿去还给别人了，并且不让邻居家的孩子借书给我，说是怕影响我学习。有书堪读直须读，莫待时过不思书。那本没有读完的《林海雪原》从此再也没有读，及至到了中学、大学，学习压力、升学压力让我读课外书的机会越来越少，再加上后来课外书越来越多，似乎没有了再读《林海雪原》的激情。

小说和故事书比课本有趣得多，读着读着就会入迷。有时在家里正读到不忍释手，就悄悄地带到学校里去。课间时间短，正读得带劲，上课铃响了，只好放起来。老师讲课时，自己的大脑却在开小差，南侠展昭的武艺为什么那么高？能否救下主人，想着想着，又忍不住边听讲边看书。这种动作自然会被老师发现。有一次，正在低头读书时，老师走到了我面前，我抬头看到的是老师严肃的面孔和充满怒气的眼神，其他同学都用兴奋的眼光等着看热闹。老师从我的课桌里抢过厚厚的书，在我的头上砸了两下，让我站到教室后面听讲。

下课后，书自然被老师收走了，去要了两次都没有要来，而书的主人又催得急。有一次我去办公室送作业时，发现老师正在读那本《三侠五义》，看样子天天在读，已经读一大半了。我估计几天后老师读完了也许就会还给我，可等了几天依然不给，别人天天催我要书，便想出了一个办法。一天，我拿着家里的《封神演义》去找老师，说《三侠五义》是别人的，催我要呢，我用这本书换了还给别人，并且保证以后课堂上不再读课外书，认真听讲。也许老师喜欢读课外书，竟然答应了，并且后来还让我为他借课外书读。在还书前的几个晚上，我天天都在煤油灯下读到深夜，有一夜打盹睡着了还差点引起火灾。在初中之前的几年里，我读了一些课外书。现在还记得的有《红岩》《烈火金刚》《铁道游击队》《敌后武工队》《杨家将》《岳飞传》《七侠五义》《西游记》……有的书还读了几遍。也因为读的杂书多，我的语文成绩一直很好，一度被同学们称为"语文大王"。

现在想想，虽然当年读的书不多，但都读得认真，读得入脑入心，对自己影响至深。对于用书砸我的老师，当时有着孩子的"恨"，现在却充满了感激。老师的严厉管教让我不敢在课堂上读课外书，保证了学习成绩不被落下。才使自己得以升中学、读大学。不然的话，说不定我也早早去当了农民。据了解，就是那些被"高考"刷掉的高中同学，他们的孩子也都读了大学，这应该归功于家长受的教育所营造的氛围。

在我的读书历程中，还有一个老人不能忘却。我读小学时，"文革"刚结束，但"文革"的影响依然存在。村西头住着一位"地主分子"，虽然他见人三分笑，但仍然受欺负不敢反抗，吃苦受累不能抱怨；虽然年龄大了，还有肺气肿，但仍然在生产队干活。我有时到他那儿，听他讲传统故事，有时他会教我认繁体汉字。我小学毕业时就已经能读繁体字的书了。有一年暑假，他借给我一本线装竖排的没有封面封底的厚厚的繁体字印刷的书。后来才知道书名是《钢铁是怎样炼成的》。这本书不只是让我熟悉了繁体字，更重要的是让我认识了保尔·柯察金，一个对我影响至深的正面人物。他热爱祖国，热爱人民；他珍惜人生，珍惜爱情、亲情和友谊；他坚强勇敢，无私无畏；他言行一致，说到做到，果断、利落；他乐观向上，坚韧不拔，为人类的解放事业做奉献。我一直认为，一个青年，一个有社会责任心的人，就应该像保尔一样，这也应该是教育的真正目的。直到今天，每当我遇到困难时，每当我有懈怠心理时，每当我有贪图享受的念头时，每当我虚度光阴时，我都会想到保尔。于是自己便又会清醒起来，振作起来，为了自己的梦想而读书、而努力。其实，作为偏僻落后农村里长大的孩子，能走到现在，都是因为我读到了保尔·柯察金，读了很多经典之作。

实际上，有书相伴不觉苦，书是我最好的朋友与师长。我上学时，条件差，生活苦，是书籍让我感觉到了生活之甘美；工作后有过迷惘，是书籍给我指点了迷津；人生之路遇到了坎坷，也是书籍伴我一同度过。我曾在日记中写过一篇文章《难忘的一道菜》，是讲以前生活艰苦，每日三餐都是难以下咽的红薯，很少见到蔬菜。我经常是端着碗看着书吃饭，也是"就书"下饭了。边读书边吃饭的"坏习惯"直到中学住校后才不得不改掉，但这个"坏习惯"给了我很多。

也是在读书的过程中，我学到了知识，培养了志趣，开阔了眼界，找准了方向。通过读书，我渐渐有了自己的梦想，那就是做一名好老师，传道、授业、解惑，开民智、美教化、厚人伦；做一名作家，边读边写，边走边写，记下家乡人的足迹，弘扬真善美。以书为伴，我走向了有梦的地方。

大学时学习英语，我读了很多外国原著，汲取了西方先进的思想，了解了英美等西方国家的文化史。读这些外国名著，除了提高自己的文学素养外，还接受了很多科学与社会知识。

及至做了老师，我依然坚持着读书的习惯，边教边读，读教育之规律，读学生之心理，读教学之方法，读创新之途径。通过读书看报，学到了他人之长，掌握了讲课技巧，让学生乐学、会学，教学生以新，以至于很多年过去了，那些学生依旧记得我上课的情景。也是因了读书的习惯，自己在工作中养成了善于思考、善于创新的思想。及时总结，深入分析，所写的教育教学文章先后在国家级、省市级报刊发表。业余时间里写写文学作品，也发表了一些散文，得到了周围同事的认可。

考研与读研期间，我抓住所有的空闲时间，读了很多专业书籍和有关科目的教材。因为不是中文本科毕业，考汉语言文学方向的研究生，就需要阅读很多中文方面的书籍。鲁郭茅，巴老曹，郁达夫、徐志摩，创造社、新月派……读作品，读文学史，有时读到深夜，有时读着读着就睡着了。现在想想，自己小小的成功和心智的成熟都是靠读书得来的。

后来，到机关工作，大多参与的是办文、办会和办事，事务性工作多了，社会接触面广了，真正属于自己的时间越来越少，能潜心读书的机会也不是很多。但我还是习惯性地每天看几页书。有时外出，行李箱里也要放一本书。不管有没有时间看，总觉得有书陪伴心里安，更何况晚上休息前可以享受灯下清静夜读书的放松。至于家里，最多的还是各种书籍，床头案边，无处不有书相随。虽然现在信息发达，想读的书网上都有，但自己还是喜欢那种"手执黄卷""读书煮苦茶"的感觉。

学而优则仕，这是读书功利性的一面。闲情逸致手中书，应该是一种精神享受，是非功利性的精神滋养，应该是人的生活中不可或缺的重要部分。

那一年，我们十八岁

最近，有高中同学在微信上发了一段纪念视频，描述了对曾经读书的赵庄中学的怀念，才猛然想起我们已经高中毕业30年了。想一想那些奋斗在全国各地的同学，他们的脸上多多少少都写下了岁月的痕迹，风吹过，雨打过，泪流过，笑驻过。想一想30年里，每个人都有着道不尽的故事，写不完的记忆。于是，大家都纷纷回头寻找自己的脚步，都想再看看母校，只可惜母校成了我们心中的彩虹，美丽，但遥不可及；迷人，但已成昨日。点一支烟，啜一口茶，只能在记忆中寻找当年老师们的身影，回忆同学们当年的挥斥方遒。

时隔多年，我曾经去寻找赵庄中学，现址已是一所初中，满院梧桐满院花香没有了，回廊相连的苏式小瓦平房不见了，仅剩下当年老校长殚精竭虑、协调各方建设的五层教学楼仍然在用着。老校长早已溘然长逝，这幢楼成为一种纪念，成为那所老校当年辉煌的一个见证。

30年前的暑假开学，我们或者步行或者推着自行车带着被褥带着书包带着梦想从周边的农村聚到了一起，开始了中学生活，由此成了同学。那时农村经济条件还比较落后，同学们的家庭情况都差不多，概括起来就是"穷"和"简"。三年时间里，多数同学都是踏着露水，嗅着油菜花香，看着路两边大树上的鸟窝步行来到学校，外乡镇路远的同学才骑辆旧自行车。那时的学生穿着很破旧，有的同学家里特别穷，读到一半就辍学了。高一时我的同桌姓刘，他父亲在他入学不久就病逝了，母亲身体也不好，有时候他会请假回家种地，有时周一也不能按时到校。冬天里他只穿一个袄头，一双茅窝子，夏天一件对衫穿一周。他的理科尤其数学特别好，我有不会的题就问他。我的文科成绩好，他有时也会问我英语和语文问题。只可惜在高二上学期他因为家庭确实困难离开了学校，临走时把他的数学辅导资料送给了我。我有时会想，如果他家庭经济条件好的话，相信他一定会考上好大学，未来的生活一定会是另外一种样子。时间那么久了，也不知道他现在的境况如何。

十七八岁的年龄，正是长身体的时候，但大部分同学们却都在饥饿中学习着、努力着。那几届的中学生活，固定不变的三餐：早晨是咸汤，中午蔬菜，晚上咸汤，自己从家里带馍，学校里有大笼，给统一馏。一般是吃完早饭，几个同学就把各自的馍合在一起放在一个网兜里送到食堂前的大笼里，中午吃饭时统一取来，晚上也是如此。虽然当时生活很艰苦，但大家都处在团结紧张的学习环境中，倒也没有感觉太难。有时几个男生实在饿了，就在晚自习后相约到校外去加餐。操场边上有两家当地居民搭建的简易房子，卖一些茶叶蛋、豆腐卷、蚕豆、咸花生……也会用煤球炉子煮面条卖。冬天的夜晚，能在寒风中享受着简单的夜宵，已经是很奢侈的事了。之后带两根蜡烛回去，或者继续学习，或者去宿舍休息。

当年，学校还是三晌制并且一周上六天课，周六下午放学。每到周六，同学们都归心似箭。还记得校园里曾流传着这样的顺口溜：过了星期日，前面黑漆漆；过了星期三，一天快一天；过了星期五，还有一上午。同学们回到家里，吃些可口的饭菜，先洗衣服，轻松一天后又要往学校赶了，或者带着粮食或者带着伙食费，周日晚饭前赶到学校上晚自习并缴伙食费和粮食。开始时是7斤小麦，2元钱伙食费。后来农村经济条件好了，便交玉米或者小麦，由学校统一伙餐。虽然条件有所改善，但学校的生活水平仍然很差，平时都是咸汤蔬菜，一周改善两次生活，一次是猪肉白菜粉条，一次是羊肉汤。班级里安排好值日表，放学后值日生到食堂门前抬汤，打饭，刷饭桶。同学自己去伙房大笼里找馏好的馍，再后来不用自己带馍了，也出现了一同抢馒头的情景。由于伙食不好，学生经常与伙房闹事，有的班里学生采取绝食来抗议。校长复出面到班里做工作，把事情平息下来。

记得我们班有位作文比较好的同学写了一篇文章，题目叫《70度开水》，讽刺伙房提供的开水温度不够，竟然得到了同学们的响应，但后来受到了老师的批评。当年学校里没有餐厅，我们吃饭大都在教室旁边梧桐树下面或者教室前的走廊里。

临近考试时，学校会改善生活，多是豆腐皮猪肉粉条并且量也比平时多一些，还有白面馒头。尤其是考试的前一天，有的同学第二天来直接考试，这天的菜多人少，自然是羊肉汤喝个饱，猪肉粉条吃个够，现在想想还有大快朵颐的感觉。当年，老师们的生活水平也和我们差不多，几乎和学生"一个锅里摸勺子"。虽然老师的待遇低地位低，但他们都是那样的敬业、那样的认真 生活的全部内容三点一线：教室、食堂和宿舍，他们和学生一同提着开水壶打开水，拿着碗筷去打饭。到今天，可能有很多老师去世了、退休了或者即将退休，但我却清晰记得他们侃侃于课堂的情景，一直对他们充满崇敬与感激。

高中三年里，我们也有着很多属于青春的快乐。记得寒假刚开学的元宵节晚上，我们相约一起去镇文化站猜谜语，猜中的奖励是糖块和铅笔，而我有一次竟然猜中了八九个，大家一起分享了成果，我也赢得了同学们的佩服。还记得我和班里成绩最好的学生比赛背诵圆周率后的100位，很多同学下赌注，自然支持我的少。我按七律诗的韵律来记忆背诵，比同学早一分钟背了出来。这个同学也没有生气，他说其实你很聪明，只是条件和环境不如我，不然成绩也会很好的。同学的这些话让我既感动又受到鼓励，也成了我努力学习的一个理由。我们曾一起去公社大院看电视转播排球比赛，听宋世雄充满磁性的解说；一同到校外树林里读书，相互提问和寻找答案；一道在下午放学后跟着收音机学唱《我的中国心》，引得其他同学跟着我们玩；我们还相约在夏天一同去太行堤河里洗澡，看河两岸稠密的槐树，感觉河水的清清凉凉，偶尔又有鱼从腿边滑过。应该说，我开始意识到学习的重要是受了他的影响。而人的观念一转变，一切都跟着改变。虽然我走得很慢，但我从没停止。我的这个同学作为当年县里理科前三名考进了人大，但我工作后坚持学习考研继续深造，这种"见贤思齐"给予我很多值得记忆的足迹。

当年的我们，都有着青春的冲动和倔强。伙食不好了，与伙房闹；认为老师教得不好了，就与学校闹，与老师闹。有个程姓同学，各科都非常好，但他不喜欢数学老师的课，竟然拒绝听课，自己在宿舍里看书，班主任劝也不听。他的地理和历史成绩好得让我们都没有了考学的信心。聪明就任性，任性就倒霉，他因数学成绩不好在高三预考时就回家做了农民，现在想想真的很为他惋惜。还记得几个往届同学为了拒绝老师讲课所做的恶作剧。他们上课前在门上面放了笤帚，老师推门进来砸在了头上。老师不愠不怒，弹弹头上的土，仍然慢条斯理地讲课。为了拒绝历史老师的课，他们让其他班同学把教室的前后门都锁上，我至今仍记得自己对他们的不满。我出来与他们争论，说不能因为你们不喜欢老师的课就影响大家，再说"萝卜白菜，各有所爱"，不适合你们适合我们啊……为此直到毕业我们之间的关系都不和谐。事实证明，不管老师的教学能力怎么样，所传授的知识都是正确的；不管授课方法如何，他们对学生的培养都是无私的。与老师闹矛盾的几个同学，字写得特别好的、非常偏科而又拒绝老师指导的都没有考上大学，而我们这些认认真真听课，老老实实做作业的，虽然没有考上名校，但都走出了农村。当然了，那些没有考上学的同学也都有很好的发展，毕竟知识就是生产力，改革开放的大好时机让他们都发家致富，有了幸福的生活。

十七八岁的青年男女，也都有着钟情与怀春的心理符号。那时农村还不像现在那么开放，一个班里，男生和女生之间是不说话的，但很多男同学心中都有喜欢的女生，女生也有着自己喜欢的男生，很多彼此暗恋的故事都消散在岁月中无法拾起了，当年那些恋而未婚或者追而未果的男女同学，毕业后各奔东西，一生都难以相见。就是有的不巧遇见了，也没有了"人生若只如初见"的感觉，或许相视一笑，或许在玩笑里说出"假如当年你嫁给了我……"之类的话，人到中年的女生也不会再羞涩红脸了。高考前，大家都怀着"金榜题名"的梦想，就是有男生写了情书，女生也不会回信，或者通过其他女生进行拒绝。只有高考后返校时男女生彼此才有了接触。还记得当年简朴凌乱的男生宿舍里，熄灯后女同学成了大家的一致话题，自然是谁可以称为班花，谁可以称为校花，谁长得既漂亮成绩又好……这些话题给苦学一天又饥饿难眠的男生带来了精神上的一种快乐与轻松，之后声音越来越稀，不知道什么时候大家都进入了梦乡。

我们班里有一个女生暗恋帅气阳光的数学课代表，主动表白，男生答应了，两人也只是在周六放学时一同回家，路上聊学习，聊学校趣事。高考后女生考上了大学，男生却落榜回家。虽然如此，女生坚持与男生来往，女孩的父母坚决反对。在当年，考上大学是很稀罕的，是吃国家计划、分配工作的国家正式人员。考不上学只能回家种地，是没有出息的。其实，从情理上讲，女孩父母的想法没有错，世俗和现实的想法是每个农村人都有的。女生与父母闹翻了，毕业后留在了其他城市，听说至今未嫁，可见其用情之专。而那个男生在农村早早地成了家，后来做生意，竟也勤劳致富，现在与我在同一个城市，有时一起喝酒"骂"他是"负心汉"，他便笑笑大口喝酒，大醉而回。班里另外一个男生追求班里的班花，后来男生考上了，女生复读一年也没有考上。在大学里，男生依然与女孩飞鸿传情，大学毕业后男生选择回到家乡，两人婚后非常幸福，女生在家种地饲养，男生在县城上班，上次喝喜酒时遇到了他们，虽然脸上有了岁月的痕迹，但那种幸福的微笑仍温馨如初。班里也曾经有几个男生追求一个女生，结果女生大学毕业后留在了南方，那么多年过去了，彼此再也没有了联系。

我们读中学时，学校以应试教育为主，自然少不了考试。在我的读书过程中，五年级升初一时到公社影剧院参加升学考试，初二升初三时参加升学考试，初三升高一时也是升学考试，高三下学期五月底预考，七月七日至九日三天参加高考。这中间还有不断的期中考试、期末考试、各学科竞赛等。春秋季考试时，一半在教室一半在校园内的大树下；冬天和夏季则是插花考试，就是高一、高二对应班级学生进行对调，考不同的科目。似乎当年的我们都经历过考试的"磨砺"，但我却很喜欢考试紧张后的轻松与快乐。考完一天或者考试全部结束后，几个要好的男生相约一起到校外散步，或者在长满青草的沟里翻滚，看班里那个会武术的男生打一套洪拳；或者大家一起讨论试题答案，一起掐未饱满的绿绿的麦穗搓出青青麦粒；或者一同到村后树林里听鸟儿欢唱。记得学校不远处有一村庄，庄后有个果园，我们会沿着果园散步，每当看到颗颗青中泛黄的杏，便会想到十七八岁的我们。当年的文科班是往届应届生合成的大班，共90名学生，平时有着男生女生不说话，往届生应届生不交流的现象。有的同学一年中也说不了几句话，毕业后便天各一方，多年不联系，现在有的见了面也只知其名，难记当年模样。5月底预考后，偌大的教室里只留下了32名同学，很多同学高中毕业却没有了参加高考的机会。

三十年弹指一挥间，现在想想，不管考上的，还是没有考上的，当年我们都努力了。20世纪60年代后期出生的我们，老实、本分、勤劳、无怨、保守、传统、孝俭、知足，恍然间走到了今天。

良师何处遥相见

　　自小学到工作，在校读书18年。教过我的老师加在一起近百名，有男教师也有女教师，有老教师也有年轻教师，有正式教师也有民办教师和代课教师，有城市教师也有农村教师，有普通老师也有大学教授，有中国教师也有外籍教师。我对于教过我的老师都心存感激与怀念，他们上课时的情景时常在脑海里闪现。这些老师或用知识或用智慧或用爱心给了我前行的光明和对未来的憧憬，给了我努力的理由和追求梦想的动力，现在画像式地忆及几位，算作对自己高中毕业30年以及学生生涯的纪念吧。

　　张瑞芬老师来自城市，有着小家碧玉的淑女气质，直到现在我也不知道她怎么会到我们那个村小里当老师。她教过我小学，也教过我初中，代过我语文、数学和初中物理。在我读小学和初一、初二的党楼小学，除了校长和张瑞芬老师属于公办，其他都是民办老师和临时代课老师。张老师家住在学校隔壁的一个没有大门的小院子里，她丈夫是大队的赤脚医生，医疗室也在她家附近。记忆中张老师一直留着齐耳短发，穿着干净适体的衣服，个头不高，白白俊俊的，给人一种五四女大学生的印象。张老师单纯、热情、善良、博爱，对谁都好。她丈夫是赤脚医生，又擅长针灸，一年四季不管是白天黑夜还是刮风下雨，都会有人到她家里看病求医，而她的清秀柔美与热情和蔼总让病人感觉到心理上的温暖。

　　在学生眼里，张老师不会生气、不会批评学生，上课时看到同学调皮就停下来喊一声，有时故意举起教棍做出打人状，吓唬学生一下。当年村小校舍简陋，学生上学都是自己带板凳，有的孩子没有板凳就在教室里垫几块砖头坐着听课。那时老师们批评学生说得最多的话就是"什么都不会，搬板凳回家吧""再完不成作业，就搬板凳回家干活去"。而有的学生被老师批评后竟真的搬板凳走了，再也没有回到教室里来。每到期中考试或者期末考试时，学校都组织学生搬着板凳在教室外面趴在自己的板凳上答题。记得我当时的板凳面不适合写字，张老师从家里搬来一把小椅子，对我说"在上面好好写，考试结束别忘记送我家去"。还有一次，试卷发下来我才发现自己忘记带钢笔了，张老师没有批评我，把她的钢笔借给我，说"以后不能那么粗心，让你去打仗能不带枪吗？"后来我才懂得感动与温暖同样可以让人改正自己的缺点。张老师善良，对学生一视同仁，并且总是鼓励着关爱着这些农村的孩子。有一次，我和同伴逃课去摸鸟蛋被学校点名批评，我便产生了不想上学的念头，放学后就搬板凳回家了。没有想到第二天张老师竟到我家来家访了，由于我家的门低矮，她进门时不注意碰到了头，但她没有生气，用手抚摸着头说："你家的门框太低了，连我这么矮的个子都碰头……"虽然我年龄小，但我对张老师能到我家来劝我上学既吃惊又感动。还记得张老师说："那么小不上学，在家有什么出息，大男人挨一次批评怕啥。有错就改，改了就是好学生。明天上午是我的课，不能迟到啊。"如果张老师不到我家家访，说不定我真的就不上学了。我当了老师后，之所以那么专注地关心着每个孩子，一定是受了张老师的影响，一定是想着把张老师的教育品格与理念继承下来。从村小毕业走出来的学生，多年后还经常约在一起去看望张老师，有的村人与张老师结成了亲戚一样的关系，后来几个村子里谁家有事了，都还找张老师拿主意。

高世靖老师代我初三和高一英语课，他本来是学俄语的，因为农村中学缺少英语老师，就改教英语了。高老师深谙语言学习的方法，上课时总是带我们读单词、读课文，要求我们背诵单词和英语课文。也不知道为什么，每次上课高老师总是点名让我到黑板上默写单词，也许他认为我会默写了全班同学都会了，也许是他注意到我读书读得认真。有时默写对了他会表扬我几句，有时错几个单词他也不批评我，就说回去好好读和写，下次上课还让你来默写。结果第二次英语课上高老师真的让我到前面默写单词和课文的句子。高老师的做法给了我压力，也给了我动力，让我不得不认真读、认真背、认真写，让我慢慢地对英语产生了兴趣。"亲其师，信其道"，应该说我对英语的爱好是高老师教我英语时培养出来的，我也由此梦想着做一名优秀的英语老师。虽然我很努力，但中考时还是因3分之差无缘继续读书。由于当年农村教育资源紧张，学校不收复读生，我只好在家种地。大概过了两个月，赵庄中学初三年级与外校进行学科竞赛，成绩不太理想。校长与老师们商量，决定把上一届没被高中录取的分数线下5分以内的学生招回来复读，以提高学校升学质量，我也在复读生之列。当年交通和通信工具都非常落后，通知学生也比较困难，其他10多名学生都到校了，只是没有人通知我。后来才知道因为我们附近几个村里读高中的很少，学校也不知道我家的地址，无法联系。一天下午从地里回来，竟然看到高老师到我们村里来了，他告诉我学校招复读生的名单上有我的名字，看到我没有返校，便在回家时绕道来问问怎么回事，我因高老师的关心又得到了继续读书的机会。为此，我对高老师的感激是永远的。我后来做英语老师时，也继承了高老师教学中的好做法与高尚师德。

张世允老师只代我们一学期数学，但他的精湛教学技艺却带领我们走进了数学的大门，增加了很多同学大脑里的数学细胞。张老师给我们上课的特点是什么都不带，他第一次走进我们教室时说："同学们，王老师家里有事，我替他代一学期数学，我们现在开始上课……"在记忆中，数学老师来上课，必带的教具有课本、教案、讲义、三角板、量角器、圆规、粉笔盒等，而张老师只在手里捏几个粉笔头。他讲课声音洪亮而又抑扬顿挫，富有磁性；他徒手作图，画的圆可用圆规量，画的线可用尺子去标，画的数轴刻度精确。记得他讲课幽默诙谐，在用ABCDE标注各种角和线段时，他会说这个角就叫"E吧"（在方言中动物的尾巴称为E吧），引得学生在笑声里集中了注意力。他讲课深入浅出、条理清晰，给学生一种享受，听他评讲试卷有一种茅塞顿开的感觉，会从错题中找到学习数学的方法。从他身上我懂得了教学是一门艺术，当老师时对他的模仿与学习赢得了学生的欢迎。因为张老师教学成绩突出，代我们数学时当了教导主任，再后来当了校长。他把赵庄中学的教学质量推到了巅峰，那几年赵庄中学高三毕业生先后考取了清华、人大、南大、武大……在我当了老师后才懂得"一个好校长就是一所好学校"的真理。应该说，张世允老师是个好老师、好校长，他给了几届学生一生的难忘和几代人的幸福。每每那几届高中同学见了面，都会谈论他、怀念他。

吴成亮老师教我们物理，他的物理教得非常好，但我却由于基础差，成绩渐渐落后了。在我的印象中，吴老师从来不批评学生，就是学生有了错误，他仍然和颜悦色，对学生晓之以理、动之以情。虽然我喜欢听他的课，但高二时还是因为理科成绩不好选读文科，便再也没有机会听吴老师讲课了。吴成亮老师后来任县教育局长、丰中校长，我弟弟在丰中上学时因为遇到了困难，我便去找吴成亮校长，他给予关心与帮助，弟弟很感激。弟弟能读到武大博士，也包含着吴校长的关爱之情，每每见面弟弟都会提到吴校长。

武展老师代我们地理课，他是个传奇式的人物，全校师生都认为他怪异，都取笑他，但很少有人能读懂他的心。武老师是山东人，毕业于南京大学，我现在也不知道他怎么到赵庄中学当了老师。他开始教数学，但不擅长研究学生心理，尤其是讲课时不看学生，不与学生互动，讲完课就走，学生反响大，学校就让他改教我们地理了。武老师是数学天才，又酷爱天文，他自己制作了一台天文望远镜，上地理课时会让我们出来观察天体现象。他还制作出一架星象仪，拿到课堂上给我们讲，可是我们都听不懂，他后来就说你们听不懂就算了，这需要大学学天文时才能理解。武老师曾经把他制作的星象仪邮寄到上级科研部门参展，邮回来后给压坏了，他非常生气，在课堂上给我们嘟囔说国家应该重视发明创造……我直到现在都在替武老师可惜，如果他在天文科研机构，一定会成为这一领域的泰斗，因为他执着认真聪明专注，但对于他来说没有"如果"的机会了。武老师的两个孩子都跟我上过学，后来儿子考上南大，女儿考入浙大，这也遗传了武老师的基因吧。

武老师有着"匠人"精神，他生活节俭，一身衣服穿多年。但当刚刚有计算机时，他就花钱买了一台386电脑，继而买打印机、复印机，自己从事计算机研究，后来成了电脑专家。离开家乡后，我再也没有见过武老师，

第一辑 乡间音韵 ■

但他的故事却让我经常想起他拮据的生活、朴素的衣着，还有满屋子凌乱的书籍、天文材料和计算机设备。

张德智老师代我们高三文科班地理，他不苟言笑，对学生严厉。他的字特别好，记忆力也特别好，讲课慢条斯理，联想丰富，不按课本讲课，不按常规考试。但他的教学水平高，参加过高考地理改卷。他教的学生地理成绩也好，有几个同学总是在95分以上，而我每次考试都在65分左右。有次评讲试卷时，他专门到我面前表扬我的经济地理材料分析题目做得好。我说我对地理考试很没有信心，张老师说："我出的试卷你能考到65分，高考时就能考80多分。"后来我在高考中地理考了83分，这是我最感激张老师的地方。张老师钢板字刻得特别好，试卷和讲义字形字号如同课本，给人一种舒适与欣赏，同学们都舍不得随意在上面乱写乱记。教完我们这一届毕业生，张老师就被调到县教研室了。

张老师还有一个特点就是喜欢抽烟，一支接着一支，并且多数都是两支接在一起的。每次上课，第一排的女生都是在云雾缭绕中听课和记笔记的，班里的几个男生不但跟张老师学会了地理知识，而且也学会了抽烟，更发挥想象，创造出了"玩"烟的方法，如吐烟圈、吹烟泡，不知道这算不算地理课的附产品。

迈克·耐尔是教我英语教学法的外籍老师，来自加拿大，当年给我们授课时已经50岁了。虽然毕业后再也没有见过再没有联系过，但她的认真专注及丰富的教学方法对我影响极深。初次听课，我才知道自己的英语听力差距非常大，一堂课下来，我没听懂几句，心情特别沮丧。耐尔老师注意到了我的情绪，下课后便主动与我对话，微笑着、慢慢地鼓励我开口，认真地听我说话，纠正我的发音。每次上课，她都主动找我，坐在我身边。我开始时特别紧张，她便给我唱加拿大国歌，并且打着节拍。她上课时学生不需要坐得板板正正，可以交头接耳，可以随便走动，她的教材教具甚至自己的东西就放在讲桌上，那种对学生的信任对学生的解放是我多年后才悟到的。最让我感动的是耐尔老师关心着每个学生的学习情况，鼓励着每个学生的每一点进步。我在一次搬家时看到了当年的作业本，两页作业，耐尔老师的批语接近一页，并且用胶带在批语后面粘了一枚加拿大硬币。

我还记得她让我们从书包里摸东西，摸完之后用英语表述出来，如果表述正确了就作为奖品给学生，而这些奖品都是她自己花钱买的。

耐尔老师对教学特别投入，记得她带我们去商店里买东西。她在超市扮演售货员，让我们当顾客，用英语表达我想买什么东西，用英语讨价还价，介绍商品功能与使用方法。这些活动让我懂得了英语"用中学和学中用"的道理。

还有一次，她划着一根火柴，让我们背诵单词，等火柴燃尽时看谁背诵的单词多，或者看谁围绕一个东西说的句子多，这些在活动中学习英语的方法给了我们很大启发。我认为当下的老师们，都应该像耐尔老师那样对教育充满专注与热爱，都应该有着对教育真谛的理解与思考。

高中毕业30年了，很多老师的形象仍然历历在目。于为今、高敬民、王爱贞、费清信、张世保、王克廷、惠光灿、李本富、于世训、崔向宇、于世同、赵解顺、吴良营、安烈、王中东……当年他们都任劳任怨、默默奉献，送走了一届又一届学子，不知道这些老师们现在何处了。当年，他们的一句鼓励在我的心里撒下了整个春天；他们的几度教诲，成就了我的整个世界。岁月流淌，冲刷了多少酸甜苦辣，但一直在心的是对这些老师的记忆与怀念。

对我影响至深的同学

在一次会议上，一位市领导谈到城乡教育发展不平衡时说，农村的孩子一开始就输给了城市的孩子，他们要想进入城市里，并且干出成绩来，要付出很多很多，一定要加强农村教育均衡化发展……听完讲话，心中有了一种感动，感动领导对农村孩子的理解与同情，不由得想起了自己走过的求学路，也自然想起了对我影响至深的两位中学同学。

20世纪七八十年代，中国人口众多，经济发展缓慢，城乡二元结构带来的不平等，教育资源的缺乏，招生规模小……这些都让当年农村孩子上学的路子窄而又窄。忆起当年上学，小学升初一要考，初二升初三要考，初三升高中要先预考，之后才中考，高考前要预考，最后能参加高考的学生不足一半。小学时的同学，考初一时两个班考上一个班，其他的孩子就回家种地了。初二考初三时，一个班就只有5个同学考到镇上接着读初三。初三考高中，预考时又有一半的同学回家了，剩下的学生与其他班合班上课。中考时，一个班考入高中的也只有10多个人。我高中时读的文科，高三时加上复读生有90人，预考后只有32人参加高考。真正考上大学的也只有10人左右，这样算下来，能走出来的农村学生少而又少。

从初二考上初三时，我被分到了初三（4）班，因为个子有点高，就排到了后面，也就认识了我的同桌赵德生。我读初二时是在戴帽初中读的，也就是在村小读到初二再考初三。因为我从小学到初二成绩都比较好，也自然养成了不懂事的"清高"之气。正式上课前，我看到赵德生在做数学课本最后的总复习题二，便以为他是复读生，很有点看不起他的感觉，但后来上课时才知道，他也是应届生，在假期里已经把初三上学期的数学预习完了，原来他有个亲戚在公社教育办公室上班，给他找了初三的课本。我很为自己幼稚的想法惭愧。因为他养成了预习的好习惯，再加上勤奋，成绩一直是班级第一名，继而是全年级第一名。我虽然在村小时成绩很好，但到了镇上，成绩只能算中等了。由于基础差，加上自己学习不努力，成绩每况愈下。由于是同桌的缘故，赵德生经常让我陪他学习。当年农村能源紧张，晚自习后学校很快就会停电，很多同学或者用煤油灯，或者点蜡烛接着在教室里学习。赵德生是父母的独生子，因此很娇，虽然个子高，却很胆小，所以晚上他就拉我陪他学习，一般都是学到晚上10点。赵德生非常勤奋，他吃完饭就学习，下课了也不休息。有几次，我晚上陪他时趴在桌子上睡着了，他走时把我叫醒。慢慢地，我也被他的勤奋感染，也开始学会预习和做题了。因为在农村中学，学习条件和学习环境都不是很好，体育课和自习课可以逃课。赵德生便在这时候约我和他一起到校外的树林里读书。初三一年的秋天、春天及初夏，每到自习课，我们都去校外，或站着或坐在树下专心大声地读书。我也在离他不远的地方读语文、英语和政治。一般都读到吃晚饭或者天暗下来才回到教室。对于英语单词，他喜欢边读边在本子上写，同时也抄写英语课文。我那时不懂学习方法，也就亦步亦趋地跟着他机械地读着、写着，自己的成绩真的有了些进步。那时公社教育办公室办公地点在中学校园里，我们偶尔晚上会到亲戚办公室做题，一直学到10点多，我有时熬不下去就先睡了。初三预考时，他是全校第一，我却是"孙山"的哥，就是这样的成绩，我也要感谢赵德生对我的影响和帮助了。中考时，赵仍然是全校第一名，升入高中，我却名落孙山，只好回家做新式农民了。

当时农村交通通信都落后，同学毕业后就很少联系。虽然我中考落榜，但我离录取分数线只有3分之差。和赵德生同桌一年，我也养成了勤奋学习的习惯，尽管复读初三无望，但我还是经常看自己学过的课本，做曾经做过的数理化题，坚持朗读英语。当时的联办初中一般不收复读生，我便一直为不能继续读书而苦恼。那时还是以应试教育为主，学校之间经常搞竞赛。在一次竞赛中，我曾读过的赵庄中学初三年级竞赛没有考过下面的联办初中，学校便想办法提高学生成绩。最后决定把赵庄中学当年中考落榜生低于分数线5分以内的学生招回学校复读。赵德生那时已经是高一的学生，听说这个消息后，曾经托我们大队的同学告诉我这个消息，只可惜那个同学没有把通知带到。后来是高老师把消息告诉我，我才得以取得了复读初三的机会，被安排到初三（3）班。我非常珍惜来之不易的学习机会，用赵德生学习的劲头复习着以前没有学会的知识。有不懂的问题，我会去找赵德生，他有时会给我讲，有时会说："自己想去，给你讲了下次遇到你还不会。"有时他也会说："这么简单的题你都不会，去看课本去。"真的遇到了难题，他会细致地给我分析、讲解。复读那一年，我是下了功夫的，周六回家时，我也是拿着文科的课本，在乡间小路上边走边读或者背诵。晚上，我会把题做了又做。那年的中考成绩已经忘了，只记得数学满分是120分，我考了117分。高一入学时学号是84007，说明我是班级第7名。

同在一个学校，我读高一时，赵德生已经是高二了，有时见面会打个招呼。他依旧是年级第一名，而我后来也依旧做棵"班草"。那时高中考试为避免作弊采取"插花"考试，就是抽高一的一半学生到高二教室对应的位子上考试。有一次正巧我和赵德生同桌考试，心里非常高兴。考数学时，我最后一道题不会，求他帮忙，他理都不理我。那道题我最后也没有做出来，自然影响了名次。考试结束后，他说："我不会给你说的，那样你就会养成投机取巧的坏习惯，对你以后的学习和考试都不好。"诚实守信方面，他也对我影响很大。我高二时，他高三，高考时他仍然成绩很好，考入了武汉大学。从此，我再也没有见过他，后来听说他研究生毕业去了上海，想必现在一定很好，因为他一直都是那么勤奋。

高一分班时，我分到了高一（1）班，和张进同桌。张进是校长的儿子，他从小学到初中都是年级第一名。和他同桌，我自然感觉压力特别大。他聪明，反应敏捷，做题快。而我却属于那种笨鸟先飞的学生。我们上中学时，还是三晌制。早晨一节晨读课一节正课，之后放学。张进的家在镇上，他早饭后到校都是快上课的时候了，但他却能在很短的时间内把数学作业做完。我们住校的学生，吃完早饭就开始做作业，往往打预备铃时还做不完，有的学生便拿来他的作业本，抄上了事。张进爱好广泛，喜欢打球、看体育比赛、集邮、猜迷语、唱歌等。我读高一时是1984年，正是中国女排冲出亚洲、冲向世界，取得"三连冠""五连冠"的辉煌时期。每有比赛，张进都带我们到镇上有电视的人家去看卫星直播。现在回忆起来，依然感觉激动人心，催人奋进。每次看完回来，第二天要么讲给同学们听，要么在一起议论，有时把中国女排的"钢铁长城"精神写到作文里，能得到高分。当时的农村，电视机还没有普及，录音机也很少，一些流行歌曲也刚刚在校园传播。有时下午下课后，他会带我们到男生宿舍里，围着一台收音机，跟着中央人民广播电台的音乐节目学唱张明敏演唱的《我的中国心》。每当体育课或者考试结束后，张进会和同学们一起打篮球。元宵节时，他带我们到镇上的文化站去猜字谜，我们会赢得一些糖块，回到班里分给大家。有时下课后，我们还会比赛背诵圆周率后面的100位，直到今天我还能背诵几十位。虽然我与张进的成绩差距大，但这并没有影响我们成为好朋友。有时我会跟着到他家里去，他在放假和周末时，也会骑自行车到村子里来找我玩。现在我有那么多的爱好，想必与张进对我的影响分不开。那些爱好不但丰富了我的学生生活，而且对我的学习也有着很大的帮助。在英语口语考试时，我就给主考老师们讲了我的集邮经历和从邮票上学到的知识，着实吸引了他们，也得到了很好的成绩。张进的数学成绩特别好，可能是缘于他爸爸是数学老师的原因。记得上数学课时，有时数学老师还没有说出思路，他都已经说出答案了，造成数学课上老师经常要求张进不要发言，给其他同学一些思考的机会和时间。现在回忆起来，他成绩好不单单是聪明，与他的学习方法也有很大关系。

记得一次期末考试后，张进告诉我说，你不能像其他人一样只知道玩，要做到"学的时候拼命学，玩的时候拼命玩"。这对我有很大启发和影响。虽然到了高二，我们因文理分科而不在同一班了，但我们的友谊却一直延续下来。高三毕业，张进以优异的成绩考入了中国人民大学，也在当地引起了轰动。后来我们在不同的学校读书，在不同的地方工作和生活。开始还有书信来往，现在也许都是心存友谊了。直到今天，当年的学习习惯和爱好仍然是我工作学习的一部分。

　　最后多说两句，我就读初三和高中的农村学校是丰县赵庄中学，在我们那几年，这所普通的农村中学先后有学生考入清华大学、中国人民大学、复旦大学、南京大学、武汉大学、山东大学、吉林大学、哈尔滨工业大学、东南大学……就是在今天，高校扩招了，教育条件好了，人们的生活水平提高了，但无论哪一所农村中学都不可能考出那么多的名校学生，这也是我们经常怀念赵庄中学和当年那些老师、同学的原因。

有信自"远方"来

　　拿报纸时，里面夹着一封信，已经很久没有体验到收信、读信的感觉了，也很久没有体验读信的惊喜与期待了。

　　这是一封用传统方式书写和邮寄的信件，来自贵州铜仁地区，上面有邮票、有邮戳，信封上稚嫩的笔迹一看就是孩子写的。打开信才知道，是我参加爱心活动资助的一个贫困学生寄来的感谢信。在信中，孩子讲了他的学校生活和学习情况，对我表示了感谢。我想这些话语一定是老师编好让他抄的。读完信，有了"送人玫瑰，手留余香"的感觉。

　　凝视这封来自贵州的信，仿佛走进了时光隧道，回到了"言而有信"的过去。

　　20世纪以前，我国交通落后，通信更不发达，很多交往与沟通都是通过书信来完成的。"烽火连三月，家书抵万金"，诉说着对亲人的牵挂；"洛阳城里见秋风，欲作家书意万重"，表达出游子对家乡的思念；"凭君莫射远来雁，恐有家书寄远人"，描述了对故乡的期盼……古人的家书诗句说明了书信在中国历史上曾经占据着重要的地位，曾经是人们交流和沟通的主要手段和途径。

　　上次收拾书橱时，看到了从老家带来的昔日信件，时间跨度从20世纪70年代到21世纪初，大概有40年的样子。这些信件有亲戚的，有同学的，有学生的，有朋友的，有儿时伙伴的。虽然不是来自五湖四海，但也包含了很多地方。坐在那儿翻阅一封封泛黄的信件，看着几近模糊的字迹，仿佛嗅到了昔日的气息，回到了那个真情时代。

拿起一个简易的信封，是大哥1986年8月27日从东北寄来的家书。展开细读，有着这样的内容：……我从矿上回到了姨家，姨妈告诉我你来信了，我匆匆地吃完饭，急切地打开信，信上有你考上学的喜事，不知是激动还是兴奋，我快步出了姨的家门，蹲在门口，捧着信泪流满面。你是我们家第一个考上学的，你考上了，我们家就有光明了，下面弟弟妹妹上学就有保证了，爹娘也不用那么苦了……

大哥出生于20世纪50年代末，上学时正赶上"文化大革命"，只断断续续读了小学，读书的梦便就此搁浅。大哥渴望上学，渴望读书，但由于家里兄弟姐妹多，他又是老大，便早早地务农挣工分了，就是这样也过着饥一顿饱一顿的日子。实在无奈，大哥自己扒火车加要饭去了几千里外的东北姨家，姨妈托邻居给大哥找了下矿背煤的工作，那时大哥才十六七岁。离开了老家，大哥经常写信，虽然信中有着错别字和白字，但内容却情真意切，总是说着对父母的想念，对兄弟姐妹的思念，对家中一草一木的留恋。我那时虽然年龄小，却是家中的写信和读信人，每次大哥来信了，我都读给父母听，读给全家人听。大哥一年回来一次，回来之前会把回家的时间在信中告诉家人。我兴奋地期待着大哥，他会带来城市才有的好吃的糖果、其他食品和玩具。同时大哥还会带来城市的歌曲和城市的文明举止，这让我生出了对城市的向往。

再读一遍大哥的信，我的心中有了一些愧疚。30多年过去了，我只匆匆地沿着自己的路子向前走，并没有真正地帮助过曾经那么爱我的大哥。当年，大哥带我在雪地里跑步，带我听收音机，教我玩魔方和九连环。抚今追昔，捧着这封信，感觉对不住大哥当年的真情和眼泪。

又拿起一封信，是当年一位在家务农的高中同学写来的。信中，他表达了渴望读书渴望上学而无奈无助的心情。他说：家里实在太穷了，双胞胎哥哥成绩比我好，把机会让给他，可能会考上大学，能为父母减轻家里负担，而我却不一定能考上。预考后，考上考不上我都不打算继续读了，希望你能把你学过的课本借给我，我在家里学习，也希望你把你的笔记借给我，我在干活回来时好好努力……

我这个善良老实的同学，把读书的渴望深深地埋在了家乡的黄土地里了。我天天在学校苦读，认真听老师谆谆教诲，成绩还不太理想，他在家劳动之余自学高中课程，又谈何容易。看看信封上，寄信人地址"赵庄乡江庄村"，那是离我家10多华里的村庄。虽然那么近，我们却借助书信交往，真是不远的"远方"。回忆当年，我记得曾在一天下午借自行车去找过他，可惜他没有在家，我们的缘分就此结束，真挚的友情仅仅存留在几封信中了。几十年过去，想必这个同学的孩子一定考上了大学，因为他是那么地渴望和热爱着学习。

又捡起一个有点破损的信封，掏出信纸，是从作业本上撕下来的。密密麻麻两页，也是我要好的同学写来的。这个同学姓彭，他家也住在离我家不太远的村庄，我们经常在周六步行回家，周日返校的时候遇在一起，聊得多了就成了好朋友。他在五月底的预考中考得不好，也就不能再到校学习，失去了参加高考的机会。现在想想有点残忍，高中苦读三年，却不能参加高考，这可能是教育资源的匮乏和教育发展的不平衡造成的吧。预考前，他借了班里家住镇上的一个女生6元钱缴伙食费，考试前没有回家，也就没有来得及还，不曾想自己竟然预考落榜。他无法得知那个女生的地址，无法把钱还了，于是给我写信打听那个女生是否通过预考，同时让我告诉他女生家的地址。现在，这两位同学都淡出了我的记忆，当年属于我们的故事也定格在了那个青涩的时代，不知道他们现在何方了。距离产生美，放下泛黄的信笺，竟有了"所谓伊人，在水一方"的朦胧，也发出了"人生百年如寄"的感慨。

打开另外一个同学的信，便是冰火两重天了。虽然都来自农村，他是同学中的佼佼者，以全县名列前茅的高分"入名校，从名师，交名友"。展开信纸，有两片香山红叶赫然入目，这是他当年步行很远，在香山采摘，夹在信中给我邮来的。红叶已经黑红，干枯，但当年的活力和记忆却历久弥新。再读当年的来信，感觉他最骄人之处不是以高分考入名校，也不是他今天的事业成功，而是他当年信中所表现出的那种阳光、活力、向上、学习和前沿。他在信中写道："……我班有来自全国十六个省市的三十二位同学，文理各半，考分之高是其他班无法比拟的……同学的素质一个比一个高，每个人身上都有值得我学习的地方。虽然我是唯一的一个农村非重点中学的考生，但我在条件那么差的农村中学，还能考来与他们一起学习，我应为我就读过的中学、我的老师、我的同学感到骄傲。来到这儿，我不但要努力，还要比高中更加努力……虽然期中考试成绩还可以，在听力和口语极差的情况下，英语还考了80多分，但对于这些，我心里仍然很不踏实，时刻看到了与别人的差距，害怕自己对不起关心我的人……"

2016年，高中毕业30年同学聚会，见到的他依然保持着当年的阳光和向上，他参加了"北马"，参加了义捐，仍然熬夜看"西甲"和"NBA"……

再读另外一个同学大学时的来信，对照现在的他，也让我很感慨。他当年高考数学满分，进入名校，春风得意，信中透出的全是坚韧、紧张、勤奋、进取的语气。他在信中写道："……我现在太忙了，要学的东西太多了，总感觉时间不够用，感觉书海犹如大海。八十年代靠机会，九十年代靠智力和能力。没有真实的本领，显然会被时代的车轮淘汰。所以我在努力地学习理论知识，这是我们走出农村的唯一道路。告诉你，图书馆已经成了我的'寄宿地'……"

30多年过去了，再见到这位老同学时，他身上多了消沉，少了进取；多了不满，少了乐观；多了世俗，少了纯粹；多了隐晦，少了阳光。现在的他与当年信中意气风发、激扬文字的他判若两人。也许是官场失意，也许是伯乐难寻，也许是……唉，时光能考验人，也能改变人。想想当年升学率那么低，能考到名校是多么不易。苦读四年，怎么都应该成为国之栋梁。再读当年的文字，真的不胜唏嘘。

有一封来信是我高一时的好同学写来的，高二时我读了文科，他留在了理科班。他在信上说"你应该上一个比较好的理想学校，虽然你不满意，但比我补习强多了。我此时有诸多的烦恼：落榜的痛苦，不被理解的郁闷，生活的艰苦，都有些难以承受了，有时真有点想死去的念头。后来想想这是不行的，感觉这是无用和无能的表现。父母将自己抚养这么大，就是为的留下悲痛吗？只有拼命学，取得成绩，取得成功，才是我们八十年代青年的精神。老同学放心，我会苦苦地干一场的，争取今年取得成功。"……

其实，当年我的那些高中同学，考上的和没有考上的，多数都有着勤劳吃苦的品格，现在多数都很幸福地生活着。因为当年就是回到农村，也算个有文化的青年，后来的改革开放，会让他们的知识找到用武之地。

再抽取一封信，是20世纪90年代我的一个学生寄来的。这个男生家庭很贫穷，上学时伙食费经常缴不起，我曾经替他缴过几次，在学习上也给予他很多帮助，心理上给予他很大关心。读他的信，我清楚地忆起，蒙蒙细雨中，门卫告诉我有人找，到门外一看，原来是这个学生的母亲，她背着粮食到集镇上去卖钱给孩子缴伙食费，因为太便宜没有卖，便拐到学校给我说一声，欠我的钱和伙食费下个集卖了粮食再还我……九十年代初偏僻的苏北农村，这样的情况很普遍。

这个男孩考入大学学船舶制造，但对那儿的气候和环境很不适应，他在信中写道："……我的成绩不太理想，想念家乡。另外听传言大四的学生只有几个人找到了单位。这一消息让我沮丧，我不能不想到我自己。假如四年下来了，工作无望，家里供我上学花了那么多钱，我将怎样面对那个现实、面对家？此时才感觉到人活着太难了，尤其像我这样手不能提篮，肩不能挑担的人。上次去船厂见习，我幻想着船厂该是个富丽堂皇的地方，心里非常激动，可是到了那里，尤其到了车间，里面到处油腻，乱糟糟的，转来摸去都是与铁块打交道。这不是我想要的未来啊。老师，太想再听你讲课，给我指指路子……"

我不知道我当时怎么给他回信的，也忘记信中说了什么，反正结果是他顺利毕业了，在苏州找到了工作，找到了对象，找到了家，找到了幸福。

还有很多信没有翻看，里面有着很多要讲的故事，凝聚着很多人的心路历程，也记录着那个时期的社会发展和时代符号。

我当老师那几年

　　小时候，我的理想是当一名老师，因为老师是神圣的，能开启孩子的心智，能引领学生走进一个美好世界，能影响学生的一生。高中毕业全部报考了师范类学校，结果如愿以偿，读了师范，毕业后分配到家乡的农村中学做了一位英语老师。

　　初次走上讲台，想到面对着一双双充满好奇与求知的眼睛，想着自己的言行会对他们产生很大的影响，如同当年自己崇拜与相信老师一样，自然也就有了一种激动和紧张。我毕业时，农村中学英语师资缺乏，我又是分来的唯一一位英语老师，所以学校对我充满期待。农村孩子的英语基础差，学习方法和学习习惯都不好，开始上课时自然困难重重。因为我刚刚毕业，学生和我的年龄相差不多，并且每个班里总有几个难管的学生，面对着很大挑战，所以我对第一堂课用足了功夫。为了让学生"信其道"，尽管教材难度不大，我却跟着录音机模仿，让自己的发音更加纯正。由于是青年老师，学生们都很好奇，因为我发音地道，抑扬顿挫，给学生一种新鲜感，所以第一课非常成功。为了"镇住"学生，我这一课几乎全部用英语教学。学生不懂时，我就用体态语言启发引导。虽然大部分同学都不能完全听懂，有的学生甚至什么也听不懂，但他们感受到了英语环境，自然对一堂课全部讲英语的老师充满了钦佩之情。下课后，激动加紧张，让我出了一身汗。因为喜欢自己的工作，所以倍加珍惜这次机会；因为想着用自己的知识实现人生价值和理想，所以心无旁骛地从事着自己的事业。

当时农村中学教学条件很差，为了更好地教给学生地道的英语，我用家里卖棉花的钱自费买了录音机，这给当时的学生带来了永远的记忆。在晨读课和晚上的自习课上，我坚持给学生播放与课本同步的英语，让他们模仿，跟着录音机读。为了让英语课生动有趣，我自己根据课本内容编课本剧，让学生用英语角色表演，有时会让学生跟着录音机学习英语歌曲。既调动了学生学习英语的积极性，又培养了他们学习英语的兴趣。为了充分调动学生采用更多形式学习英语，我勇于进行教学改革，自制教具，自学简笔画，用外国邮票制作成外国的信函以吸引学生的注意力，同时创造条件采用电化教学。因为我住在校内，每天早晨早起和学生一起读书，带学生读英语词汇和课文。每天晚上，我坐在教室里和学生一起学习英语，钻研教材。那时的我，思想非常单纯，就想着把英语教好，让学生以英语见长。有付出就有回报，初当老师的两年，所代两个班级的英语成绩在全县都名列前茅，我因此连续四年被丰县人民政府表彰为县先进工作者，奖品也就是一把雨伞，或者是一件被单，这在当时已经很让人羡慕了。我辅导的学生参加全县英语比赛，居然考了满分，引起不小的影响。我所代班级的学生，考上学的都以英语出色，并且有不少学生毕业后做了英语老师。我在做好教学工作的同时，加强学习，钻研课堂教学艺术，增强课堂吸引力，真正给予学生一种"正能量"。想想我课堂教学成功的秘诀，有以下几点：一是过硬的英语基础。"教给学生一碗水，自己要有一桶水"是当时老师常给我们讲的一句话。因此，锻炼自己的基本功，努力让学生"亲其师，信其道"。我当年备课时，都把教学内容背得烂熟于心，经常是不带教材进教室，背诵着讲课，把学生"唬"得瞪着大眼认真听。二是幽默诙谐的语言。通过幽默的语言，让学生感觉课堂的轻松，同时刺激学生的兴奋点，增强对课堂知识的记忆。例如，经常说"彩色黑白电视机""一天25小时""高中四年级"……把这种反逻辑的话语与新的知识点结合，可以给学生以大脑兴奋。我还经常把耳熟能详的名人拉来作例子，吸引学生的注意力。三是将知识融入故事和活动中。我善于用短小精悍的幽默故事来导入新课，并且每节课的开始都会给学生带来视听方面的惊喜，这让学生对我的课时时充满期待。四是每堂课都让学生得到愉悦体验。使学生享受到英语之美是我教学的目的之一，我有意降低难度，用简单的单词和句子讲授新语法，用平易的句式讲解新词汇，采用灵活多样的方式授课，调动和发挥学生学习的主动性。五是尊重每个学生。尊重学生能培养学生的情商，能开发学生的非智力潜能。不管英语成绩好差，我对学生一视同仁，培优不忘补差，帮助学生克服英语学习障碍。六是打牢基础。学好英语，词汇是关键，我特别注重词汇教学，带学生朗读英语、背诵单词，扩大学生的词汇量，这让很多学生受益无穷。虽然现在教学手段丰富了，学习渠道多了，但一些规律性的东西是永远不会变的。我感觉当年的很多教学方法今天依然不过时，只是我离开了教育，不再有侃侃于课堂，谆谆于课外的机会。我想将来如果有机会，我一定去边远地区支教。

在教学之余，我加强学习教育教学理论，结合自己的工作实际，撰写课堂心得体会和教学论文。同时，积极参加各级各类教研活动，先后在《人民教育》《中国教育报》《江苏教育》《中学生英语》《英语导报》《徐州教育学院学报》等报刊上发表了论文和教学体会；自己撰写的论文多次在省市论文比赛中获奖，有的论文被收录进了论文集，这在当地教育系统产生了一定影响，同时也促进了自己的教学。

因为教学成绩突出，第二年我就担任了班主任。其实，班主任是件很锻炼人的工作，事情大多是小事，最主要的是要做好学生的管理与身心健康的疏导。因为农村学生家庭教育的空白，以及一些不良社会习气的影响，再加上大部分学生基础知识差，容易产生厌学情绪，容易出现问题学生。他们逃课缺课，扰乱课堂纪律，这都需要班主任加强管理和引导。我做班主任时，对学生严慈相济，多开展活动，成立兴趣小组，让每个学生都有自己发挥特长的地方。有音乐天赋的学生学音乐，有体育特长的报考体校，会画画的考艺术学校。每个学生都有了自己的"梦"，找到了自己的方向，自然会"天天向上"了。我尊重每一个学生，让每个人都能找到自己的位置，都能使自身价值得到体现，营造了和谐向上的班风。在我做班主任第二年时，学校可能认为我善于解决问题，就把年级最调皮的8个学生都分到了我的班里，被学生戏称为"八大金刚"。他们8人抽烟喝酒，打架斗殴，扰乱课堂，不交作业，顶撞老师，破坏公物，开始时确实给班里带来了很大影响。为了引导他们走上正轨，我采取说教、家访、联络感情、补课、看班等形式，一点点地让他们改掉不良习气。实际上，不是孩子不想学，是他们的基础太差了；不是他们没有长处，是老师缺少发现他们长处的眼睛，是因为他们的心理需求得不到满足。也是从做班主任的那一年起，我开始对学生的心理进行研究，研究青春期学生的生理和心理特点，探索培养他们非智力品质的方法。结合平时的教育和教学特点，分析他们厌学的原因，了解他们的心理需求，探索培养他们学习兴趣和努力向上的途径。教育是个慢的艺术，经过我的努力，通过开展活动，让那些调皮的学生有事可做，有实现自我的地方和渠道，他们也就不再扰乱课堂，慢慢地向学习复归。当班主任那年，班里有个残疾学生，行走不便，成绩自然不好，男生们都看不起他，有的同学还取笑他。为了让这个学生和其他人一样享受着成长的快乐，我把他安排在了教室里最方便最好的位置，并且规定下课后这个学生出去后其他学生才能走。另外，我倡议全班同学轮流帮助他，学习上、生活上、活动上。这个学生虽然残疾，成绩也不好，但他有听收音机的好习惯，对国际和国家大事了如指掌。有时开班会时，我就让他给全班同学讲时事政治，他就认真准备，偶尔会再加上自己的观点，讲得有声有色，也有了实现自身价值的感觉。后来高中毕业后他在街头修鞋，同时开了个鞋店。一次回家曾经遇到过他，非常热情，话语里充满着对我的感激和对中学生活的怀念。

当班主任两年，有过很多的故事，也有了很多的经验和体会，探索和掌握了班级管理的规律和方法。两年班主任之后，便担任政教处主任，真正接触到了学生管理工作。我带领交团委开展活动，对学生进行思想教育。每周的升旗仪式、国旗下的讲话，每学期发展团员、上团课、配合镇团委开展活动等。其间，做了两件有意义的事：一是成立了学校广播室，每班培训两名广播员，规范了广播室工作。成立了通讯员队伍，让学生踊跃撰稿，表扬优秀学生，通报纪律检查情况、宣传好人好事，播放英语节目，转播中央人民广播电台的新闻。二是培养了国旗手。从各班级中选男女生各两名，统一培训，学习升旗知识，规范动作，每班轮流升国旗。进行国旗下的讲话征文，选出优秀文章，进行爱国主义教育。另外，利用清明节搞活动的机会，带领各班优秀团员到徐州淮海战役纪念塔开展祭扫活动。

在农村中学，德育工作最难开展，做好这项工作，既是一种考验，也是一种锻炼；既是对应急处理能力的挑战，也是对教育管理艺术的培养。我经过努力、协调和联系，成立了家长学校，分别组织特殊家庭家长、特长生家长、毕业生家长、走读生家长开展专题学习和培训，让家长们认识到家庭教育对孩子学习和成长的重要作用，掌握家庭教育的方法和艺术。学校结合学生考试情况每学期分年级举行三次家长培训，通报学生的考试成绩和在校情况，请成绩好的学生家长介绍经验，请专家给家长们系统讲解如何做好家长，促进孩子的身心健康成长，同时安排专门老师接受家长咨询。我创建的一些德育教育制度和活动方案坚持了好几年，为校风、班风和学风建设作出了努力。我建议借着学校验收的机遇，充实图书，把图书馆对学生开放，受到了学生的欢迎，丰富了学生的校园生活。

1996年，一个周日到县城逛书店时看到新筹建的实验外国语学校在全县公开招聘校长、教师，我就想报名竞聘。回去准备报名材料，拿来了荣誉证书、获奖证书和发表的论文。单是这些就凸显了我的优势，我从此得出了"证书多了路好走"的道理，并且一直用这个理论来教育自己的亲戚和孩子。我现在依然记得考试内容和程序：在规定时间内写一篇教案，抽取教学内容进行说课，画简笔画，唱英语歌曲，即时演讲，给出案例测试应急处理能力。其实，我当时也只是想借此检验一下自己的教育教学能力，并没有真的想离开农村中学。可能是我的基本功扎实，也可能是综合考虑，反正是我以总分第一名的优异成绩竞聘成功。虽然时间不长我就考研走了，但当时的情景却历历在目。现在想来，如果坚持在外国语学校工作，一定会在我喜欢的园地里挥洒着自己的思想，可以在三尺讲台上注视着一双双求知和纯洁的眼睛。就是现在，虽然离开教育10多年了，我依然有着一种教育情结，依然关注着教育发展，学习着教育理论，进行着学生和家长心理研究。

我在教育领域工作了11年，其间有很多值得自己回忆和珍藏的故事。毕业后分到农村中学，一间平房宿舍里住三个人，三张床三辆自行车，一张桌子，基本上就满了。我们三人分别教英语、物理和数学。姚老师是南师大物理系毕业的，老家山东，不知道什么原因分到了苏北偏僻的农村中学。因为物理难学，学生基础又差，他在工作上很没有成就感，有时候发牢骚说："我哪是教学啊，简直是在对牛弹琴。"大概工作两年后，他考研走了，研究生毕业后到了苏州工作，离开了教育。前几年出差去苏州时，曾找到当年的室友姚老师，他已经混得很风光了，但彼此间的话语却不似当年模样，想想人都会变的，官大牌气长是正常的。另一位室友是数学老师，家庭条件比较好，工作后便忙着恋爱了。那时候大家工资都不高，偶尔到小酒馆喝点酒，侃侃大山，去镇上影剧院看场电影，感觉也蛮好的。有时是大家凑份子吃饭，有时候是条件好的同事请客，那种清贫、平静、充实的生活真的很幸福。那位数学老师现在依然在农村中学教学，据说他的两个孩子都很争气，考上了很好的大学。经过那么多年，其他同事调走的调走，退休的退休，如同花开花落一样循着自然规律沿着生活轨道往前走着。

想想当年做老师时，大家都在学校里忙着教学、忙着生活，日子简单得就像田野里静静流淌着的那条小河水。工资虽然不高，大家都差不多，家庭、教室、办公室三点一线。同事之间偶尔小聚，偶尔到县城里逛逛，春看绿色夏淋雨，秋有落叶冬赏雪。不知道什么原因，后来老师不能住在学校了，于是有亲戚的找亲戚，没有亲戚的在镇上租房子。有一对外地夫妇，在镇上租住民房，受尽村民的排挤，同时也带来了生活上的诸多不便。我在镇上借住了亲戚的一间房子，也给生活和工作带来了麻烦。住在学校时，饭后就可以到班里转转，可以维持教室的纪律，也有助于同学问问题，晚自习时老师还可以晚回去一会儿。住在校外，早晨带学生读英语的时间少了，晚上陪学生做作业的时间不足了，实际上对教学是一种损失。那一年，学校里出现了人心思走的情况，先后有6位骨干老师通过考试进城；有3位老师"孔雀东南飞"，到苏南任教。教育的改革一定要悠着点，不然会造成"动了老师心，贻害数代人"。因为我经历过、目睹过、深思过。

后来，农村中学的英语师资充实了，再加上一直寓居亲戚的房子，让我滋生了重新回到大学学习的想法。为此，我借来中文系本科学生用的教材，认真学习。每天晚上，在孩子休息后开始伏案苦读，有时会看到凌晨1点。有时候下班累了，便早点休息，在凌晨醒来继续看书。冬天天冷，做题和读书多半都是在被窝里。因此，在孩子的眼里，我总是在读书，也给他起到了榜样作用。考研时间在春节前的倒数第二周，而那时候正值中学期末考试，我就找个借口匆忙到徐州考试。三天考完后回来，好像什么都没有发生一样，接着忙学校的事，心里悄悄期待着4月份的考试成绩。考研时节，正是寒冬腊月，总在下雪。一天考下来，带着疲倦的身体，独自走在朦胧的华灯初上的马路上，看着灯光里闪着冷光的晶莹剔透的雪片，心里会生出想回家的感觉。及至收到复试通知书，全校职工才知道我考上了研究生，惊讶之际，感到迷惑，他们不知道我什么时候怎么有时间学习的，其实他们哪里知道我度过的一个个孤灯苦读的寒夜，哪里知道我读了多少书，写完了多少个笔记本，哪里知道我付出的心血与汗水。

读研期间，我并没有间断教学工作，因为那时研究生少，我们承担一定的教学任务，我先后在江苏师范大学、中国矿业大学等高校代基础英语，也曾经代过大学语文。边教边读，紧张且快乐着。之所以对做教师的那些年情深意浓，写下了当年的云影雨落，因为那是我梦开始的地方，也是我为了梦把一生中最美好的时光寄托的地方。

十月二日的午餐

从宏村附近的木坑竹海下来，已经很累了。风景在路上，一上午的步行，让我们欣赏到了美丽的皖南风光，呼吸到了新鲜的山间空气，走出了一身秋汗和疲惫。已经下午2点了，便想在半山腰找个地方休息，于是来到了一个叫"竹海第一家"的农家菜馆。

这家菜馆依山而建，一楼是类似吊脚楼的露天平台，摆放着石桌和石凳，旁边是山中的大南瓜和其他特产，如野猕猴桃、野笋、板栗等。坐在平台上，等待主人上菜，可以欣赏着对面的竹子，听着竹林里的簌簌风声，享受着山野秋风带来的凉爽，还有竹林中透过的秋天午后阳光。

菜上来了，是山间野公鸡，是野竹笋炒野猪肉，是山中的鸭板菜，是山间人家用汲来的甘泉烧出的野菜笋汤。主人还推荐了他自己用糯米和野猕猴桃酿制的酒，于是要了一杯。疲劳和饥饿中，坐在秋风和阳光下，竹海听涛，油然而生的诗意。举起酒杯，轻啜浅饮，感觉阳光耀而不灼，清风凉而不冷。因为多年没有在室外吃午饭了，今日阳光今日风，似乎有种曾经的感觉，心中怦然涌出昨日时光昨日情。

20年前的今天，也就是1994年10月2日，我还在农村中学教书。那时候农村都有秋忙假，而秋忙假是从10月1日到15日，半月时间。放假了，我便回家帮助家里秋收秋种。因为哥哥在外地上班，弟弟妹妹们年龄小，父亲身体不好，我便成了家里的主要劳力。收了玉米、砍了玉米秸、清理了杂草、运上土杂肥、撒了化肥，开始犁地，准备种麦子。当年农村的机械化程度还不高，犁地耙地都靠手扶拖拉机。犁地时需要3个人，多数是我开手扶拖拉机，妹妹在后面扶着犁子，母亲跟着在墒沟里撒化肥。无论开拖拉机还是扶犁子，都需要技术和眼力。很长的田地，手扶拖拉机要走直线，后面扶犁子的要适时调整，保证墒沟不弯，犁子深浅要均匀，不留夹生地。开始犁地时，还要考虑扶脊不能太高，或者墒沟不能太深，否则田地不容易平整，给以后浇水带来麻烦，也会影响来年小麦收成。家里的10多亩地，一般都是我来犁和耙，所以个中技巧也摸索个差不多，很得村人的夸赞。他们从我家地头走过时，便夸我"装猫像猫，装狗像狗"（农村俗话，就是干啥像啥的意思），我听后虽然谦虚地客气一下，但心里还是非常高兴。一块2亩多的地块，从上午9点开始犁，到耙好，需要五六个小时。犁好地后接着就要耙，不然亮了垡头，失了水分，影响种子的发芽，也影响麦苗的成长。农村俗话说"麦怕胎里旱，人怕老来穷"，也说明了种地和人生的双重道理。耙地更需要技巧，长长的地块走"8"字形，一遍走完等于耙四遍。耙好的地平整松软，上软下硬，既保水分，又适于播种。"三百六十行，行行出状元"，种地的学问也深着呢。

记得也是10月2日，我从早上9点开着手扶拖拉机在地里转了N圈，犁好了北河那块地，这时太阳已从头顶东南转到了西南，耙一遍垡头已经是下午2点了。手扶拖拉机水箱里的水咕嘟咕嘟冒着热气，我停好手扶拖拉机，看着深褐色的泥土，嗅着泥土的气息，望着远处的薄雾，有劳动后的收获，也有劳作后的疲惫。这时候，母亲挎着篮子给我送饭来了，篮子上面用毛巾盖着。我拍拍手上的土，踢掉鞋子，便坐在地头田埂上歇息一下，准备吃午饭。

母亲知道我累，尽可能地为我准备些好吃的。掀开毛巾，看到篮子里有剥好的松花蛋，有一瓶啤酒，两只碗扣着的是鸡蛋炒咸菜和馒头，外面还有麻花。松花蛋、啤酒和麻花是母亲特意从村子里的小商店里买的，她是舍不得碰一下的。我确实饿了，也没有洗手，用毛巾擦一下脸上的汗渍，用筷子嘣一下撬开啤酒瓶，一手拿啤酒瓶，一手拿麻花，大口喝酒，大口嚼着麻花，很有猛士壮汉之风。

阳光下，秋风中，一瓶啤酒下去，略有醉意了，馒头、松花蛋、麻花，风卷残云般地吃下去，有大快朵颐之感。之后问母亲怎么吃的，其实不用问也知道母亲是素食简餐，把好吃的都给我了。

20多年过去了，我已经不再回家种地，而母亲也于几年前长眠于我们一同劳作过的黄土地了。今年的10月2日，又一次在秋风秋日中吃午餐，顿生伤感，不觉想起了母亲给我送饭的画面，想起了曾经在地里吃午饭的情景，想起了母亲一个人在田野里劳作时的身影。

文化的力量

2017年3月11日（周六），徐州市作家协会举办了文学创作与评论研讨会，看到群里通知，我就前往参加学习。主持研讨会的是徐州工程学院院长、徐州市作协主席、著名小说家张新科，同时请了五家杂志社的编辑开展讲座，并与参会者互动。

我听了编辑们的发言和讲座，听了与会者的自述和提问，学习之余，也有了自己的思考：当下，文化的力量还有多大？

对于20世纪五六十年代出生的人，一部《钢铁是怎样炼成的》激励了无数人；一部《红岩》感动了很多人；一部《莎士比亚》引出了多少人的文学梦；一部《西游记》丰富了多少人的精神生活……我在高中时代爱上文学，曾经约几个同学请假骑自行车到县城听文学讲座，饿着肚子骑自行车回来的情景历历在目。记得当时讲课的有赵本夫、王辽生、傅连理等徐州作家。20世纪80年代正值文学热，老家镇文化站办了文学刊物《水仙文艺》，成立了作家班，引得一批男女中学生加入了创作学习队伍，我当时还在上面发表了习作。虽然没有多高的文学水平，但却在我的心中种下了兴趣的种子。记得当年有一个女孩，中学毕业后回家务农，在劳动之余，从未放下手中的笔。三十年过去了，她的两个孩子都考上了名牌大学，她也成为农民女作家，并且已经加入省作协。

专家学者们讲授的创作理论与方向，编辑们讲授的投稿技巧我就不叙述了，这里谈谈我听完几位作家或者文学爱好者的发言后的一点感想，以及对文化力量的寻求。学者、作家、编辑讲座后，开始了编辑与作家的互动。袁澄蓝第一个发言，她谈了自己的文学创作经历、文学创作成果、文学梦想。她的语言幽默诙谐，声音抑扬顿挫，并且还即兴朗诵了她早年的爱情诗作。我记得她最后说了这样的话，"如果90岁不死，再出《澄蓝全集》，如果100岁不死，就出《澄蓝拾存》……"我感觉她能度过当年艰苦岁月的考验，一定与文学的力量支撑有关。另外，在谈到出书时，她自豪地提到了她南大博士毕业的儿子，我想一定是她的文学力量波及到了孩子。另外，她还幽默地说自己80多了没有任何病，唯一的毛病就是"精力过剩症"，由此可知文学也是她的免疫力和精力源泉。

接着发言的是一位农民爱好者，他已经快60岁了，专门从睢宁乡下乘车来参加这次座谈会。他说他现在仍是个地地道道的农民，仍种着地养着羊，他是早上匆匆坐车赶来，同时带来了他自己的诗集。他现场声情并茂地朗诵了他创作的一首爱情诗，带着浓浓乡音的诗句里充满着生活的热情与阳光。专家听完后建议他多读读名家诗词，边学边写……他扬了扬手中厚厚的一本打印诗稿说，不管发表不发表，我都会坚持写下去，因为这是我坚强生活的力量。在他的发言过程中，他也不无自豪地提到了他正在名牌大学读硕士研究生的孩子，他还说他的孩子是受他的影响认真学习的。他说他是县作协会员，几次申请加入市作协都没有成功，但他不气馁，会继续努力……他的发言也赢得了阵阵掌声，我想写诗应该是他生活的动力，是文学让他的生活充满了阳光。

第三位发言的是一个中年女子，她从国外回来，有着丰富经历，有着很多故事，渴望把自己国内国外的经历、感受用文学的方式写下来。她说用汉语写出她的丰富阅历和故事是她回国的理由。只是她现在不知道怎么写，也不知道从何写起。她说她似乎一直在寻找写出她这类女人故事的力量，却一直没有找到，于是想到了文学，于是参加了今天的文学研讨会。

曾经听一位老领导讲过一个人的进步历程，虽然时空有些遥远，但她因文学而得以进步的故事却给人以思考。这个女孩大学毕业后在市机关办公室做文秘工作，有材料时认真写材料，没有材料时便读小说。那时候，正流行铁凝等作家们的小说。她曾经写了一篇《哦，香雪》的读后感，让秘书长指导，后来还写了《棉花垛》等作品的读后感，在大家心目中留下了文学青年的印象。再后来，机关来了一位女领导，为了方便工作，想找一个女秘书，于是这个女孩被调到领导身边。她坚持读书学习，多年后官至厅级。她的成长过程中，文学的力量是不可忽视的。

2017年新编《徐州市志》，在文化篇中提到我父亲。其实，父亲仅仅是一个民间曲艺者，是民间器乐和地方戏曲的传承人。传统地方戏曲作为文化或者文学的一种表达形式，对我们兄弟姐妹产生了很大影响，也给了我们一种学习的动力，一种顽强拼搏的力量，由此改变了命运、改变了生活。上次回老家时去了妹妹家里，看到她在镇上成立了文化俱乐部，在临街的一间门面房子里摆放了桌椅板凳，方圆10公里的音乐爱好者们都聚在她那儿吹拉弹唱，呈现出一种歌舞升平的和谐景象。听说夏天的晚上，她还自发、自费举办乘凉晚会，表演文艺节目，丰富了当地群众的文化生活。

文研会最后，是作家张新科讲话，他说："文学的最高境界就是让人心动，让人们的灵魂接受洗礼，让人们发现自然的美、生活的美……"文学是文化传承的形式之一，从狭义上讲，文学的功利性和非功利性既是有形的，又是无形的；从广义上看，坚守文化家园，接受文化熏陶，会让你的物质生活和精神世界都沐浴在阳光下，都有着向上的力助你前行。

王国维曾在《人间词话》里谈到了治学经验，他说："古今之成大事业、大学问者，必经过三种境界。"

第一种境界："昨夜西风凋碧树。独上高楼，望尽天涯路。"这词句出自晏殊的《蝶恋花》，王国维以此句寓意做学问成大事业者，首先要有执着的追求，登高望远，瞰察路径，明确目标与方向，了解事物的概貌。

第二种境界："衣带渐宽终不悔，为伊消得人憔悴。"这引用的是北宋柳永《蝶恋花》最后两句词，以此两句来比喻成大事业、大学问者，不是轻而易举，随便可得的，必须坚定不移，经过一番辛勤劳动，废寝忘食，孜孜以求，直至人瘦带宽也不后悔。

第三种境界："众里寻她千百度，蓦然回首，那人却在，灯火阑珊处。"是引用南宋辛弃疾《青玉案》词中的最后四句。王国维以此词四句为"境界"之第三，即最终最高境界。他认为做学问、成大事业者，要达到第三境界，必须有专注的精神，反复追寻、研究，下足功夫，自然会豁然贯通，有所发现，有所发明，就能够从必然王国进入自由王国。我想，对文化的传承与学习，大抵也应当经过这三个境界吧。

特以此文献给一同参加文研会的守望者们。

依然有人"爱"着你

——记有收音机相伴的日子

搬家收拾东西的时候，看到了以前曾经用过的德生牌收音机和美多牌收录机。它们在房间的角落里已经躺了10多年了。家人说处理了吧，现在早已没有人用了。我抚摸着它们，仿佛在梳理曾经的时光；看到它们，又好像见到了我最真挚的朋友。拂去上面的灰尘，如同穿越时空回到了收音机相伴的那年、那月。

小时候，家里很穷，大哥早早地辍学在家务农，帮助父母挣工分养家，再后来大哥去东北矿上当了工人。那时候，矿工是很吃香的，虽然累，但有工资，吃得也好。春节大哥回来探亲时，总给我们带来很多好吃的，他还用自己的工资给我们买了魔方、九连环、跳棋、象棋、连环画等。过年了，父亲说应当给家添置一件像样的东西。几经商量，听从大哥的建议，买了一台梅花牌收音机，这在村子里引起了不小的轰动，因为当时只有大队部才有收音机和广播喇叭。大年初一那天，一家人围在收音机周围听节目，左邻右舍也都聚到我家里，一听就是一天，可见那时农村精神生活的贫乏。当年，刘兰芳评书正红火，尤其是《岳飞传》，简直是家喻户晓。每天傍晚男女老少聚在我家院子里听评书的情景历历在目，这也给父亲争够了面子，也给我家营造了热闹氛围和良好的人际关系。曾记得冬季农闲时节的晚上，一些老人经常别着烟袋来找我父亲，父亲就抱些木柴，在堂屋地面上点燃取暖，他们边抽旱烟边听刘兰芳的评书。而父亲有时会用酒壶装上粮食酒在火堆边烫上，高兴了几个人呷上一口酒，心情随着故事情节而激动起伏。屋子里烟雾缭绕，酒味旱烟味木柴味充盈了不大的房间。有人被各种烟熏得咳嗽不已，而刘兰芳的声音依旧清脆洪亮地传出来。人们散去后，我和大哥一起摆弄收音机，找自己喜欢的节目，听着听着就进入了梦乡。有时信号不好，便调整收音机的方向，直到声音清晰为止。收音机带给我一种神秘，一种想象，一种向往……应当说是听收音机培养出了我的想象力和对美好生活的向往。苦日子都是因为回忆才感觉甜的，时光都是因为一去不复返才感觉珍惜的。昨天的艰苦今天想来似乎也有诗意地生活着的美好。

当年农村生产力落后，很多劳动都是手工的，及至我读中学时，农忙和寒假、暑假都要参加劳动，因此我学会了农村的耕犁耙种。那时农村种地比较原始，种庄稼主要依靠土杂肥。土杂肥是夏天通过在猪羊圈里填上草、水、土及牲畜家禽的便溺等发酵沤制而成，一般半月后把这些积肥从猪圈里用铁叉、铁锹等工具起出来，堆在大门外，或者梯形或者长方形，外面再用稀泥掺麦糠如粉刷墙一样粉刷好。等秋天犁地种麦子时再运到田地里。起猪圈是很累的，而我读中学时家里这种体力活多半都是我干的，但干活时最快乐的是把收音机放在旁边的板凳上，找到自己喜欢的节目，边干边听。累中有乐，虽然手上磨出了血泡也感觉不到疼痛。我当时最喜欢的节目有电影录音剪辑、体育节目、评书、小说连续播讲、少儿广播等。电影录音剪辑中《廊桥遗梦》《罗密欧与朱丽叶》《巴黎圣母院》《列宁在十月》……至今记忆犹新，也启蒙了我对文学的爱好。小说播讲有《三国演义》《林海雪原》《红岩》《暴风骤雨》等，这个节目也给我以文学知识的滋养。我喜欢体育节目。清楚地记得通过收音机收听了第23届洛杉矶奥运会实况转播，记得美国总统里根在奥运会开幕式上就说了一句话，记得当年中国大陆第一次参加奥运会并且夺得了15块金牌。作为热血青年，被体育赛事所感染，没有感觉到天气的炎热，没有感觉到劳动的疲惫。也是通过收音机，听到了宋世雄的解说，他的解说词充满激情、充满活力、充满鼓舞，他充满磁性的语音、语调对我后来做老师讲课有着很大启发。

秋收季节，玉米要手工剥皮，辫好挂起来晒。有时白天在地里干活，晚上在家里剥玉米，有时要熬到深夜。红薯地瓜白天刨出来拉到家里，晚上要洗好刮成片，挂起来或者拉到犁好耙好耱上麦子的空地里去晒。晚上加班干活，又累又困，很多时候都是在收音机的陪伴下度过的。父亲为了让我们边听边干，收音机电池用完了，音量不稳了，他便到村头代销店或者买或者赊四节2号电池。一般都是干到收音机里播出"中央人民广播电台，现在是北京时间23点整……"我们才起来洗洗睡觉，有几次实在太累了，我和衣倒头便睡。记得有个邻居特别喜欢听收音机，一有空就到我家来，开始时媳妇还好声好气地喊他吃饭，后来因耽误了农活和家务，便对他呵斥起来："听，听，听，收音机是当吃还是当喝，不干活光听收音机，一家人都跟你喝西北风……"那男人也不辩解，起来便走了。后来，农村的经济条件都好了，他买了一台大的收录机，放在屋当门的八仙桌子上，有人来串门了，便打开一起听。想想这也许是他的一个梦想吧。

有次一个亲戚来，说他儿子要说媳妇了，想借我家的收音机去撑个门户，父亲就答应了。没有收音机的那几个月，我似乎感觉生活中少了很重要的东西。再后来去要时，亲戚说真对不起，收音机不小心掉下来摔坏了。我赶忙去他家取回来拿到镇上去修，修好后带回家，如同迎来了自己的亲人一样。之后，谁再借都委婉拒绝了。我后来在镇上中学读书，每周六才能回来一趟，每次回来，都先打开收音机听上一会儿，晚上也是听着节目入睡。

高二时最流行第一次春晚张明敏唱的歌曲《我的中国心》，下午放学或者体育课上，我们几个同学便躲到宿舍里去跟着收音机听和学唱这首歌。高中毕业晚会上，我们全班合唱《我的中国心》，唱出了爱国之情，也唱出了我们分别的眼泪。

师范毕业后，为了教给学生地道的英语，我用第一个月的工资加上家里卖棉花的钱买了一台上海美多牌收录机。课堂上，给学生放录音，放学后，自己在宿舍里听听音乐，听听VOA，也是精神生活的伊甸园。我教的学生都以英语见长，是因为我借助收录机让他们学到了纯正的英语，把他们带进了英语世界，而我自己的英语教育教学能力也通过收录机得到了很大的提高。后来，学校的教学条件好了，有了三机一幕，这台收录机便回到了我家。有一次，村人用它录下了父亲演奏三弦和说唱的录音，让我们兄弟姐妹相聚纪念老人时有了怀念的内容。另外，这台收录机在我启蒙孩子学习英语中也发挥了很大的作用。孩子刚上小学时特别喜欢玩，喜欢听我给他讲故事，喜欢让我陪他读书，每天晚上讲故事之前，我都让孩子听15分钟简易的英语，听完就讲故事入睡。我给他选择听力教材时，都把难度降低一级，一二年级听幼儿英语，三四年级听一二年级的内容。他用这台收录机坚持听了几年，为后来中学、大学的英语学习打下了坚实的基础。从老家搬家来徐州时，所带的东西也就是这台收录机和一些书了。

后来，我重返大学校园继续读书，英语学习似乎更加重要了，学位英语、大学英语六级考试、教学任务、论文外语摘要等都需要我把英语放在重要位置。我那时边读边给大学生上课，也是用自己上课挣的钱，到百货大楼买了一个德生牌收音机，自此有了忠诚的学习伴侣。我们同宿舍的三个人每天早晨一起边听VOA或者BBC边漫步走向宿舍附近的山坡。手持收音机，边走边听边讨论，有时听完后会因为理解不同争执起来，于是打赌回宿舍搬牛津字典评理。而到了晚上，我喜欢听着广播节目入睡。一般是洗漱后，把耳机放进耳朵，找到自己喜欢的节目，是一种简单的放松，一种简约的享受。我当时最喜欢听江苏人民广播电台的读书节目，主持人陈静用沙沙的、柔柔的声音，以"相看两不厌，唯有枕边书"开头，之后或者介绍一个作家、一部作品，或者讲一个故事、一段情怀，让人听得醉醉的、软软的，不知不觉进入了梦乡。我在这个收音机的陪伴下，又度过了三年学校生活，听了三年英语，几乎达到了张口英语的地步。也是这个收音机，陪我度过了三年苦读，给我带来了艰苦中的快乐。

后来，有了电脑，有了网络，人们想听什么听什么，想看什么看什么，似乎远离了收音机，忘记了它给这世界的美好。但有一次在公园里，看到几个老人坐在马扎上，围在一起听收音机，仍然守望着电波之美。在实际生活中，收音机依然是一种时尚，有时还是一种必备。

西挂咸阳树

在一个人的成长过程中，总要有一个人、一种思想、一种精神或者一个梦陪伴着。我童年的生活乐趣，以及后来自己世界观的形成，多半来自村西北角的那个农场和那位不知名的知青大哥。

30多年前计划经济中的苏北农村，物质生活、精神生活都十分贫乏。每个农民的家庭收入全靠喂养一头猪、一只羊，一些鸡鸭兔等家畜。并且也很少有足够的饲料喂养它们。我们小孩子在放学、周日或放假时，都要去割草或放羊。我就是在10岁时的那个夏天，认识了农场里的那个知青。暑假里，我每天都要去地里割草，当年，庄稼地里有人看护，是不允许进去割草的，而沟边的草不多且被人割完了。于是，我便想着到农场去寻找草源。玩是孩子们的天性，并且夏天总是那么热，所以我早饭后出门便和伙伴们到河里游泳，或者在树荫下下象棋，玩各种游戏。快到中午时才去割草，这时天更热了。为了回家不挨训，我便想法去农场的庄稼地里去割草。当年农场为了防止周围村庄的人偷庄稼，就在庄稼地的东南角搭建了一个木屋，派人住在里面看守。有时他们看不到时，很多人就钻进地里偷割草。我想快到中午了，看庄稼的人一定不在，便悄悄地迅速地钻进玉米地，当我抱着草出玉米地时，一位年轻人站在我面前，我惶恐地不知所措。一般情况下，看护人抓到偷割草的，或者没收铲子和草筐，或者把人扣住让家长去领。有时，他们会体罚偷草者。这一次，这个年轻人或许看到我年龄小，或许看到我比较瘦弱，没有打骂我，只是让我跟他去了小木屋。他让我站在门里面，自己坐在简易木板床上，端起自己做的画板，用铅笔给我画像。大概有半个多小时，他问我画得像不像，我说像。他就对我说："你以后可以每天这个时候到这儿来，我让你割草，但不许告诉别人。"从此，我每天都去那个小木屋，看他作画，听他讲我听不太懂的故事，只依稀知道他一家都是军人，有一个姐姐，在部队文工团。当时，农场有很多像他这样的年轻人，但他只一个人在这个木屋里画画。他有一身绿军装，有时穿上让我看。他有一本相册，里面是他全家的照片，他比着相册画了很多素描。在他的小木屋里有很多小人书，记得他曾借给我两本，一本是《小黑子》，讲的是解放前煤矿工人受压迫起来斗争的故事；另一本是《一块银元》，讲的是一个穷人家的孩子受地主迫害后来参军的故事。这些连环画他都画了很多遍，我也翻看了好多遍。我是从他那儿知道了城市的事情，懂得了书的美好。一天，在我割好草要走的时候，他问我学习怎么样，我便骄傲地告诉他我语文、数学考了"双百"，学校还奖励我一支带橡皮的铅笔呢。他听了便很高兴，拿出一支钢笔来送我，让我好好学习。我激动了好多天，那支钢笔是英雄牌的。平时，我别在背心上，晚上睡觉也放在床头。有一天晚上帮忙烧锅时，钢笔从背心旦滑落到了柴火里，被裹进了灶里烧了，第二天我起床一看，只剩下笔帽了，便急得哭起来，母亲到村里路上帮我找了好长时间。第二天掏锅灰时才发现了烧变形的笔身，我记得当年我把笔尖拔下来装在了另外一支钢笔上，用了好几年。因为我每天总能带回鲜嫩的青草，父母也不过多地问我，家里养的几只白兔也长得愈加可爱了。在一个下雨天，我放学后带了一只刚生下不久的小白兔给他送去。走近木屋时，听到里面有人说话，在门口站了很久，他看见我了，叫我进去。木屋里多了一位文静漂亮的留着齐耳短发的姑娘，可能是一起下放的知青。那年轻姑娘很喜欢小白兔，放在腿上，甜甜地笑着抚摸兔子。他便让女孩保持那种姿势，开始给她画像。我去玉米地里割草，出来时他又让我看他的画，我不知他画了多长时间，反正我记得画得很像。又过一会儿，他便让我明天再来，我就依依不舍地走了。

这位知青大哥不但会画画，还会吹笛子，有时会给我吹《东方红》和《三大纪律，八项注意》等革命歌曲。他那儿还有几本"禁书"，如《三侠五义》

《水浒传》《聊斋志异》等。我每次去了都让我读几页，他自己认真作画。有时向他借来读，他便说这书不能往外拿，想读可以在他这儿读。临到中午，他会让我去地里割草，并告诉我别碰坏了庄稼，别让人家看见，更不许偷玉米和大豆。我便匆匆地到地里，大把大把地割草，因为农场的庄稼地肥料足，庄稼好，草也茂盛，我不用铲子能很快装满筐子，之后便高兴而满足地回家了。

1976年是让人难忘的一年，下放到农场的知青们种上小麦后就可以返城了，所以他们特别兴奋。心情好了，干活的积极性也高了。记得秋忙假里去找他时，他告诉我他过段时间就回去了，因为他爸爸已经平反，继续担任部队的干部，妈妈、姐姐都回到部队，他也要继续穿军装，背钢枪了。那天，他把那本我还没有读完的《三侠五义》送给我了，说留作纪念，希望我以后能好好读书。回家的第二天，母亲让我去外婆家过几天，我便带着那本书去了。回来后再去那个小木屋还书时，门已经锁上了，没有见到那位知青大哥。

20世纪70年代，农村还没有电，农场的田地里低矮的木头电线杆和晚上的灯火通明一直是农村人的向往。白天里，农场庄稼地里轰轰的拖拉机也给人不一样的景象。犁好耙好的地里，活跃着一群知青，他们一同整地，一起放打畦田的样子。就是用长长的铁丝，一头用脚踩稳，另一头高高地甩起，拉直放好，其他人用铁锹沿铁丝压出印痕，之后现沿线筑麦垄。那个知青大哥有美术基础，是放样子的能手。那天，他甩起铁丝，结果铁丝从中间断了，搭到了低矮的高压线上。这个知青大哥当场触电倒地。干活的人们蜂拥而至，有的人赶快对他进行人工呼吸，有的知青吓得不知所措。

这个知青大哥没能回去，第二天，他的爸爸、妈妈、姐姐坐着吉普车来了，都穿着黄军装，妈妈和姐姐扑在他身上号啕大哭，而他爸爸只默默地站在那儿。虽然那么多年过去了，当时的悲痛场面仍历历在目。知青大哥的遗体穿上了军装，戴着军帽，头下枕着两端带红绳的枕头。一起流泪的还有那些朝夕相处的知青们。后来，这位知青就埋在了农场东南角的那块田地里。

现在，当年的水塔还在，知青们住过的老房子还在。

去年，曾经下放到农场的知青们重返回故地，还来到了这位知青大哥的安息地，洒下几杯酒，留下几多感慨。

第二辑

梦回故乡

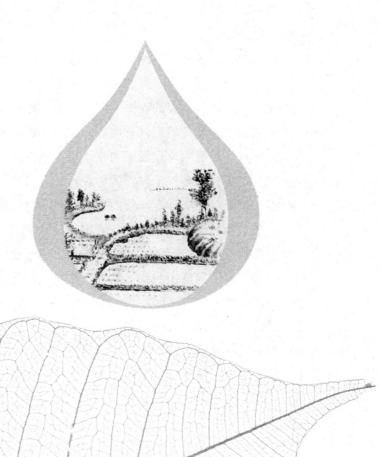

行走在丰县

清明节前回老家，又一次路过了县城。出了车站，感觉时间尚早，便想在县城里走走，从城东走到城西，随意地，慢慢地，带着欣赏，带着怀念，带着遥想。这样信步走着，却发现县城的街道已与多年前大不相同，车水马龙，很少有人步行了。

我对丰县县城有着很深的情结，虽然我在县城并没有待过很长时间，但那里却是我儿时梦里最美的地方。小时候农村没有电，在伸手不见五指的夜晚，村庄东南远方的夜空上方却泛着淡淡的白光，给我们以遐想。问大人，他们说那儿是城里，有电灯，并且整夜整夜电灯都亮着，于是我想城里人真好。还听大人说城里人吃水不用去井里担，水龙头一拧水就哗哗流出来了。还有很多关于城里的传说，让人向往。因为好奇，便总想去城里看看，于是，在小学五年级的夏天，我与村子里两个同伴，带了干粮和咸菜，逃学步行去县城里看看。老家到县城30多里路，我们早上6点左右上学时开始走，一直走到中午才到，在路上两个伙伴累了，一个半路上回来，另一个没有办法只好跟我到了县城。在那儿，我第一次看到了大楼，看到了电扇，看到了汽车，看到了农村里没有的一切……一阵子新鲜劲儿过去，才发觉这儿并不属于我们，渴了没有水喝，饿了只能啃自己书包里的凉馍馍。晚上，没有地方住，我们身上也没有钱，只好在医院门口桥头的水泥地上睡了一夜，感觉到城里的蚊子确实比农村的厉害。第二天一早我们俩步行回来，带着疲劳和兴奋回家，却不知家里大人找了我们大半夜才从同学那里知道我们逃学去了县城。挨的打至今还有印象，但那次逃学却引发了我对城里生活的羡慕。此后的几年里，我没有再去过县城，但却经常给同伴们讲着在县城的所见所闻，引得他们用佩服的眼光看着我。

到了高中，听父母讲他们在县城有两家多年没有联系的亲戚，虽然城乡有别，但还是要走走的。我跟父亲去过他的二世表弟家一次，目的是找在五金公司上班的亲戚买辆自行车。因为城乡差别，去过那一次后便再也没有联系过了。我那次进县城真正走进了县城人的家，也很为城市生活的干净富裕所吸引，自然激发了自己努力学习的劲头。再一次去丰县便是高考了，住在丰县二中的教室里，又热又闷又紧张，集体去集体回，没有品味到县城的真实感觉。及至到外地上学，也是直接从老家坐公共汽车到徐州转车，便错过了在县城里走走的机会。毕业后直接回到农村当老师，也无缘于县城的理想生活了，这也许是我一直对县城充满怀想的原因吧。

在农村任教，既忙于教学，又要抽时间帮助家里种地，也很少有时间有机会去想县城的美好生活。在农闲或者假期里，我会和同事骑自行车到县城去。去了，多数到书店里看书，买书，去听文学讲座。记得有个立群书店，是位残疾人开的，我经常去那儿买书，也偶尔与主人聊聊读书的事，现在家中的书橱里依然存着在那儿买的书。再后来，参加教师培训和学习，自然多了逛县城的机会，也知道了古丰县的一些历史遗存和古老建筑。

距离上次在县城走着已经有20年光景了，这次便凭着自己的记忆一路走下去。出了车站向西，不远处有一条南北街，人们现在仍然称为箔市，实际上箔市已经徒有其名了。据说当年这条街两旁摆满了高粱秸织成的箔，方圆二十里的农民都把织好的箔拉到这儿来销售，家里盖房子或者有孩子娶亲的，大都到这儿来买箔。而当年的农村，箔的确是生活中不可或缺的什物。在箔市上，除了进行箔的交易，也有一些生活用品方面的杂货店。历史的车轮缓缓向前，工业化的不断发展，让自给自足的生活生产方式发生了巨大变化，也让一些浓浓的原始劳动痕迹荡然无存。当年如此繁茂的箔市今天也只剩下了一个名字。沿箔市前行，两边大都变成了楼房，饭店林立，多体现着丰县的特色小吃。有回民开的羊肉汤馆，热气腾腾，诱人脾胃；有羊肉蒸包、羊肉煎包铺子，高高的笼屉里面是汤包，圆圆的平底

锅里是金灿灿的煎包；有丰县特有的羊肉拉面，厨师在门口把面甩得高高的、长长的，把做饭与艺术紧密结合，引得食客在等待时扭头欣赏着师傅像玩花一样做面。在箔市的尽头仍然有着县城老居民的平房，青砖绿瓦，弄堂深深。一爿爿小店各具特色。走着走着，竟有点饿了，看到路南有个小店，题名"传统母鸡汤"，店里正面墙上介绍了这家老店的历史，以及几代传人，同时也介绍了传统母鸡汤的保健营养价值。店面非常普通，顾客也不多。要了一碗鸡汤，又要鸡蛋面糊，主人说，想吃鸡蛋面糊需要每天早晨5点来排队，这个时候根本吃不上了。师傅说每天只做那些，卖完为止。如果再晚了，母鸡汤也喝不上了。等鸡汤端上来，汤的成色与单县"三义春"羊肉汤差不多，上面撒些葱末，漂两滴香油，有数片彩色鸡蛋饼闹在汤里，又有些许银耳若隐若现，喝进嘴里，有香有热有酸有醇有厚，偶尔又有粉条入口，滑而不腻。难怪这家不起眼的小店存在那么多年，也难怪饭店师傅语气里充满着自豪。

饭后沿街而走，有家小小的诊所，招牌为"张道陵诊所"。曾到过江西龙虎山，也去过贵州青岩古镇，那儿都有着张道陵炼丹的故事和传说，不曾想在张道陵故里，也有人托其名行医。很想看看医生是否为一道士，在门口停了一会儿，最终没有进去。实际上丰县很应该借张道陵扩大影响，但现在这方面仍然是种缺失。走着走着，就到了护城河，现在河已经处于县城中心，而在清代以前这儿则是城东的护城河，20世纪90年代桥头上的荷花楼，是很多来丰县的人心中的地标，楼在河上，河中夏天荷花连绵，很有诗意。后来不知哪一年，因城市建设需要，荷花楼消失了，荷花消失了，同时消失的是很多人那些年的美好回忆。走在护城河边，不由得想起以前逛县城时曾见到的一块石碑，上面书有"萧何宅故址"，再来寻找，已不知去处。其实，丰县有着很深的文化积淀，尤其是汉高祖刘邦以及楚汉相争的诸多故事，都有着丰县的印迹。耳熟能详的成语"成也萧何，败也萧何"的主人萧何就是丰县人。明代版《丰县志》载："萧何故宅在县东门北城之下。相传是汉代酂侯的故宅。其地最僻。"萧何居功不傲，自奉简约，严于治家，其他子孙多散居于穷乡僻壤，自力更生，自强不息。

伫立河畔，一番感慨，悠悠古丰，不知埋藏着多少汉家往事。过了护城河再继续前行，便到了五门桥。从前来丰县县城时，总会经过五门桥。关于五门桥的来历，也有着动人的传说。刘邦出生时，秦王的军师测出有天子出世，奏给秦王。秦王下令派兵将丰城团团围住，挨户搜索。发现刚出生的男孩统统杀死。一时丰城内哭叫震天，无数的婴儿惨遭杀害。刘太公夫妇看到城内四门关闭，无处逃生。刘太公长叹曰："我儿命将休也。"这时刘邦小手一指，东北城角下豁然洞开，现出一个圆门，刘媪母子迅速从门中逃了出来。因为刘邦以小手一指城墙洞开五门，故而丰城五门的神话故事就代代流传下来。至今县城这一区域仍以"五门桥""五门桥新村""五门桥市场"等名称命名。透过五门桥附近河段，可以看到凤鸣塔。现在的凤鸣塔是20世纪90年代重修的，当年我们还捐过款，去年城建时曾经挖出明代凤鸣塔的塔基和老砖。凤鸣塔建于明代万历年间，共七层。古人曾作诗记之。"雁塔曾题京洛名，秋高此地凤凰鸣。凭将万里长风翼，飞向瑶台弄月明。"1948年，国民党军队拆除凤鸣塔修工事，给丰县留下了历史遗憾。20世纪，泥池酒厂酿制的凤鸣塔牌泥池酒响遍全国，后来酒厂的式微让人感慨之余还是感慨。

在凤鸣塔附近，曾经有中阳里商场，更多的时候，中阳里成了丰县的代名词。中阳里是刘邦的出生地，《史记·高祖本纪》载："高祖，沛郡丰邑中阳里人。"里，相当于现在的乡镇。中阳里，既是丰县的品牌，更应该是激励丰县人心怀家国、修身齐家的圭臬。家乡应当打造"中阳里文化"，重现古丰人杰地灵景象。

从五门桥往西走再往南就到了以前的百货大楼，那是丰县当年的商业中心，百货大楼后面是古丰街。我以前走过时，那儿的建筑多是清末或者民国时期的风格，砖木结构的房屋，门堂为青砖绿瓦，大门由一块块木板组成，两边有圆形木柱支撑，屋檐上有砖雕，瓦缝里长出高高的青草，总让人遐想草种子由哪儿飞来，没有泥土这些草靠什么滋养。街两边散布着米面行、酒肆、烧饼铺、杂货店、布匹店、理发店、殡丧用品店……但凡与人们日常生活有关的店，都能在这儿找到，有些类似20世纪80年代农村的集市。窄窄的胡同往里很深很深，住着很多家世代邻居。现在丰县人在外地开的饭店里都挂着古丰街的老照片，看上去很有意思。再走古丰街，街已经不古，人已经稀疏，也只留下了古丰街的名字。附近的刘邦广场新建了仿古建筑，到里面看看，有着古代的建筑风格，却没有传统的熙熙攘攘与浓浓风情。刘邦广场往西，西护城河附近是王敬久故居，因王敬久是国民党高官，其故居多年来虽然没有拆除，但也没有得到修葺与保护，以前只能看到那片青瓦院落，而现在都让位于城市建设了。在那附近以前有家炒面馆，那种手艺那种味道现在也寻不到了。

丰县汉家故事里，还有着枌榆社的传说，曾寻过几次，而枌榆社依然是"云深不知处"。《汉书·郊祀志上》载："高祖祷丰枌榆社。"《史记》载：高祖初得天下，诏令"丰治枌榆社"，并按期祭祀。后传说枌榆社是高祖祭祀的地方，也有传说是刘邦读书的地方，也有说是刘家祠堂，众说不一，难以厘清，且枌榆社的具体位置也有待于方家考证。而丰县有志之士甘于奉献，于去年创办文学刊物《枌榆社》，把枌榆社作为一种文化符号广播开来，值得称道。很想去杂志社与编辑们一抒胸臆，看看时间不早了，便留作来日念想。

走了两个多小时的路，提及了记忆中丰县的些许历史和风物。还有很多名胜、很多文化、很多习俗、很多风味、很多传说，需要从研究的角度考据与撰写了。而我的零散记述，只是走哪写哪，想哪写哪，一种个人记忆中的漫步而已。

走过母校

　　很久没回老家了，出差故乡县城时，到农村老家去了一次。因为有种怀旧的情结，便想去看看母校，寻找遗留在那儿的童年、少年时光。

　　我的小学是在一个乡村学校里读的，学校不大，却坐落在古今有名的村庄——朱陈村，学校名叫党楼小学。唐朝诗人白居易的诗句"徐州古丰县，有村曰朱陈。去县百余里，桑麻青氛氲。机梭声札札，牛驴走纭纭。女汲涧中水，男采山上薪……"这男耕女织的伊甸园，就是对朱陈村的描述，但不知为什么，上千年过去了，朱陈村仅剩下一块石碑为记，我的小学母校就位于此。目前真实存在的朱陈两村相邻，村中朱陈两大姓。因周边8个村庄紧挨着，并且还有几个小村庄穿插其中，便被称为"八大庄"。朱陈村的党楼清朝时有蒋翰林，据说是李鸿章的干儿子，具体已经无法考据，但蒋翰林却是真有其人。蒋家有地主成分的人家都是蒋翰林的后代，后来考上大学的有几个人，也代表了家乡的精英。学校在蒋翰林老家附近，我们上学放学时走过的小石桥就是用蒋翰林祖坟上的墓碑建成的。党楼小学民办老师和代课老师居多，学生也多是认识几个字罢了。直到后来学校来了被打成右派、下放的知识分子担任老师，学校教学上才有了新的变化。听说当年下放到这儿的董老师现在还健在，已经近100岁了，去年从党楼小学走出来的学生们还相约去看望她。虽然在小学没学到多少知识，但儿时玩耍的情景却依旧历历在目。因为当时条件不好，小学时的同学升入中学的很少。20世纪80年代初，小学设"戴帽初中"，就是小学五年级毕业后经考试在原小学读初一和初二，初二毕业后或者考县中，或者考中专，或者考镇上的普通高中。而教初中的老师或者是代课老师，或者是小学老师改代初中，教学质量自然不高。但当年有一代课老师，会武术，他当班主任，教初中数学和体育，班里几乎所有的男生都被他体罚过，都怕他，班级纪律自然好，学生上课没有捣乱的，作业没有不完成的。每天的晚自习他都陪着，有电开电灯，没电用汽灯，没有汽灯用煤油灯，反正晚自习一天都不能缺。他从初一跟班到初二，初二毕业他班里考上丰中2名，中专3名，普通高中5名。那是在乡里"放了卫星"的，这个老师因为成绩突出几年后转为正式老师。而我读初中时，初中改为三年制了，便接着考了初三。党楼小学的校园里满满的梧桐树，四五月份梧桐花开，香飘四溢，落英遍地，配之校园里跑来跑去的孩子们的身影，也是一道好风景。去寻找少时捉过迷藏的学校，那片青砖瓦房已经消失了。附近村子里的人说，党楼小学已建在别处，是位香港老板捐款建成的古典楼房。教过我的老师或已去世，或退休在家含饴弄孙。小学的同学或为人父，为人母，或匆匆度日，很难相见了。因为学校合并，党楼小学场地承包给别人搞养殖了。斑驳的墙壁，破旧的瓦房，大门上依稀可辨的校名，给人一种岁月沧桑感。走在蜿蜒的小路上，仿佛听到了当年的童音。

我的中学是在镇上读的，那是50年代中苏关系密切时建的一片苏式瓦房，带着曲折的回廊，教室里面有天花板。学校名气不大，但是学校旁却有一棵闻名遐迩的古树——唐槐。据说唐朝大将尉迟恭曾在此处拴马，因而那条街称为唐槐街。学校大门正对着的是烈女牌坊，也凝聚着在清朝这个古镇上一段感人的儿女故事。这次去寻觅中学时代的足迹，曾有琅琅书声的瓦房已经没有了。问当年的同学，说学校已搬到了靠近公路的地方，是几幢宽敞明亮的教学楼和现代化的操场。高一时，我的同桌是国民党高级将领王敬久的亲戚，但不知道他为什么改姓葛，也不知他为什么来到这个农村中学念书。他曾让我看过王敬久一家在台湾的照片，照片上那位当年驰骋疆场的军人已经老态龙钟。关于母校赵庄中学，我在其他几篇文章里都详细介绍了。只可惜那些见证中学母校辉煌的老校舍被拆除干净，那些青砖绿瓦、那些曲折回廊、那些苏式建筑，曾承载多少人的记忆。一个无知的举措，让多少人的乡愁无处安放。

中学毕业参加高考，我勉强考入了师范学校，而在高考前预考时我曾是班里的倒数第二个人，便被同学戏称为"孙山的哥哥"。所就读的师范学校在城市偏僻的一隅。但是，学校却承载着优良的传统和历史。该学校的第二届学生曾参加抗战时期的南京请愿，其中有两人在"五二〇"惨案中牺牲。他们的英雄故事成了师范学校鼓励学生的永不衰竭的德育教材。我毕业后的第二年，师范学校便与其他高校合并，读师范时的母校也永远成了记忆中的一道风景。同学聚会时，曾戏称我们这届学生为绝版。

师范毕业，因为农村缺少英语老师，我便进了中学教英语，和我一同分配去的还有南师大物理系和苏大中文系的毕业生，我们在住进教师宿舍时，曾对谁睡门口，谁睡窗户旁争论了好久，最后我让他们俩住在里面，我睡门口。每天早上和中午，我们三人一同拿着碗去食堂吃饭，每天晚上，一同在宿舍里侃大山，在农村中学任教的日子是清苦而快乐的。同宿舍的物理老师虽然知识丰富，但驾驭课堂和因材施教却难与我比肩，因为我读师范时遇到了一位特别好的心理学老师，学会了如何把握学生心理。在任教几年后，物理老师考研走了，毕业后到了苏南财政部门，曾经见到他一次，混得风生水起、志得意满，远没有在中学当老师时的沮丧神情了。当谈及曾一同工作过的学校时，他却又露出了对当年生活的怀念。我告诉他，因为学校布局调整，该学校已与其他镇中学合并，他露出一副怅然的样子，表现出了和我前几年的一样的心情。

自小学至今，曾在六七所学校就读和工作，但现在仅存的也只有读研时的那所高校了。其他母校，都成了"所谓伊人，在水一方"。

梦萦老街

    有一年春节时回老家，是和弟弟一起走的，还带着上中学的侄女。由于弟弟没有在镇上读过中学，侄女更很少回来，他们便提议从镇上步行回老家，顺便看看老街，我很高兴地答应了。我连上中学加工作，在镇上待了16年之久，也想借此看看曾经走过的路，忆忆曾经在此做过的梦。想到这些，自然乐意，就一起陪他们步行参观镇上曲折的巷子、陈旧的院墙和古老的街道。在路上，我边走边给他们讲，哪条街我上中学时经常走过，哪个胡同我们体育课逃课去集镇上穿过，哪座桥记录着我每周到校时的匆忙，哪条路我们经常在考试后去散步。同时，我告诉他们哪儿是我曾去看电影的影剧院，哪儿发生过让我难忘的故事，哪儿是我曾经的母校。讲着讲着，自然引出了几多世事沧桑的感慨，几多物是人非的回忆。

    在老街的南头有条河叫"太行堤河"，自西南向东北走向，传说是玉皇大帝马踏行空时留下的痕迹，自然不足以信了。虽然很少有人能记清这条河是什么时候开挖的，但几年前镇上重建贞女牌坊，上面记载的凄美故事说明太行堤河有着悠久的历史。康熙年间，镇上有两家大户人家，齐家与赵家。齐家的女儿与赵家的公子订了娃娃亲。有一年，赵公子从太行堤河乘船赴京城赶考，忽遇大风，船翻了，赵公子落水而亡，几经搜索，没有找到尸体。齐家小姐听说这不幸的消息后，终日以泪洗面。后来在丫鬟带领下，到河边看看赵公子落水的地方。趁丫鬟不注意之时，小姐投河自尽。家人沿河寻找，最后在几里之外的地方找到了齐家小姐的尸体，竟然与赵公子的尸体合抱在一起，家人无法把他们分开，只好将两人合葬。贞女的感人事迹呈报皇上，赐封贞女，建牌坊以昭后人。多少年过去了，故事的真伪无可考据，但太行是河倒是给两岸人民提供了赖以灌溉庄稼的主要水源，也成为镇上唯一的水运航道，夏天水多时会看到外地的运沙船从此经过。那时候，我们男生经常在夏季课程不多时到河里洗澡，暑假前后同学们还喜欢约着一起到那儿纳凉，高考后我们也是在那儿一起畅想未来。当年，河堤两岸是茂密的槐树，在槐花盛开时，弯曲的河岸就像两条缀满碎花的玉带，走在岸边林间小路上，会嗅出香飘四溢的清新味道。初夏时节，蝉声阵阵，很有"云深不知处"的感觉。现在，河畔已经建成了公园，没有了当年的自然与原始，没有了"蝉噪林愈静"的诗画，也没有了落在地面上厚厚的、软软的如地毯一样的槐花。

　　沿南北走向的老街往北走，街两边至今还保留着一两家民国末年的院落。青砖绿瓦，钩心斗角，屋檐上长满了高高的衰草，很有岁月沧桑感。街两边，有着很深、很窄的巷子，巷子两边都是住户。在一个深深巷子里的一个院落中，长着一棵弯曲的槐树，传说这棵槐树是唐朝大将尉迟恭拴马时留下的，已经被作为文物保护。唐槐有8个主枝，长6米多，每年只生一枝。据考证，树距今有1100多年的历史，树干大部分已经枯死，仅剩狭窄的韧皮部连接上下，支持唯一的主枝向上生长。传说，在百年之前，濒死的老根上又萌发了新的生命。现如今，当年的新枝也已年过百岁。在镇上工作时，我曾经专门去参观过那棵槐树，抚摸着虬曲的枝干，如同真的触摸到了千年时光，深思之中，想起庾信的句子"昔年种柳，依依汉南；今看摇落，凄怆江潭；树犹如此，人何以堪！"……

　　老街的北头，有一个高高的土台子，周围是"护城河"，上面建有几座很大的仓库，据说这里是古代的粮仓，当地人都称为"大庙"，这个名字至今还被叫着。我上中学和后来工作时，那儿是镇粮管所。进大门的坡很陡，大概有60多度，这给当年来缴公粮的农民带来了很大困难。许多人一起推拉平板车的镜头仍记忆犹新。因为周围是很深的护城河，大庙上面易守难攻，在抗日战争、解放战争、"文革"期间都发生过很多可以追寻的故事。我跟着缴公粮时去过，后来有同学住那儿，就经常去玩了。我喜

欢看大庙的古式建筑，喜欢院子里上百年的参天大树，也喜欢粮仓门口的鸟群一片，喜欢感受那儿的鸟语阵阵，凉荫习习，似乎到了世外桃源。很多年过去了，粮管所萎缩了，粮库不再发挥存粮的作用，也不知"大庙"成什么样子了，但愿老建筑依然在，大树依然有。这样想着，心里又难免莫名地担忧，因为急功好利是当下人最明显的特征，没有人保护，谁会让大庙安然无恙呢。

镇上的两条老街呈"丁"字状，南北老街的中心，向西拐是另一条东西走向的老街了。就在两条街的交叉口附近，我看到原来开照相馆的院子没有了，变成了一幢二层小楼。当年，这儿是集镇上最热闹最繁华的地方，镇上唯一的一家照相馆就位于此。照相馆主人家的男孩初三时曾和我同学，只是没有考上高中，便在照相馆帮忙了。有时，学校里需要照毕业照，或者有的同学转学走了，再就是有的同学因家庭特殊情况而辍学，我们便到照相馆去合影留念。曾有台湾原"国防部"副部长王敬久的一个姓葛的亲戚和我同桌，后来不知道为什么就转走了，记得他曾拿出王敬久在台湾的照片让我看。他转学之前，我们到老街上的照相馆照了合影。师范毕业后回到镇中学任教，曾去那儿冲洗我和我的老师劳瑞琳·贝勒德里的合影。摄影师的女儿是个扎着两条大长辫子的女孩，不太白，但很漂亮，瘦瘦高高的。我去取照片时，她用羡慕的眼光看着我，说："真看不出你还跟外国人上过课，你看起来也不像个会说外语的人啊。"她妈妈也拿着照片端详了一会儿，之后又看我两眼，眼光里也充满了赞许。这次走过老街时，看到他们仍然从事着照相的行业，只是设备、技术和条件都比以前有了很大的改善。整个照相馆也由当年的女孩来经营了，并且起名为"凤华照相馆"。经过门前，看了两眼，心里竟有了一番感慨。

沿东西街往西走，想起来当年大街两边分布着食品站、物资站、废品收购站、理发铺、供销社、税务所、派出所、公社大院、饭店、新华书店、镇法庭、影剧院等单位。现在，很多单位都没有了或者搬迁走了。边走边讲，不经意间看到了废弃不用的税务所的老房子还在，房顶上长满了茅草，斑驳的墙上"文革"标语依稀可见。

小时候，周末或者放假了，村子里的伙伴们喜欢结伴到集镇上去玩，那时多半是不带钱的，去了只是为了玩，主要到影剧院门口去看热闹，看电影海报。有时趁人们入场时，试图偷偷挤进去看场免费电影。有时几个小孩搭人梯从院墙翻过去，悄悄跑进影剧院，却经常被查票的抓住撵出来。后来上中学时，同学们一两个月便买票去看场电影，那是一种奢侈，也是一次精神大餐。《人生》《第一滴血》《红楼梦》《天仙配》《西游记》等电影都是在那儿看的，至今记忆犹新。上班后，每年都会在影剧院开一次大会，镇里也经常在那儿搞演出，影剧院成了镇上的文化中心。每天傍晚，影剧院的高音喇叭里会滚动播放着售票广告，恋爱中的青年男女都会穿着新衣服、怀着浪漫情怀看场电影。到春节时，影剧院门口便成了最热闹的地方。卖糖葫芦的、卖花生的、卖花儿团的、卖大米糕的、卖鞭炮礼花的、卖气球的、卖手工玩具的、摆摊理发的……琳琅满目、花花绿绿地都摆在路两旁，十分惹眼。有时那儿会熙熙攘攘、人头攒动，异常地热闹。考上学的同学春节聚会也都选择在影剧院门口集合。而今，这种场景定格在20世纪80年代的农村乡镇上，再也找不到了。影剧院已经被无情地拆除，很多故事与欢乐也随之烟消云散。至今赶集的人们仍旧说着"我们在影剧院见""我已经到影剧院了"等话语。建筑没有了，记忆依旧在。把这些讲给年轻人听，他们除了不解，还有的就是迷惑了。

经过新华书店东侧的胡同时，看到那么多年过去了，似乎并没发生什么变化。只是旁边的理发铺没有了，更不知道理发的父女两人现在去了哪儿。我20世纪80年代末读中学时，每过一段时间，都会到街上理发。那时理发铺不多且很简陋，我多数都到胡同附近离学校不远的理发铺理发。在低矮简陋的小房子里，一般都是女儿给顾客洗头，父亲理发，偶尔父亲会教女儿手艺。记忆中，那家的女儿很漂亮，皮肤特别白，眼睛特别大，且是双眼皮，长着长长的睫毛。这女孩经常穿着粗布的大襟袄，外面戴着套袖，衣着朴实，但干净可体，甚为俊秀。记得那女孩不但长得俊俏，而且心灵手巧。平时没有事时就自己学画画。有时去理发的人多，在等的时候我就翻看她画的画。她看到后，便红了脸，羞涩地说："你们大学生，不许笑话俺，俺是平时没有事时，画着玩的，只是喜欢哪！"其实，她画得很好、很像。如果出生在现在，再生活在富裕的城市家庭，一定能很有出息。去的次数多了，熟悉了，也敢聊天了。因为都是十六七岁的年轻人，容易沟通，便问她为什么不上学？她就说："家里穷，弟弟妹妹多。当姐姐的，照顾他们是我的本分。"聊得多了，看到她父亲板着脸，带着情绪的样子，我们便不再说话。有时去了，就她自己在，我们便可以聊很多，聊和我一起上学的她儿时伙伴，聊她自己未来的梦想。有时她就会用无奈的口气说自己多么后悔听了父亲的话，说不上学就不上了，我们班有几个同学都是她家的邻居呢。

高中毕业后，便不再去那儿理发，只是放假偶尔路过那儿，看到理发铺还在，想必他们父女又在给新的学生理发了。后来的后来，也就不知道他们的消息了。

再往前走，就经过了曾经是修车铺的地方，当年只是两间低矮的房子，现在却已经变成了楼房。这个修车铺的主人姓齐，那时就已经50多岁，他妻子去世得早，是他自己把两个儿子拉扯大。一个孩子大学毕业后留校任教，另一个在家跟他学维修自行车。老齐是个"奇人"，他无师自通，在我的印象中，他几乎什么都会。会木工，当过瓦工；会做饭，当过厨师；会机械维修，会电工，会修收音机；他还会给人看骨科，经常见到有人抱着孩子让他来捋胳膊捋腿脚，大多都是孩子玩耍时不注意给崴的，有时也有成人摔伤或者扭伤的。而他也真的很在行，用手摸摸就知道哪儿伤了，并且一般都能给治好。为了答谢，来的人或者给他带两包烟，或者给他一些鸡蛋。他高兴了就收，不高兴了就不要。周围十里八乡的都来找过他。因为他容易接近，又不太在乎钱财，自行车充气都是免费。因此，每到周末学生放学回家时，他那儿就特别热闹。他和儿子不慌不忙，慢条斯理，给急着回家的学生维修自行车。农忙时给浇水的人修烧坏的电泵，有时会忙到很晚。老齐喜欢喂鸟，无论到哪儿，都是鸟笼不离肩。大儿子结婚后，他就自己单独生活了。店里的活想干就干，不想干就去遛鸟。到了夏天，他还会喂两只大绵羊，牵着羊，背着鸟笼子，抽着烟，沿着路边的河沟慢慢地逛着，尽情享受庄子一样的自由自在。后来，他到我们学校食堂里给老师做饭，我和他交往了几年。每天饭后，他就穿着蓝色工作服，背着鸟笼子出去，该做饭时才来，有时也会有找他捋腿的跟进来。20多年过去了，不知老人是否还健在。经过他儿子店门口时，只知道他儿子在老齐的帮助带领下干得很好，可以说是在镇上也算"有钱人"了。因为是匆匆走过，也没有打听到老齐的情况，不知是想念他还是想念我曾经留在这儿的美好时光。

从修车铺往前走，经过以前的供销社百货大楼，楼是20世纪80年代盖的，上中学时经常去。几十年过去，大楼依然矗立在此，只是已经不再是百货大楼。随着市场经济的到来和计划经济的解体，供销社已经完成了历史使命，不再是人人羡慕的地方了。后来几个有关系的没有考上大学的同学都进了供销系统，确实风光了几年，之后随着供销社的式微便下岗或者下海了。

我对供销社印象不是太深，但看到楼前空荡荡的破损的水泥地，不由想起在此摆书摊的人来。当年每到逢集，他便用简易书架摆很多小人书。很多孩子和成人都来这儿看连环画，2分钱一本，付钱后坐在那儿的小板凳上看。基本上都是根据当时的电影编印的。记得有《水浒传》《地雷战》《地道战》《铁道游击队》《李自成》《列宁在十月》《一块银元》《江姐》《洪湖赤卫队》《英雄儿女》《平原枪声》……我小时跟着别人到集上来，大部分时间都是在连环画摊上度过的。上学的路上或者课间我会把看到的故事讲给同学们听，他们也都愿意和我一起玩。有次语文课上，我讲了自己看过的连环画，又加以发挥和夸张，竟然得到了语文老师的表扬。现在想想，也许是那时的小书摊培养出我对文学的钟情与爱好。时过境迁，触景生情，不免怀念起小时来这儿的那种渴望与幸福来。讲给侄女听，她很感兴趣，也很羡慕我们那时的自由与快乐。现在的学生，哪有时间来做孩子，几乎都成了上课和做题的机器了。

继续往前走，镇政府的斜对面，当年曾经有过镇上唯一的饭店。农村人一般只有说媒的介绍男女见面时才由男家在这儿请一次客。香喷喷的双面羊肉煎包，热腾腾的羊肉汤，金灿灿的八股油条，热辣辣的油茶，让我至今都有一种情结在这儿。那时卖包子是按串来，用竹签子穿着，一串五个，类似现在的冰糖葫芦。我在镇上上学时，很少吃到这种煎包，并且想都没有想过，只是高三时跟同学吃过一次。这里面也有个难忘的故事。高三下学期，一次模拟考试后，我们几个男生凑钱到街上犒劳一下自己。路上两个男生打赌，一个同学说他能吃30个煎包，另一个王姓同学说他吃不下，如果能一次吃下30个，钱全部由王姓同学出。我们几个跟着起哄，让他们赌，他们竟真的赌起来。这个同学在吃完20个后，再也吃不下去了。现在想想，那时的我们意气风发，朝气蓬勃。后来，我们几个大都考上了大学，两个打赌的同学毕业后一个在财政局工作，一个在税务局工作。而税务局的同学竟然英年早逝，让我们很悲伤，也知道了人生的确很短暂，生命的确很脆弱。

老饭店位置的东边，昔日的废品收购站已经不在了，也把我儿时的一段记忆化为天边淡淡的云彩。小时候，我们夏天都会去戳树上的知了皮，捡蓖麻籽，拾玻璃瓶、旧铁烂铜。平时收集起来，到星期天便拿到收购站来卖，卖个块儿八角，够去百货大楼前看连环画和买烧饼的了。记得有一次去卖兔子毛，看到那儿收到很多书，便央求工作人员卖给我两本，最后三毛钱买了两本，其中一本书里竟然贴了很多信销邮票，那大概是我集邮的开始吧。

走过我的母校时，我认真地对弟弟和侄女讲起这所老校的辉煌和变迁。这所农村中学是20世纪50年代建设起来的，教室全是苏式建筑，青砖绿瓦，三排房子呈"王"字形，房子中间有回廊连接。校园内绿树荫荫，春天桐花开了，送来淡淡清香。依树而读，也是一道风景。学校生活区、教学区分开，很有古代"书院"风格。我们站在大门口往校内望了望，已经全然没有了当年的遗迹。我告诉弟弟和侄女，这所学校里在20世纪八九十年代，曾走出了清华、复旦、人大、南大、武大、山大学子，侄女惊呼。因为她想不到农村的偏僻学校里会教育出这样的精英。我告诉她这千真万确，并且现在有的已是大学校长，有的在清华大学留校任教，有的已是厅级干部……再后来，这所农村"名校"无奈地衰落了，有历史价值的老建筑被拆除，有能力的好老师人心思走，教学质量下降，生源骤然减少，最后学校被撤掉合并。武大博士毕业的弟弟告诉我武汉大学一直保留着民国时期建筑，并发出了"无知者无畏"的感叹。现在赵庄虽然作为全县为数不多的中心镇重点建设，但中学却无法恢复。作为西北重镇没有教育的支撑，很难名副其实。我和很多人因之没有了母校，一些美好回忆的翅膀在此折断。每每同学相聚，忆往昔，心中总有一种痛。

就这么轻轻地从老街上走一趟，却勾起了我对往日的怀恋，也回味了当年的朦胧与甜美。这期间，自然还有很多要讲的故事，有很多应该忆及的老师、同学和学生。

走完老街，也几近走完了我近30年前的记忆。

木兮·今兮

　　几十年前的苏北农村，一切都带着原始的、纯净的印痕。天空湛蓝湛蓝的，可目极千里；河水清澈清澈的，可见鱼翔浅底；云彩洁白洁白的，如万马奔腾。那时的夜，是纯纯的夜，月亮如银盘一样挂在远方，繁星密布的天空，除了静就是深。那时的村庄，草屋木栏；那时的百姓，青衣素食。那时农村很贫瘠，一砖一瓦甚为稀罕，一针一钉弥足珍贵，一纸一笔是身份的标志，一院一牛是财富的象征。

　　民以食为天，而在生产力落后的农村，人们几乎都是靠天吃饭。残冬初春，青黄不接，大家多去田野里挖野菜充饥。在来回的路上，有时在沟边路旁会看到草一样的小树苗，或是杏树，或者是枣树，或者是桑葚，或者是香椿……这时人们多半用铲子小心翼翼地挖出来，栽在自己家的房前屋后，浇点水，等待着它长大，开花结果，如同种下了明天的希望。而这些树苗多数都不能存活，或者被调皮的村童拔掉，或者被跑出来的羊一口吃掉，或者旱死……但也有的果树被照顾得很好而存活下来，我家院子里的枣树大概就是这样长成的吧。

　　在我懵懂记事时，这棵枣树就已经存在。几十年过去了，今天这棵树依然健在。它见证了村庄天翻地覆的变化，记录了村子里几十年的喜怒哀乐，也目睹了发生在我家的"子丑寅卯"。现在，老院子里曾经住过的10多口人，或者去世，或者出嫁，或者考学去了不同城市，只剩下几间老屋和那棵枣树在留守，在静静地看着日出日落，默默地承受着风霜雪雨。据村里老人说，我家这棵枣树是目前村子里最长寿的树了。以前很多次回家，都没有注意过它，今年秋天回去，看到黄叶飘舞和树下落的颗颗红枣，不由生出"树犹如此，人何以堪"的感叹。

院中的这棵枣树树干虬曲，顶部分出三个枝干，伸向不同的方向，在空中铺出很大的树冠。前两年有两个枝干被锯去，失去了它婀娜多姿的美。而有一次大哥回家时还差点要把这棵枣树刨掉，我听说后电话告诉他，枣树是我们整个大家庭唯一的见证和记忆，他这才打消了刨树的念头。我想，这棵枣树当年能存活下来，一定得到了父母的呵护，如同呵护我们兄弟姐妹七人一样。因为小树苗在院子里生长要面临很多危险。猪羊鸡鸭鹅兔一口就会把它吃掉，人不小心也会把它踩断，甚至什么东西倒下都会把它砸折……可见父母对它是用心的，也可能是期待它给我们结出甜蜜的果实，给我们的生活带来一丝欣喜。事实上它也做到了，这棵枣树结出的脆灵枣甘甜可口，是我们兄弟姐妹小时候从冬天到夏天的期盼。

枣树下是我们一大家人春夏秋吃饭的天然"餐厅"，是夏天我们一家人和左右邻居一起乘凉的地方，是父亲及他的同龄人晚上抽着旱烟话说天南地北的场所，是村人们农闲时苦聚在一起听父亲拉"三弦"说"琴书"的乐园，是我们弟兄几个夏天晚上夜宿的佳处……

如果这棵枣树有记忆，它一定记得这个院子、这个家庭的多年变迁；如果这棵枣树会说话，它一定能告诉后人们这儿曾经的满院春光，曾经的鸡鸣犬吠，曾经的温暖和感动；如果枣树会书写，它的长卷里一定记录着这个家庭闺女出嫁时的依依不舍，儿子娶亲时的欢庆喜乐，亲朋相聚时的酒酣菜香，老人入土时晚辈的痛哭挽歌，学子远行求学时老人的嘱咐，好友生死离别时的撕心裂肺……仔细倾听，枣树会讲出很多或者伤感或者喜悦的往事；认真阅读，会找到曾经的足迹和苏北农村的风土人情。

我很小的时候，这个小院子里非常热闹，兄弟姐妹七人，加上父母，加上寄寓在我家的父亲朋友的女儿，加上外婆，共十一口人。有亲戚来时，家里人就更多了。母亲为了把一家人的日子过好，精打细算，院子里喂养了几头猪，几只羊，另外还有鸡鸭鹅，狗猫兔，院子里每天早晨的热闹情景可想而知。经常地，我依稀还在梦里时，便能听到母亲起来打扫院子、放出鸡鸭鹅、拉风箱烧水做饭的声音。我们先后起床，依次在枣树下洗脸刷牙，之后把大案板放好，十一个人或坐或站，吃着粗茶淡饭。在贫穷的年代让那么多人吃上饭，而每天都是早中晚三餐，父母的辛劳可想而知。尤其我的母亲，有时做好饭，总是说你们先吃我去睡一会儿，母亲的劳累当年我们都没有体会到。饭后我们去上学了，母亲还要刷锅洗碗，喂好猪羊等牲畜家禽……这些，我们多年后才忆及，才体会到，顿生"子欲养而亲不待"的懊悔。而枣树却把当年的光景都一一写在了年轮里。还记得每年的春天和初夏，我们坐在枣树下吃饭时，会偶尔有清香的枣花撒落在我们的碗里，现在想想也是一种诗意吧。

渐渐地，树长高了，我们也都长大成人了。先是大哥去矿上当了工人。那时候当矿工风光得很，每年回来，他都给我们带来从没有吃过从没有见过的城市里的东西。大哥还会在枣树下教我玩魔方、九连环等智力玩具。再后来，姐姐们和妹妹出嫁了，我们弟兄三人到外地求学，寄住在我家的女孩也回老家了……渐渐地，院子越来越空旷，而这棵枣树依然春华秋实，依然守望着老屋断墙。昔日，我们兄弟姐妹的婚礼，都是在枣树旁边举行的。摆大席时，枣树下则是厨师们支起大锅、磨刀做菜的地方。香气扑鼻、炊烟袅袅，人来人往，欢歌笑语，那番难忘的喧嚣与热闹都留存在枣树的记忆深处了。子女们大了，走了，年迈的父母守着院子，陪伴他们的只有枣树了。我工作后农忙时经常回家帮忙，每次都看到父亲抱着拐杖，坐在枣树下沉思，脚下是一个个烟蒂。父亲可能在回忆他年轻时的奔波和磨难，也可能在思念他远方的朋友。父亲看到我，眼睛一亮，咳嗽两声和我说几句话。老人知道我会给他带来一瓶酒，两包烟。也许这时候是他年老时快乐所在吧。有一次，我回家时，看到了父亲的山东老友周茂宗，他们是患难之交，他们之间有着太多的感人故事。这次他们的对话让人痛心。我进了院子，看到两位老人正坐在枣树下，两人中间的木椅子上放着一盘花生米，一瓶白酒，一包烟，两只酒杯。两人边饮酒边抽烟边说话边哭泣。茂宗大哥对我父亲说："师傅，我们爷俩认识40多年了吧？慢慢地，我们都老了，北乡您的徒弟都已经走两个了。我这次来看您，也是最后一次了。我回去后，您要好好保重身体。再见面，我们都已经在阴间了。不管我们爷俩谁先走，都要在另一世界等着……"说完，两位老人抱头痛哭，在枣树下演绎了难以见到的人间真情。我也被他们的真情感动得流下了眼泪。两人分别后不久，我父亲便卧床不起了，听说父亲最后一次走出房屋时曾经抚摸着枣树站了很久。两人去世时间相隔不到三年。父亲去世后，这个院子里只有母亲和那棵枣树了。每年春节，我都会回老家陪母亲过年。初一那天的凌晨，我会把长长的鞭炮挂在枣树的枝丫上。一阵闪电过后，硝烟弥漫于枣树树冠中，树下片片碎纸屑如岁月之花撒落一地。春节后，兄弟姐妹都会带着家人来看望母亲，仍会在枣树下接水洗菜，说东道西。那时老院子里又会热闹起来。几天后我们各自回去，虽然枣树上仍贴上"满院春光"的春联，但老院子却再次变成"满院春光无人知""人畜两旺在何方"的情景了。枣叶绿了又黄 枣花开了又谢，枣儿红了又落，这些都几乎不再被期待和欣赏。院子空空屋寂寥，昔日场景无处寻。风起树摇叶浅唱，难唤雨雪夜归人。

五年前的初夏，母亲帮别人干活回来，坐在枣树下洗脸乘凉，突发心梗，未能见子女们一面，溘然长逝。母亲走后，院子里就剩下枣树孤独地站在那儿，年复一年，荒草萋萋，屋漏人稀。每年清明节回家上坟，我们都会到老院子里看看，把杂草铲除，把缠在枣树身上的藤蔓扯去，清风吹过，树枝摇曳，是对往事的述说；阳光洒来，枣叶飘舞，是对岁月倥偬的慨叹。

见树思人，心为物役，不知今夕何夕。

一泓相思小院子

　　曾经到工作过的小镇，顺路想去看看我以前住了几年的亲戚家的小院子。到了地方，却发现以前的房子没有了，包括附近的镇教育管理办公室、农科站、农机站、林果站等也全都没有了，自然难觅当年的住处。放眼看去，取而代之的是正在建设的一幢幢楼房。在那儿伫立一会儿，不由得引起了自己的感慨与思念。

　　我对亲戚家那个院子非常有感情，因为我在那个院子里住了几年。搬到这个院子之前，我们一家三口住在学校家属院里。就一间大房子，一间小厨房，虽然拥挤，但很便于工作和生活。饭前饭后都可以到办公室或者教室里，或批改作业或给学生辅导。周六周日校园内非常安静，或去县城逛逛书店，或同学、同事聚会，打打球、打打牌、喝喝闲酒，日子平淡如水，水一样的清澈与快乐。每天清晨，我会被琅琅读书声早早唤醒；夜晚，我会在明亮的日光灯下或给学生上晚自习，或在办公室看书批改作业。直到有那么一天，教学区和生活区分离，老师不能再住在校园内，所有住校的老师自寻住处，于是，我就不得不搬出校园了。那段日子里，家在外地的老师有的在外面找房子，有的想办法买街上的民房，哪有人好好工作，自然大大影响了教学质量，还有不少老师人心思走。我刚好有亲戚在镇里工作，他工作调动去了其他乡镇，住的院子暂时空着。经过商量借给我住一段时间，而我一住就是几年。正房里是亲戚没有搬走的家具，我也不好意思去住，就搬进了东边的两间小平房，一间放家具，一间用来住。居住的房间很小，只能放下一张床和一张写字台，床头放一书橱。尽管艰苦一点，我也很满足，相比其他到处找民房的同事，算是很好了。这个独院离学校不太远，也非常幽静，建设得非常好。进院门正对着的是两棵龙爪槐，夏天时会长满郁郁葱葱的树叶，虬曲的树干，圆圆的树冠，下垂着的枝条在风中摇曳，很有韵味，给人以静谧与淡然。树下便是自来水池，池中有荷有鱼。夏天在龙爪槐树下洗脸，油然一种凉意。院子西半部是个花园，有两棵很大的棕榈树，四季绿色，只是一年年高起来，新叶盖旧叶，把时光悄悄藏在无声里。花园周围由月季花围起来，有红、白、黄、紫四色。初夏时节，香味满院，引来蜜蜂无数。院子正房前是用铁丝架起的葡萄架，下面由水泥硬化起来。房子的廊下有燕子窝，每年春天，数只燕子飞来飞去，衔泥和草棒筑屋，我会坐在葡萄架下，给孩子讲燕子的故事。孩子听得很认真。有一次放学回来，一只雏燕从窝里掉下来摔死了，它的父母在院子里低飞，叫声凄凉。我和孩子一起画下了小燕的形状并把它埋在了棕榈树下。也是在这个院子里，我们喂养了一只长毛狗，名字叫"来来"，主要是让它给孩子做伴。俗话说狗有灵性，来来特别懂事，它能在很远的地方辨别出我们的声音，孩子一回来，它就跑到孩子身边，陪孩子玩。孩子有时把手放到它的嘴里，它不咬，反而会舔孩子的手。有时我们一家人骑自行车回老家，它就会跟着我们跑。当家里没有人时，它一晌都卧在大门里边等我们回来。有陌生人来时，它会愤怒地叫，让来人心生畏惧。它认识常来我家的亲人和朋友，见面了摇摇尾巴就到一边去了。我和孩子踢球时，它会跟着捣乱。有来来的两年，孩子少了孤独，有了伙伴。一次徐州的同学来我家，客人离开时我们送客人去坐车，来来也跟着去车站，不注意间，被街上的人抱去了，找了很长时间也没有找到，也不知是被人喂养了还是……孩子伤心了很长时间，也从此对狗有了怀念的心绪。

　　一年四季，我都喜欢坐在院子里读书，也经常陪孩子在院子里学习。也是在这个院子里，假期和双休日，我辅导着亲戚家的孩子，空闲了自己安静地学习和撰写文章。没有了读书声的唤醒，早晨就要靠闹钟起床了。早饭后，看孩子和伙伴们一起去上学，我也就或者步行或者骑自行车去学校上课。更多的时候，我早早起来到学校带学生读书，之后再回来做饭。

放学后或者周末，我便带着孩子或者踢足球或者打羽毛球，有时会在院子里扔飞镖，有时和孩子捉迷藏、玩游戏。孩子的启蒙教育就是在这个院子里开始的，我在此陪伴孩子度过了他快乐的几年。在这个院子里，孩子学会了读书，学会了认数字；阅读了儿童文学、少年科学、少年文艺、童话故事、动物世界、少儿百科全书、有趣数学……他4岁在镇上读一年级，六年级到市区，一直到重点中学，一直到大学，到公务员，成绩的优秀都得益于住在小院子里的几年。

住在这个小院子期间，有个晚上我回来给孩子做好饭，接通知去学校开会，结果因为天黑，在路上被一机动三轮车撞了，住院一个多月。在这个小院子住的几年，也是我再次苦读的几年。记得在一个大雪封门的凌晨，我到镇南头车站乘车赴考，孩子也起来送我，高兴得在雪地里一跤一跤地摔倒，不疼也不哭，那开心的样子现在也不能忘记，朦胧中厚厚的白皑皑的雪地上留下几串串前行的脚印。住在小院子里非常安静，但有时也会有亲戚来，看到家里没人，他们或者从大门下塞进一些新鲜蔬菜，或者塞进一些水果。及至我们放学回家，一开门就会看到大门里地上有包菜，有榆钱、有槐花、有洋葱、有蒜薹、有菠菜、有花生……这些多半是母亲或者大姐送来的。也有时候，母亲会在我们放学时从老家骑脚踏三轮车来，在大门口等我们回来，坐在院子里和我们说说话，看看自己的孙子，脸上有着幸福的笑容。有时来了会帮忙做饭，也有时吃过饭来。现在想来，那种平凡的幸福真的好美。

20世纪90年代，我因求学离开了这个院子，也就没有回去住过。再来，全家搬到了市里，对那个院子就渐渐地远了。后来听亲戚说，我搬走后，有几个人想买他的院子，他都不卖，问其原因，他说这是风水宝地，也是一种记忆，再多的钱都不卖。我这次回家听说后，感觉没有道理，又觉得很有意思。

可以说，我当年搬到这儿借住时，是很落魄的。学校里不让住校，自己又在镇上买不起房子，离老家也远，更不想租民房住，只好求助于亲戚。但这也不是长久之计。考虑到自己的未来，考虑到孩子的教育，就一直想着要走出去。对于一个普通的年轻教师来说，想走出去也只有考试一条路。

因此，我放学回家，孩子休息后，便挑灯夜读，有时学到凌晨，有时凌晨醒来继续学习。因为住的是小平房，冬天特别冷，多半坐在被窝里读书和记笔记。有时学着学着睡着了，圆珠笔滑落在被子上，笔油会染在被面上，被染色的被子曾经保留了几年，搬家时也不知留在了哪儿。就这样两年苦读，终于通过考试重新回到了大学。其实，我在亲戚家居住也是有交换条件的，那就是要辅导他两个孩子的英语，一直辅导了两个暑假。后来，他的两个孩子一个考上了清华大学，研究生毕业后考进了中央机关。一个大学毕业后又考到国外深造。我的亲戚一直把他两个孩子成功的功劳归于我的辅导，我是受之有愧的。可能我在他们的英语学习上给予了一定的帮助，再就是我30岁还能重新考回大学深造给他们树立了学习的榜样，还有他们的家长也经常用我的经历鼓励他们。我当时辅导她们也是回报亲戚的帮助的，这却一直让亲戚充满着感谢之意。我在离开这个院子后，他的另一亲戚又借住进来，也是三年苦读，考上了研究生。我孩子上小学时一直住在这个院子里，成绩优异，顺利考入市一中、顺利考上大学、顺利考上公务员。在我考上研究生后，我妻子也是从这个院子里考走的。听亲戚说，凡是在这个院子里住过的，孩子都考上了好的大学，大人们也都有了很好的发展，所以他认为这是块风水宝地，即使没有人住也不会卖。其实，这也不是一种必然，确切地说，应该是人们认同了家庭熏陶的作用吧，或许我的勤奋和小小的成功产生了一些正面影响，引发了他们的向上的精神吧，与居所应该没有太多的联系。

拆迁重建后，亲戚依然在原地要了赔偿的两套房子，就放在那儿，作为一种记忆和纪念。而我最难忘的，是在那儿苦读的岁月，还有我的亲人去那儿找我时的幸福时光，以及我曾留在那儿的一个青年的无奈与叹息。

我有时会想，假如继续住在学校里，我也就不会有太多的想法，自然也不会住进亲戚家的院子里，也许现在依然在镇上做着一名普通而快乐的教师，也自然不会有我与这个院子的深深情缘和别样的今天。

梦里依稀床做伴

　　已经近一年没有到我家老院子里看看了，偶尔回老家，也都是"三过其门而不入"。又到清明，给父母上坟，兄弟姐妹便到老院子看看。来到家，推开木门，满院荒草，地面上是去年的厚厚的一层树叶，杂草灌木挡住了房门，门框上结满了蜘蛛网，一如《聊斋志异》中描述的荒凉。

　　一间配房里，室内还是母亲7年前住的样子，屋内摆设和床铺一动没有动，仿佛母亲短时间出行了。为留住骤然离世的母亲的记忆，我们一直把这间房子保持着母亲生前的原样。环视室内什物，眼睛突然定格在了那张大床上，由是浮想联翩，与床有关的昔日情景跃然眼前。

　　这张大床宽约1.5米，长约2米，是苏北农村传统中结婚时的床，俗称"大床"。掀开被褥，看到床沿已经磨得油亮，床的面板上斑驳的红蓝油漆依稀可见，雕刻的龙凤图案清晰入微，虽然床腿处有点腐朽，但仍然透露着坚实的样子，还有对无情岁月的睥睨。我对这张大床的记忆都是孩提时的事，今天再次看到它，突然多了一些思考，同时又有几分的怀念。

　　"大床"的来历也是以前听母亲讲的。这张床本来是外祖母结婚时娘家的陪嫁，我母亲结婚时，外婆家因为贫穷没有什么可陪嫁的，就把这张床重新油漆一遍做了母亲的嫁妆。这样算来，"大床"应该有上百年之久了。床的结构虽然简单，但木质坚硬，且是传统的榫卯结构，故而那么多年了，依然完好如初。仔细算算，这张床承载着我们的家史，有着太多的记忆。这张床上曾经睡过很多亲人，我们兄弟姐妹七人也都出生在这张床上。记忆中，当我们6岁左右时，便要离开这张床与哥哥或者姐姐一起睡另外的小床了。在冬天，父亲会用麦秸、豆秸给我们打"地铺"，睡在上面软软的，暖暖的，也是特别的享受。当年，在农村，冬天打地铺是家家的"必修课"。这张大床，是我成长的息壤，在这儿，我听父母讲起家史往事。在这儿，当我们生病时，母亲会熬红糖茶喂我们，会熬姜汤给我们退烧。我小时候，体质比较差，听母亲讲经常犯"急紧风"（土语）的病，也是躺在这张床上，母亲手持煤油灯，着急地看赤脚医生给我针灸人中穴。因此，我在大床上睡的时间比其他兄弟长，上小学时才离开。当我们都10多岁时，这张大床就让给两个姐姐、妹妹和寄住在我家的父亲朋友的女儿了。她们四个叽叽喳喳，吵吵闹闹过了好几年。后来，一个个出嫁了，也就了却了与这张大床的因缘。自从我拉着简易的木床住校读书后，这张"大床"就淡出了我的记忆。今天，突然看到它，亲情、回忆、怀念、童年、贫穷、煤油灯、亲人、书本、奖状、哭喊……无数的物象扑面而来，沉思中感觉到了眼角的湿润，坐在几十年不曾坐过的"大床"上，顿时觉得它承载着太多的故事与记忆，心里油然升起一种时空的错落感。

记忆里另外一张床便是看场时睡过的简易床了。改革开放后，农村分田到户，收麦时节要看场。那时，从割麦子开始到落（lào）好场，种上玉米、棉花等，要在场里住一个多月时间。看场时买的雏鸡，搬回家时都能长到半斤多。割麦前，从家里拉一个简易木床，用几根厚厚的竹片折弯成弓形绑在床两边，上面用箔搭上，箔上面是厚厚的塑料雨布，雨布上面再用草苫子盖上，避免风把雨布吹开，这便成了初夏夜晚的栖息处。累了一天，晚上钻进类似船舱的床上，在手电灯的映照下翻看着名著，听着外面风吹树叶的沙沙声，昆虫啾啾的鸣叫，田蛙跳跃的噗噗声，的确是别样的意境。天黑了，人少了，心里有点害怕，有点紧张，便裹紧被单，静静地躺在床上。关上手电灯，打开收音机，收听着自己喜欢的文艺节目，当是一种劳累之余的享受了，也是驱赶寂寞恐惧的方法。"远怕水，近怕鬼"，麦场多是在田间地头，想到附近的坟茔，自然生出一种恐惧。黑暗中，我最喜欢和期待的便是电影录音节目，如《基督山伯爵》《巴黎圣母院》《李尔王》……劳动之余的精神享受是最难忘记的。六月的天，说变就变，有时白天还烈日当空，到了晚上便会雷电交加。这时候，睡在床上，看外面电闪雷鸣，狂风暴雨，有紧张中的刺激，有恐惧中的期盼。有时，啪嗒啪嗒的雨点对自己倒成了一种安慰。床底下，是鸡笼中小鸡的喳喳声，我感觉到这些小小的生灵们成了自己的伙伴，害怕的感觉消了不少。慢慢地，自己就睡着了，第二天早晨，雨后的清新让人神清气爽，便又开始了一天的劳作。

看场时，农村初夏的夜空成了一道难忘的风景。有时，大人们也会凑在一起说说话，小心地卷支旱烟。躺在床上看天上繁星密布，银河横架的天空中，牛郎、织女星闪烁着凄美的故事，北斗星无言地为人们指引着生活的方向，偶尔有流星划过天空，给人以苍凉的遐思。有时候，望着天空，看着星星，会想起自己的未来自己的梦想，带着几分天真，几分迷茫，几分幻想。在老家工作的那几年里，每到收麦季节放麦忙假了，我都去看场，都会有这样的劳累与美好记忆，当时感觉很辛苦，现在想想，真的有着田园般的诗意生活呢！而躺在船舱一样的床上看书、听收音机的日子，也为我守望文学爱好奠定了基础。只可惜现在"看场"成为了遥远的传说，也不会再有机会睡那样的床，听那样的风雨了。

记忆中难以忘却的还有大学里的双层床，当年上下铺的同学们都天各一方，也不知道现在怎么样了。我的上铺是南方的"文青"，现在还记得他每天晚上回来很晚，踩着我头旁边的踏板上到上铺，双层床便发出咯吱咯吱的声音。有时看我没有睡着，会把头垂下来告诉我他与电视台的主持人聊到什么程度了，看我不理他，便嘭地把头扔在枕头上睡了，我还记得那时他都会唱歌跳舞了。还记得一次他硬把我从床上拉起来，到学校舞厅里教我"慢四步"。我上大学时，生活艰苦，晚上经常倚在床头上在简易的台灯下读书读报，该熄灯了，就打开收音机，把耳机插进耳朵里，或者听"美国之音"，或者听读书节目，经常是听着听着便睡着了。有时候，我们几个也会在熄灯后聊男女生之间的趣事，而我一般只是听，可能是为了节省体力，避免饥饿加剧吧。当年倚在破旧的双层床上读了很多书，听了好几年VOA和BBC，我的英语听力和口语基础也是在那时候打下的。咯吱咯吱的双层床，记录了我的大学生活，记下了我的学习历程，也为我的梦想添加了"赤橙黄绿青蓝紫"。

毕业后回老家做了老师，正赶上教师社会地位低、工资待遇低的时代，再加家庭经济条件不好，结婚时，刨了门外的一棵槐树，请木匠打了一个简易床，老家称为"三打床"，也有人称"三拿床"，大概因为床由三部分组成吧。后来把它从老家搬到学校宿舍里，再后来学校不让老师住在学校时，我又把它搬到了镇上亲戚的一间平房里。那间小房子里，一张床、一个写字台、一个书橱，就满满的了。虽然艰苦紧张地生活着，但这张床成就了我和孩子的学习，让我们于此共同成长。那时，孩子刚满三岁，我在靠床的墙上，贴满了汉语拼音、英语字母、动物植物挂图，晚饭后，我在床上与孩子做游戏，给他讲故事，教他识汉字、认字母、读数字，不要求他会，只对他启蒙。过几个月，便把挂图换成不同的内容，交通工具、武器、天文地理……我经常根据挂图给孩子编故事，让他跟我学字母，读音标。床头上是书橱，书橱上是卡式录音机，每天晚上，我都会和孩子一起听20分钟英语，听完就看书讲故事。孩子的读书习惯是在这张床上养成的，自己学习的能力是在这张床上培养出来的，四本《少儿百科全书》是在这张床上读完的，孩子的英语听力基础是在床上打好的。这张床上的几年，为他轻轻松松、快快乐乐学习，以优异成绩考入名校，顺利通过公务员考试奠定了知识基础。

　　在这张床上陪伴孩子的几年，也是我人生涅槃的时期。每当孩子入睡，夜深人静时，我便倚在床头，展卷而读，奋笔疾书，做笔记，背理论。有时看着看着就睡着了，书本会滑落在床上，圆珠笔会滑落在被子上，笔油便染在被面上。至今，那个带着油渍的被面现在还在衣柜的一个角落里。

　　后来，离开了寓居的小院子，那张"三打床"又回到了农村老家，一同回去的，还有那张写字台、那个书橱。母亲去世前，每年春节我都会在那张床上睡几晚上，感受老家的冷，聆听农村的鸡鸣犬吠。再后来，这张"三打床"也作为我生活的记忆和时光的符号静静地躺在老家的老房子里了，即如我看到的那张"大床"一样。

　　现在，经济条件好了，我买了一张有靠背，床头能放书，能放台灯的大床，床头上摆满了书。每天下班回来，最惬意的便是倚在床头，手执黄卷，体验着"一盏孤灯夜读书"的美好。读得累了，静静地回顾着读过的章节，慢慢地到梦中……

静静地，在雨后……

　　五一节前后的天气是醉人的，而这时的雨就更让人心旷神怡了。雨后的初夏，空气清新，阵阵湿润的风吹过，恰似那少女一低头的温柔。雨后的绿嫩嫩的，绿中泛着淡淡的黄，垂露欲滴而清翠诱人。雨后的世界如同少男少女一样充满着活力，充满着朝气，充满着张力。有了短短的假期，人们都想出去走走看看了。透过各种媒体了解到，每逢节假日，全国著名的景点处处人满为患，且中国人又喜欢扎堆，曾有一游客到了九寨沟发出了"就一个破水汪子还来那么多人"的感慨，体现了景点文化与游客文明素质的天壤之别。想来想去，便决定到有着丰厚文化而又人迹不多的单县转转。

　　单县处于苏、鲁、豫、皖四省交界，与丰县毗邻。丰县是汉高祖刘邦的出生地，单县是高后吕雉的出生地。丰、单两县应该被历史好好地记住，但星移斗转，人们只记住了楚汉相争的惨烈，只记住了大汉王朝带给中国的领土统一、文字统一，只记住了关于刘邦的故事与传说，对于丰、单两地的文化内涵与风土人情却很少关注。在不冷不热、无风无雨的小闲中，去感受一下单县的昨天和今天，也许有一种别样的感受和收获。

　　从丰县到单县只有一条丰单公路，这是唯一贯通山东东部和西部的道路，很多河南、山东的车辆都从这条路通过，因而也被作为战备路加以重视。出丰县往西，不远处就到了"天下金刘寨"。这儿有刘邦的曾祖父刘清的墓，汉阙高高矗立，大门口"汉皇祖陵"四个字由沈鹏题写，旁边巨石上"天下金刘寨"五个字则由尉天池书写。20世纪90年代的一天，有"凤凰"在凌晨自远处飞来，落在刘清墓上，鸣叫不走，金刘寨刘氏家族认为是祖先显灵，加以宣传，引来方圆几十里的老百姓观看。恰逢当年东南亚的刘氏家族前来祭祖，政府便出资对刘清墓进行了修葺。为了发展旅游事业，去年对附近的村庄进行大规模的拆迁，扩建汉皇祖陵，这能不能带来文化和经济的回报，没有人知道。匆匆而过，转眼到了赵庄——丰县的边陲重镇，我曾经在这儿读书和工作了很多年，留下了许多值得记忆的东西。继续向前，途经大刘集、西马楼，便到了单县东部重镇——终兴镇。提起终兴镇，很多人没有听说过，但提起吕雉，相信所有读过书的人都会知道。刘邦平定天下回归故里，到单县看望故旧，感念单县人民的支持，在高后故里高方店挥笔题写了"千秋大业，百战终兴"。后来刘邦题词的地方定为"终兴"，再后来就成了集镇。从终兴镇经过时，亦然是那种传统的、保守的又有点落后的热闹集市景象。在以前是"江苏的城市山东的路"，今天看来，江苏无论是城市还是道路都远远地走在了前面。进入单县，路两边有许多亲切的老房子，有很多郁郁深深的静静的树林，让人有种进入梵境的感觉。

在绿色的海洋中前行，很快到了单县城区，我第一次来这儿，第一感觉是人口不多，并且城区红绿灯很少，没有堵车的纠结。在我的印象中，单县最出名的是牌坊和羊肉汤，而到了单县，听当地人说还有"单县三绝"，即"张家牌坊、李家匾和王家大旗杆"。关于牌坊，有很多的故事和传说，后面专文描述，在这儿先谈谈"李家匾和王家大旗杆"。明朝年间，单县城东关李家兄弟两人，经过十年寒窗苦读，赴京赶考，同榜考中进士。当时明代大书法家雷鲤在单县黄岗镇隐居。李家为光宗耀祖，前去请雷鲤为其书匾。雷鲤欣然答应，挥毫泼墨，写出"进士"二字，其笔力刚劲雄浑，潇洒奔放，当时博得"一字千金"之誉，再加上兄弟二人同科得中，又同时挂起两块进士匾，世上罕见，轰动一时，李家匾也随之闻名遐迩，对激励人们读书致仕有很大的影响。由此可见，功名还须读书得，李家匾的意义在今天仍有着深层次的含义。也是在明朝，单县城东门外王家功名显赫，官居巡按御史。为昭示其权势，三家在东门外路南大门前左右各立一根旗杆。旗杆高数丈，上带刁斗，巍然屹立，每逢喜庆节日，便升起鲜艳绣旗，其高大夺目在单县独一无二，故老百姓称为单县一绝。由此看来，看重名声自古有之，这在一定程度上让人们的价值观集中在了功名之上，也是封建社会等级制度的充分体现。朝代更替、风雨飘零，单县三绝中幸存至今的也只有张家牌坊了。

到了牌坊广场，远远地看到矗立着的，历经风雨，见证了朝代更替和政治风波的清代牌坊。在封建社会，牌坊是用以宣扬封建礼教、标榜公德的门洞式纪念性建筑物。其实，立牌坊在宣扬封建礼教的同时，也有积极的一面。清末民初，单县曾存有"节孝坊"三十余座，可惜这些精美的石刻牌坊多数在"文革"中被拉倒砸碎，唯有尊居群坊之冠的百狮坊和百寿坊幸免于难，现仍巍然屹立于蓝天白云之下，目睹着人世间的沧桑之变。据传说，"破四旧"砸百狮坊和百寿坊时，天空突然乌云密布，雷电交加，有一人被雷击中。另外，有个人砸破立柱上的石笼，窃得石笼内的小鸟，带回家的第二天，家中失火，房屋尽毁。当时人们迷信这是上天保佑两座牌坊，便不敢再动。后来，百寿坊、百狮坊被人用白灰将坊心的字体泥平，刷上了"不忘昔日苦""牢记阶级仇""封建礼教的罪证""劳动人民智慧的结晶"等标语。两座牌坊因而得以幸存。走近牌坊，看到立柱上雕刻的石笼真的不复存在，被砸的痕迹向人们述说着当年的风雨。

沿牌坊街向北走，我们看到了朱家牌坊。因其正间前后上坊心环雕百个变形篆体"寿"字，大家都称之为"百寿坊"。原名"敕褒节孝坊"，是清乾隆三十年（1765年）为翰林孔目朱淑琪妾孔氏建。百寿坊高约十三米、宽八米，其建筑宏伟与雕刻精致可与百狮坊媲美。雕刻图案有狮子、龙凤、仙鹤，还有牡丹、梅花、松石、竹兰、宝象花、唐蔓草，以及商周秦汉时的金石图案等。百寿坊夹柱上巨狮蹲坐，立柱上蛟龙盘绕；正间中额坊透雕镂空"串枝牡丹"，叶错花繁，十分精致；正间上额坊祥云间五只仙鹤翩翩起舞，次间上额坊鸾凤翱翔、引颈对唱。正檐下悬一"圣旨"匾，周围饰有"二龙戏珠"，姿态婉转、曲折回环、精细入微。仙鹤是幸福、长寿、爱情的象征，龙象征男子的坚毅刚强，凤象征女性的美丽温柔。在其他柱子上，各雕刻三幅花鸟，以谐音和隐喻表现某种吉庆。牡丹蝴蝶，寓意富贵无敌；芙蓉牡丹，寓意容华富贵；竹梅绶带，寓意齐眉到老；梅花喜鹊，寓意喜上眉梢；春燕桃花，寓意长春比翼；绣球锦鸡，寓意锦绣前程；水仙海棠，寓意金玉满堂；秋葵玉兰，寓意玉堂生魁。

朱家是单县最大富户，有土地20多万亩，祖上做过大官。朱叔琪凭祖荫财富，乾隆年间入了翰林院任七品目，娶了曲阜阙里孔家姑娘孔氏。孔氏年轻貌美、温良典雅、知书达礼。两人虽年龄悬殊，但孔氏慕朱叔琪满腹经纶、道德高尚、一表人才，倒也其乐融融。孔家族人为了显示门第高贵，提出要朱家一步一个元宝摆到曲阜，朱家慷慨答应用元宝双趟摆到曲阜。这些当然都是演绎和传说了。孔氏嫁来不到十年，朱叔琪就病逝了。孔氏求单县知县"点主"，知县忌恨朱叔琪平时清高不买账，还时不时教导他为官要清廉，早就窝了一肚子火，"点主"一事，不予答复。孔氏派人去曲阜求助侄子衍圣公。衍圣公答应姑母去单县"点主"。朱家族人问圣公随行几人，衍圣公回答："三人"。不几日衍圣公驾到单县，但见旗牌浩荡、金鼓齐鸣，刀枪耀眼，原来衍圣公说带的三人乃三位总兵。三总兵分别带数千人马到单县，从单县城到十里外的十里铺驻满了兵马，井水随之喝干，朱家不但将城内饭馆全包下，还从四乡十里以内买馍买饭。孔氏谨守妇道，守寡几十年，抚子朱春成人。去世后，朱家和孔家奏明朝廷，皇四子履郡王隅城亲自题诗，诗镌刻在牌坊额枋上。

沿街继续往前走，便能看到面朝西的"天下第一坊"——张家牌坊，也就是人们说的百狮坊。据传，张蒲是单县的大地主，儿子张赓谟为文林郎，曾任正七品知县。张蒲的妻子朱氏，在娘家兄弟姐妹中排行第八，人称八妹。聪慧美丽的八妹与张蒲青梅竹马，在17岁时嫁张蒲为妻，婚后与张蒲夫妻恩爱，婆媳关系很好，生二子，长子张赓谟、次子张赓烈。在八妹28岁时，夫张蒲因病去世，她悲痛欲绝，要随夫去，家人日夜守候和孩子的哭泣让她痛中思定，立志育子成才，侍奉婆母。每天晚上赓谟挑灯夜读时，八妹都静静地坐在一旁，边看护幼小的赓烈边做针线活。赓谟问母亲："家中有万贯财产，为何要受这辛苦？"八妹郑重地说："人在福中须防堕落，多受辛苦才能磨砺意志。"可见古人也知道"钱多害子"的道理，尽量让孩子从小经受苦难的磨炼，而今天做父母的却意识不到这些。赓谟聪灵，悟出母亲的良苦用心，发奋攻读，二十多岁便进士及第，赴任四川广元任职。

八妹的贤德至孝、忠贞守节为人们所颂扬，在她去世后，儿子张赓谟奏请皇上颁布御旨，为母立坊纪念。

百狮坊牌坊高约十四米，宽约九米，石构，通体雕刻，正间单檐，次间重檐，歇山顶。正间前后坊心镌有"节孝坊"三个楷书大字。百狮坊为透雕和浮雕，四立柱巍然耸峙。每一立柱前后各倚二夹柱，上有雄师蹲坐。雄师巨头卷毛突目，隆鼻阔口利齿，每个雄狮身上攀伏着五个小狮，有的扑闪相戏，有的挠痒自娱，有的钻在大狮的爪下缩头直腿，奋力支撑，有的趴在大狮的颈上。小狮或三成两，有的两两蝉联，衔尾咬蹄，另一狮在旁相逗；有的翻滚跳跃、争戏绣球；有的歪头侧目、憨容可掬，好像要跳了下来。九十二个小狮（另有八大狮），活灵活现，千姿百态，就是一幅"百狮嬉戏图"。百狮坊四根立柱上透雕云龙。放眼望去，云水漫漫、风烟滚滚，云龙或藏头露尾，或藏尾露头，或首尾皆匿，云烟中只透出几鳞一爪。有的似在行云布雨，有的似在扯雷放电。龙与龙或触须互搭，或长尾相搅。究竟有多少龙，很少有人查清。据说龙有百条。在牌坊前伫立，仿佛听到风声呼呼，雷电轰然；又仿佛看到云龙飞腾，大雨滂沱。在正间上下额枋和次间额枋透雕二龙戏珠。那鼓突突的龙目，钢钩似的龙爪，细长的龙须，弯弯的龙舌，均雕刻得栩栩如生，力透石壁。看到这些，不由得想起孔府大成殿龙柱的诗："天工开物眼前是。"正间下枋板有一鼻孔，据说原来悬一石雕鸟笼，微风一吹，笼中石鸟翩翩展翅，吟吟作鸣，后来被人盗走。

百狮坊耗费了多少人力和物力，建造了多长时间，现在已经无法得知，但传说中有"一两碎石换取一两金银"的说法，可见张家倾注的财力和物力。根据石工估算，手工透雕一根牡丹大额坊，一个人就得十几年。雕刻时还要搭上工棚，围上箔席，以便石匠聚精会神。如果一不小心雕错，就会前功尽弃。百狮坊为四柱五楼结构，每个柱和梁都有数吨重，清朝没有现代化的吊车和起重机，石匠们如何将这些石料架上十几米的高空，至今还是个谜。传说在建牌坊过程中，石匠们围着雕刻好的梁和柱发愁，便问从此路过的一位老者："老先生有办法把这些梁柱运上去吗？"老者含笑说："我都是土埋半截的人了，哪有什么办法。"说完大笑而去。石匠们见此人不凡，再想继续询问，却找不到他了。忽然悟到老人是告诉用土屯方法将巨石筑上去，修多高土堆多高，解决了石梁和石柱的吊送问题。

经过数年的修建，百狮坊终于建成，在庆贺百狮坊建成的酒宴上，坊主为石匠之尊者把盏，说："师傅劳苦功高，此坊可谓登峰造极。"老石匠微微一笑："艺海无边。"坊主接着问："若多用银两，还可超过此坊？"老石匠笑而不答。张家不想再有人建造超过他家的牌坊，已经在酒杯中下了毒药，一批著名石匠在辛劳多年后却被毒死，也让一些石雕艺术失传。这家的做法与明代皇帝建造寝陵的做法非常相似。明朝皇帝在建造好自己的陵墓后都把掌握技术的工匠杀死，目的是避免工匠出去后将来盗墓，或者害怕他们出去后把陵墓结构机密泄露出去。而张家把石匠们毒死是不想让别人超过他，未免过于残忍。

惊叹于牌坊的石雕艺术后，带着一种感慨，一种对传统文化的思考，我们又去三元广场参观了朱家大院。单县历史文化丰厚，曾拥有过很多地主豪绅，曾流传着"八大家，八小家，不大不小百余家"，其中尤其以朱家最为强盛。从朱家家谱中得知，第十一世朱沛在明朝中期就开始建设大院了。经近十代人的改建、扩建，鼎盛时期大墙院内有诸多院落，楼房、平房有二百多间，均为朱沛的子孙们居住。朱家在清朝时期曾挂双千顷牌，自称"出城巡游数千里，车不轧外姓的地，靴不沾他家的泥"。其宅院占单县城内面积的五分之一，约30亩，南北五个大四合院，房舍百余间，是明清时代的古典楼阁。当年朱家是钟鸣鼎食之家，秉持朱子家训，形成良好的家风。男儿读书习武劳作，女子读书孝贤女红。家道兴盛，名扬百里。日本攻打单县城时，朱家大院的人纷纷逃走，部分房子被拆，用来修筑工事。在朱家大院，我们看到了朱家当年的生活习俗，看到了朱家读书齐家的兴盛史，更看到了烈士朱世勤的抗战事迹。他作为朱家后人，身上体现了华夏男儿的血性与顽强。1937年底，朱世勤率部500人在蒲台与千余日军殊死激战，毙敌甚众，腿部两处负伤。1938年3月下旬，他参加台儿庄会战，奉命侧击日军右翼，并配合第三集团军会攻济宁。济宁日军进攻郓城、菏泽时，朱世勤率领官兵与日军在郓城展开激战。徐州会战后，他不愿随军撤退，毅然率部千余人由梁山返回收复单县。10月，被委任为鲁西南警备第一旅旅长，驻防成武。12月，率部与千余日军拼杀数日，日军伤亡惨重。

1939年2月，济宁、兖州日军千余人再犯鲁西南，朱世勤遂率部3000多人在成武奋勇阻击日军，将敌击退。1940年1月，就任山东第十一区保安司令职。2月，又被委任为山东第十一区行政督察专员。1942年4月，被任命为鲁西游击总司令。不久，晋升为国民党军暂编第三十师师长。5月4日，鲁西南日军千余人，携炮10门，分乘汽车、战车数十辆，"扫荡"潘庄。朱世勤率部顽强奋战，多次击退日军进攻，双方短兵相接，反复肉搏一个多小时，伤亡惨重，向东南方向突围。日军派7辆汽车前来拦截，不幸中弹倒下，头部被日军汽车碾碎，壮烈殉国。国民政府追其为陆军中将。

走出朱家大院，朱家辉煌的过去和朱家的故事一直萦绕在脑际。

到了单县，不能不去喝上一碗有中华名小吃、中华历史文化名小吃、山东老字号美称的"三义春"羊肉汤。单县羊肉汤始创于1807年，在1935年以前没有形成正式品牌。1935年，周永岐、窦保德、吕运法三人在单县刘隅创建"三义春"羊汤馆，历经三代人80年的传承，羊肉汤得以发扬光大和多方延续。"三义春"羊肉汤呈白色乳状，鲜洁清香，不膻不腻，品种繁多，各具其妙；肥的油泛脂溢，瘦的白中透红，天花汤健脑滋目，口条汤壮身补血，肚丝汤健胃壮体，眼窝汤清火明目，奶渣汤沙酥带甜，滋阴壮体。另外，还有马蜂汤、三孔桥汤、腰花汤等七十二种风味，可谓香飘八县，味传九州。1948年12月淮海战役期间，刘伯承、陈毅元帅在单县品尝"三义春"羊肉汤后，赞不绝口。如今，"三义春"成了"中华第一汤"，也成了单县羊肉汤的一块金字招牌。

"三义春"羊肉汤馆门面不大，装潢简约，坐在大厅里，要两碗汤，两个菜，一瓶地方酒，几两特色饼，边喝边品，边吃边看，那份惬意，那份平静，自是无限美好在单县了。

如果你去过单县，肯定还会再去；如果你没有去过，就找个时间去那儿涤荡心灵吧，因为她静静地在雨后等着呢。

有个地方叫五柳

大年初一的早晨，鞭炮声渐渐地远了，空气中弥漫着微微的火药味和从各家各户飘出的饺子香，偶尔还会听到人的说笑声，以及远处依稀传来的爆竹阵阵。这些，就是城市里春节的内涵了，而在农村老家，春节这天要隆重得多，热闹得多。

吃完早晨的饺子，看到手机上有朋友从三亚发来的他们在春天里过春节的照片，自己也想出去走走了。想来想去，便决定到苏皖交界的宿州五柳景区转转。开车出徐州往南，很快便进入了安徽宿州境内。宿州以前叫宿县，我父母称之"南宿（xù）县"，小时候听父母讲我的姑姑、表姐们都住在宿县，父母年轻时步行去远那儿，在那儿住过。当年从丰县步行到姑姑家，需要走上两天。在挨饿的年代，母亲曾经病在了姑姑家，是前旺村和曹村的父老乡亲极力相助，母亲才得以康复，得以回到丰县。几十年了，曹村一直是我心中的传说，一直存在着感激之情。我总认为曹村很远很远，不承想从徐州开车那么近就到了，并且现在曹村已经是皖北很大的镇了。想想那些与我的父母至亲至好的老人们也许都不在世了。曾经有个表姐在我家住过很长一段时间，不知现在情况如何，也不知她家在曹村何处。

过了曹村往南30公里，进入了夹沟镇，拐进很窄的小路，两边是刚盖满地面的麦苗，路两边是挺拔的杨树，前方远处是蜿蜒起伏的山脉，听说叫武里山，一定有着让人着迷与遐想的典故。继续往前行驶，却没有见到心中想象的美好画面。皖北与苏北似乎没有什么区别，于是心里除亲切感

之外，又有些许的失望。

　　离山越来越近了，小路的尽头陡然一拐，上了一个坡，眼前豁然一亮，"柳暗花明"。一片碧水、一片柳树林、一片翠竹、一座石拱桥、几家农居小院、几只鸡鸭鹅、几缕炊烟入天……这些景致散落在山坡下，那么自然、那么闲适、那么沉静，让人嗅出了"采菊东篱下，悠然见南山"的味道来。漫步其中，凉风扑面，没有人工的雕琢，没有矫情的宣传，没有过度的开发，没有浓重的商气，这就是传说中的五柳了。远处简易的木围栏院子前，有一老汉袖手而坐，在那儿眯眼晒暖，旁边卧一家犬，听到有人来了，便竖起了耳朵，警觉地看着我们。几只鹅在四处觅食。其中一只张开翅膀，摇摆跳动，去捕捉春醒的虫子。一位老妪，头上围着花毛巾，坐在门前马扎上纳鞋底，院子外面不远处，有柴垛，有水塘，有柳树……住在这儿，真的是"不知有汉，无论魏晋"了。

　　与老汉攀谈一会儿，才了解了关于五柳的传说。五柳以前叫"三槐五柳"，因唐宋时期此处的三棵老槐树和五棵大柳树而得名。这儿本来地处偏僻，唐末宋初，先祖们为避战乱，潜于此地，靠山砍柴，靠泉饮水，狩猎耕织，过上了自给自足的部落生活。不知哪一年，槐树没有了，五棵大柳树也悄然消失，流传下来的只有"三槐五柳"的名字了。后人在龙泉湖畔栽植柳树，保持其自然景色，再与附近的大方寺、马皇后故里、闵子祠、闵子墓等连在一起，便组成了现在的五柳风景区。

　　走进五柳景区，一切都自然而成，静静的如同梵界。远处山峦起伏，山坡下杨树林里厚厚的落叶，仿佛天然地毯，走进去软软的，让心灵皈依。抬头望望树梢，不由得想起小时候与伙伴们在村头杨树林里掏鸟蛋的童趣来。看到树上高高的鸟窝，我们把棉袄棉鞋脱下来，抱着粗粗的树干，爬到树枝上去掏。曾记得有个伙伴从树下掉了下来，摔断了胳膊，半年没有去上学，康复后因为功课跟不上就辍学了。抚摸着树干，如同穿越到了小时候，试着爬树，无奈已经没有了儿时的能力，笑了笑只好作罢。

　　走到龙泉湖畔，拾级而下，踏上了伸入湖中的甬道。道路两边是浓密葱郁的松柏，树冠在上方遮成了华盖，曲径通幽，走在里面给人以清爽，给人以遐想，忘却烦恼忘却疲劳忘却世间凡俗，自有心静体清之美。去看珍珠泉，因在冬天，泉水枯竭，给人留下了遗憾和对夏天珍珠奔涌的期待。转头回去，不经意间看到了掩于杂草和树林间的"五柳水电站"遗址。上面文字注明水电站建于1972年，至于当年是否发挥了作用不得而知，后来为什么废弃了也没有去考究。用山石垒起的石墙上长满了青苔，墙缝中的衰草在风中摇曳，似乎在诉说着什么。再次凝望，顿生一种时代的沧桑感。40多年过去了，多少人已经不在人世，多少故事都湮没于滚滚红尘中。石墙固若当初，不因被人遗忘而坍塌，仔细想想，也有哲理在其中。

五柳，自然以柳而闻名，龙泉湖的水源是泉水，有着九寨沟水的颜色，有着九寨沟一样的景致。效仿也好，学习也罢，我看到湖边的柳树保持着自然的风貌。风刮断了，就断在那儿；水泡倒了，就倒在水里，倒在水里的树干上长满了青藓。柳树抗旱耐涝，有些柳树一直在水中泡着，冬天水位低了，在树干下部形成了球状的绒绒的根系。湖边水中有一棵粗大的柳树，攀爬上去，站在树枝上极目远眺，顿感神清气爽。五柳46平方公里的自然景区里，有着不同的休闲之处：山、水、松、柏、竹。白居易诗云："唯有流沟山下寺，门前依旧白云多"就描述了当年五柳的美好。除了风景外，五柳还有着当地名吃——野蘑菇炖土鸡。翠竹园饭店的五柳地锅鸡，去晚了订不上。五柳地锅鸡采用了传统做法，柴火用的是梨木和槐木，鸡是在山坡上散养一年多的公鸡，配以东北野蘑菇。那些散养的公鸡吃松子、虫子、野菜，渴了会到泉水边啜饮。当地人称他们的鸡"吃的中草药，喝的矿泉水"，这样养出来的鸡肌肉丰满，营养丰富，味醇可口。汲山中泉水，用当地产的菜籽油，把用五香材料泡过的鸡戚进地锅，先大火后文火炖上一上午，开锅后香气扑鼻，色味俱佳。如再约三两好友，把酒对饮，一定会发出"不辞长做五柳人"的感慨。

安徽不是个富裕的省份，但绝对是个出人才的地方。江苏有汉刘邦，安徽有朱元璋。这两个人都是草根皇帝，都在中国历史上写下了浓墨重彩的一笔。安徽还出了李鸿章、胡适等为中国历史注入划时代元素的名人。"朝为田舍郎，暮登天子堂"，这是对封建社会科举制度下读书求名之人的最显赫概括。安徽休宁县是全国状元第一县，自宋以来先后出了19位状元。

宿州地处皖北，虽然没有出过惊天动地的人物，但五柳附近的马皇后

故里和闵子祠等景点也印证了这儿的人杰地灵。

马皇后故里位于五柳附近的前旺村，朱元璋登基后曾追封岳父为徐王，在前旺村建设徐王府，现在遗迹犹存。走进前旺村，站在灰飞烟灭的徐王府遗址前，油然想起历史风云上的马皇后。马皇后是朱元璋的原配夫人，原名马秀英，谥册"孝慈皇后"。朱元璋当皇帝之前，马秀英与他一起颠沛流离，备受艰辛，演绎了不平凡之人的平凡人生故事。马秀英获册封后，仍然保持着勤俭节约的生活，在宫中也是粗茶淡饭，不忘耕织，她建议皇上不要大兴土木。在马皇后故里的徐王府遗址上，没有高大宏伟的殿堂，没有飞檐钩心的楼宇。现仅有几间破旧的古式建筑，作为一种符号，标注在历史乐章中。马皇后身在后宫，时刻保持清醒，不滥用权力，杜绝宦官乱政，为明太祖励精图治扫除了障碍。离开前旺村，不免想起了当下落马官员的"贤内助"们，贪官身陷囹圄，与她们有着很大的关系。由此引发异想：新丰里可以作为对当代官员家属进行政治教育的培训基地，多培养一些"马秀英"们，于当今反腐倡廉一定大有裨益。

从马皇后故里出来，我们又去了曹村镇闵祠村，那儿有闵子骞祠和闵子墓。闵祠村环境幽静，人迹罕至。闵子祠堂现存堂宇10多间，虽显破败，也能看出是后期重新修葺的，倒是祠内的千年古柏和千年银杏树，能诉说出时代的变迁。闵子祠的建筑并不引人，闵子墓更是平常。这两处文物存在的价值在于它们的文化内涵和道德传承。当地居民忙于耕种，忙于挣钱，对于闵子祠并没有太多的关注，仅有闵子骞的故事被老人们口口相传，以教化后人读书行孝。其实，山东省鱼台县也有闵子祠，建于清朝，现存的建筑仍然是当年建设的，而曹村的闵子祠则建于宋代，两地建闵子祠均是为弘扬闵子骞勤于读书与讲孝悌的美德，其教育意义更适于当下年轻人并且可以传承千秋。

《论语》中收录孔子的话："孝哉闵子骞人不闻于其父母昆弟之言"；明代编撰《二十四孝图》，闵子骞孝的故事排在第三位。参观完闵子祠，仰望千年古树，铺天树冠如传统文化笼罩于华夏大地。离开闵祠村，心里有着难解的思绪。人一定要读书，孔子被历代尊为圣人，源于他是中国文化的集大成者和文化的传播者。孔子弟子三千，七十二贤，闵子骞列七十二贤之首，知书达理，上可为国尽忠，下可孝双亲、睦友邻、和同辈。宋朝曾褒其畿圣，历代皇帝赐匾封公，文人墨客赋诗题记，民间百姓辈辈相传。古代但凡读书之人皆颂扬闵子骞懿行美德。其实，在社会快速发展的今天，闵子骞所追求的读书与孝悌在很大程度上缺失，才带来了那么多的社会问题。关于闵子骞的故事，读者们可以问问"度娘"，其与继母的相处，对老人的孝敬，寒窗苦读的精神，既能感动今人，又能教化后人。父母亲年轻时在前旺村和闵祠村生活过一段时间，生前经常给我们讲这儿的人敦厚善良、勤劳纯朴，我想与"闵子骞文化"的影响是分不开的。几十年后，我终于来到了听说过无数次的地方，亲身感受到了这儿浓厚的文化，同时也生出了回家的感觉。

国家修史，地方修志，家族修谱。这都是人们寻根意识的体现，也是心灵归属的诉求。20世纪初，我祖上本在安徽砀山居住，后来战火纷纭，百姓流离失所，曾祖父避战乱到了丰县，有些亲戚留在了砀山和现在的宿州市。后因路途遥远、交通不便、通信不畅、生活艰辛，渐渐地也就"天各一方"，失去了联系。现在社会发展了，生活条件好了，道路顺畅了，再想去联系当年的亲人，却不知从何处寻起。

去五柳，是寻找喧嚣中的那份宁静；离开五柳，却带回了冥冥中的几份乡情和亲情。

第三辑

乡风民俗

种地

中华文明五千年，其渊源和发展都与农耕社会离不开。农耕文化除了农业生产本身的规律和技术，还包括由此而产生的民间生活方式、行为习俗、民俗文化，以及农民的爱好和文化心态。农耕和农事的发展，引得文人参与其中，把农民耕犁耙种的技术与经验一一收录，整理成农书，流传至今，也就成了我们理解和传承中国农耕文明的珍贵文献。土地养育了人民，农耕孕育了文化。农业和农民创造的农耕文化是中国传统文化的母体。在人类的历史演变过程中，农业生产是创造财富、推进文明的主要途径。在农村最朴素的思想里，天和地是人类产生和生存的根基。小时候，听说书的第一句开场白便是"自从盘古开天地……"；千字文开头就是"天地玄黄，宇宙洪荒，日月盈昃，辰宿列张……"；农村新人结婚拜堂时，"大老知"会拖着长腔大声地喊："一拜天地……"由此可见土地在老百姓心中的地位。

民以食为天，老百姓种庄稼大多是为了吃饱饭。我在很小的时候就参加了劳动，经历了老家各种农作物的收种，自然对种地多了一份感情与眷恋。在这里把当年苏北农村种地的行为实践，结合自己的劳动体验，进行简单的、白描式的书写，是对20世纪70至90年代农村耕种文化的记录，也是个人角度的家乡记事。

耩麦

当年农村流行着"一麦赶三秋"的说法，表明了种麦和收麦的重要。

那时人们对土地非常爱惜，秋收后犁地种麦时，要先把地里的杂草、玉米秸根等清理干净，之后运上土杂肥。一亩地运多少土杂肥，上多少氮、磷、钾肥都计算好。肥料要求撒得均匀，用手扶拖拉机犁地时，深浅要一致，墒沟要笔直。这都给开手扶拖拉机和扶犁子的人带来了考验和难度。至于需要什么样的眼力、臂力和判断力，只有经历过的人才能体会到。记得以前在农村，每次犁地，我竭尽全力也做不到七成好。

　　用手扶拖拉机耙地更需要技术，人站在耙上，既要把好方向，还要耙得均匀，中间还要清理"耙角"（耙齿上积的杂草等）。拖拉机走"8"字形，耙一遍是四遍的效果，这既是技术活，又是力气活。地耙得好，既能保墒，又能保湿，还能把地耙平，便于灌溉。当年干活时接受了锻炼，自然干农活的技术和水平也有了很大提高。耙好的地要用铁丝放样子打畦田，畦田埂子是两个人对面用铁锹沿着放出的线筑起来，这就更要技术和眼力了。可以说现在90%的人都干不好这个活。后来发明了砍耙，筑畦田的难度降低了。

　　打好畦田后，要拉石磙车坷垃，或者用木榔头把畦田里的坷垃砸碎，避免土块影响麦苗成长。把土块碾碎后，再用搂耙把畦田搂平。这样，畦田里上面是软软的一层浮土，下面是硬硬的土壤，据说这样整出来的地，耩麦子时，摇耩子轻松，牲口拉起来也不太累，还便于观察下种情况，避免耩子腿被泥土或者杂草堵上。并且上松下硬，既让麦种容易发芽，又能保住水分，起着耐旱的作用。

　　平整土地结束后，便开始耩粪楼了，就是把人畜粪便与豆饼或棉饼掺在一起发酵，经过一遍遍翻晒后，再用筛子筛出细如沙土一样的精肥。把精肥装进长长的布口袋里，拉到地头上。一个领着牛或者马拉着耩子，一人摇楼，另一个人扛起装满精肥的长长的布口袋，紧跟着耩子，慢慢地往方斗里倒肥料。摇楼人则边跑边快速晃动耩子扶手，让肥料渗入浮土之下，以便麦苗茁壮成长。俗话说"麦怕胎里旱，人怕老来穷"，这个道理应该经过了很多代人才悟出来的吧。粪楼耩好几天后，再正式耩麦。麦种的干湿、麦粒的大小、摇楼人的速度等都影响着麦种下的数量，这都靠摇楼人的经验来定。一般一个来回，他就知道怎么调整麦种的用量了。麦种下得不当，

第三辑　乡风民俗

095

会因为麦苗太稠或者太稀影响到来年产量。为了便于控制摇耧的速度，耧子斗下面会挂一铜铃，摇耧人根据铃声判断速度。耧麦子有着很深的学问，培养出一个耧地的好手也很不容易。"紧手的庄稼，消停的买卖""寒露两旁看早麦"，那么复杂细致的活计都要在寒露前10天干完。再晚了，影响麦子出苗，影响麦子的分蘖，影响麦子的产量。麦子歉收了，直接影响人们的生活，所以庄稼活里，都数这种麦子最累最细最花功夫。后来分田到户时，牲口没有了，几家人合伙一起人工拉耧子，我也是那个时候学会的耧地，30年过去了，我还清楚地记得几个青年男女一起拉耧子的情景。当年，农民还会让土地休养生息，就是让地闲上一年，或者种一些能调节土地结构的青草，如田青、哨子等。关于收麦子，我以前写过散文《过麦》，便不再赘述了。

栽红薯

在老家苏北，麦子收割完，接着便是种玉米或者栽红薯了。在20世纪七八十年代，玉米和红薯是农村的主要口粮，人们非常重视红薯的栽植。在上一年收获红薯时，都会选一些大的品相好的红薯作为红薯种，挖深深的地窖存好。过了年，村子里会组织劳力挖火炕，来"席"红薯芽子。这种传统的育苗方法已经失传，有待于挖掘，作为非物质文化遗产加以保护。我还记得小时候和伙伴们一起在火炕里找没有发芽的红薯吃的场景。

收过麦子的田地，把麦茬按畦子分到各家各户，人们铲掉拉到家里当作做饭的柴火。把地清理干净，运上土杂肥，犁好耙好，之后开始打红薯沟子。先在犁好耙平的地里根据尺寸放好样子，和打畦田一样，用铁丝拉出线，用铁锨沿着线挖出一条小沟，两边的土往中间堆，就形成了"凹"字形的沟坎。打红薯沟子也是个眼力活，我曾记得村里的"三光棍"打的红薯沟像画出来的一样，简直是艺术品，引得队长和大队经常在他挖的红薯沟面前开现场会，让他教授人们打沟技巧。红薯沟打得好，红薯易于生长，也抗旱防涝。

等过上几天，红薯沟稍稍硬实了，便开始栽红薯。刨坑的人站在坎上倒退着刨，株距和行距全靠眼力把握，稠稀匀称。在生产队时，干这种技术活的人的工分都比别人高。有人专门往坑里放一点土杂肥，有人负责绞红薯芽子，有人从炕上运来往坑里丢苗，有人蹲着栽苗，并且要留出坑洼来，方便后边的人浇水。有时人们挑水用水瓢或者舀子浇，有时会栽好后往红薯沟里放水，隔一沟放一沟水，那样就浇得快，但有时会把红薯沟渗"塌方"。其实，栽红薯既要技术，又需要体力，很是累人。等浇好后，还要把一棵棵红薯苗用散土培好。红薯生命力旺盛，栽好之后很长时间都不用人过问了。待到红薯秧子盖满地的时候，人们便开始翻红薯秧子了，目的是不让秧子扎根，影响结薯，同时避免秧子争地里的养分。一季红薯要翻秧三次，在翻秧子的同时除草。那时种地虽然机械化程度低，但农作物几乎不用农药和化肥，地也清理得干净，所以食品都是纯绿色的，更是安全的。等到红薯叶子铺满沟子时，薅其嫩叶，洗净拌面，蒸红薯叶窝窝，软软的冒着热气，蘸着在蒜臼中捣碎的油炸干红辣椒，刺激味蕾，美味无穷。还可以把红薯秧的叶梗子洗净炒着吃，也是很健康的菜肴。

霜降前后，红薯的糖分足了，淀粉也充盈了，霜打过后，红薯叶子渐渐变黑，刨红薯的时间也到了。先是用镰刀割红薯秧子，从根部削断，如同滚雪球一样往前卷，拉到地头或者刨过红薯的空地里。之后用一种叫抓钩的农具把红薯刨出来。刨红薯是个技术活，适合细心的女孩子。会刨红薯的人，一上午都很少刨烂。刚刨出来的红薯，红红的、润润的、艳艳的、绒绒的，带着些许的泥土，煞是喜人。有时一抓钩下去，大大小小一串红薯，给人实实在在的收获的快乐。刨好的红薯怕霜打，堆好后或者用平板车拉回家，或者用红薯秧子盖好。等着种上麦子后，把红薯大大小小分类，或者刮成红薯片子晒红薯干，或者放进挖好的红薯窖里过冬，那是人和猪的主食。把很小的受了伤的红薯洗净去打碎做淀粉，等下年腊月里用来做粉条。关于如何用传统方法做粉条，我在散文《漏细粉》中作了详尽的描述。红薯刨完，地里或者种晚麦，或者闲下来让地休养生息，来年春上种春玉米。想想当年，人们很会珍惜土地。每一季庄稼收完了，都会把地清理得干干净净，如同人们干活回来，要洗脸一样。红薯全身都是宝，红薯秧子干了打碎拌上玉米面喂猪，也是猪冬天的主食。

种棉花

棉花是当年唯一的经济作物，也是国家的战备要求。因此，那时在农村对种棉花非常看重，也倍加认真。从准备到产棉，大致经过以下阶段和工序：打营养钵、下棉种、育棉苗、栽棉花、复棉花沟、锄地除草、施肥、打药、修岔、打边枝、掐顶、逮棉铃虫、拾棉花、晒棉花、弹棉轧棉、棉种榨油等。

（一）打营养钵。春暖花开、桃红柳绿的四月份，人们在麦田里或者地头上清理出一片地来，挑水把地泼湿，晾上一会儿，撒上精细土杂肥，用铁锨反复抄，抄到土肥完全混合，堆在中间。之后在平整好的土床上用营养钵机子打出一个个好看的圆柱体的营养钵，钵顶部有个浅浅的洼坑，便于放棉种。打营养钵需要技术，要心细，要手脚麻利，要有眼力。把机子在堆好的土上揣两下，转身用脚一蹬，一个营养钵就平平稳稳地摆好了。技术不好的都是两个人合作，一个打一个摆。而打营养钵的能手一个人就完成了，并且摆得非常整齐。打营养钵的一般都是年轻女孩或者年轻媳妇。手脚麻利的女孩，一天能打上万个营养钵，并且排得整齐好看。走在路上，远远看去，碧绿的田野中间，一个穿着红毛衣、飘着长发的女子低头弯腰，专心地打着营养钵，那么美丽的画面永远定格在了20世纪八九十年代了。

（二）下种，育苗。打好的营养钵要注意爱护，怕雨淋、怕人为破坏。有时野兔或者村子里跑出来的狗从上面跑一次，就会踩坏一些，在下棉花种时就要补上。等天更暖和一些，距离栽棉花一个多月时，便开始下棉种了。从井里拔几桶水，轻轻地泼在营养钵表面，等潮湿一半左右时，晾到泥土不黏，开始种棉籽。一个营养钵里放2—3粒棉种，等一畦子棉种种好后，用细细的碎土覆盖上。之后再用准备好的竹弓、铁丝、透明的塑料布盖上，便成了一个简易的温室了。因为营养钵里有水有肥有温度，10天左右嫩绿的棉苗就会破土而出。等棉苗长到一定时候，就要给它们透风了。先是两边掀开一点，等棉苗适应了，每天早晨去掀开，每天晚上再盖上。"有钱买种，没钱买苗"，人们对棉苗是很爱惜的。不能旱、不能淹、不能暴晒、不能冻、不能生长过快、不能缺乏营养……

（三）栽棉花。把犁好平整好的地放好宽窄行的样子，开始刨坑栽棉花，其工序与栽红薯差不多，也是刨坑、放土杂肥、运苗、丢苗、栽植、浇水、培土。因为人们的经济收入和好日子都寄托在棉花上，所以对棉苗、对土地倍加呵护，确保栽上的棉苗成活率在95%以上。

（四）松土，剔苗。栽好的棉花过上10天左右就会变得青绿如翠，在初夏的风中得意地摇头晃脑，尽情地享受着生长之美，好奇地看着阳光和白云。这时候，人们会在几棵棉苗中选一苗壮的留下，其他的拔掉，由此开始了对棉花棵N次的抚摸。为了让棉花更快更好地生长，人们在棉苗未及膝盖时，开始锄地或者用牲口拉着运锄松土，既除草又让根部透气，之后再施拔苗肥。现在仔细一想，那时的棉花真"幸福"。雨季来临前，还要筑棉垅，给棉花根部培土，既方便灌溉，也防止刮风下雨棉花倒伏，还要预防暴雨时节排水。为了人们管理棉花时行走方便，棉花种植分宽窄行，也充分体现了劳动人民的聪明和智慧。

（五）打药，逮虫。棉花从小到结果都是很娇气的，最怕害虫。蚜虫、红蜘蛛、白蜘蛛、棉铃虫等。要定期喷洒氧化乐果、1605、敌杀死、呋喃丹……为了确保产量，计划经济年代生产队会成立棉花专业队，多由未婚男女组成。至于青年男女之间的恋爱故事，也都湮没于匆匆岁月中了。一般打药的重活都由青年男子干，女孩子多是干些打边枝、掐顶逮虫之类的活。打药的农具开始使用压气式喷雾器，要不时地停下来压气。后来才有了压杆式喷雾器，左手不停地上下压动，右手握着喷雾杆。再后来才有了汽油马达的迷雾机。这些喷洒农药的器具我都使用过、维修过，虽然有着劳身之艰，但也留下了家乡的美好记忆。及至分田到户，曾经受过种棉之苦、种棉之累、卖棉之难，当然也分享了棉花的成长之乐、开花之美、收获之好。经常地，在早晨腰里围上塑料布，拿着瓶子去逮棉铃虫，一棵棵地找，一枝枝地寻，把它们逮着放到瓶子里，回到家里看它们与公鸡决斗，看母鸡把一条条棉铃虫吞进肚子里。等到秋天，天气凉了，害虫少了，棉花开了，收获季节总是那么的甜美。棉花长至腰际以上时，整个田野便形成了绿色的海洋，阴天了或者太阳落下时，那儿也成了村子里青年男女谈情说爱的地方，曾经有过很多浪漫故事发生于绿色田地里。

（六）剪枝，掐心，施肥。种棉花是需要技术的，其中有着辩证哲学。要让棉花生长旺盛，又不能生长过快，更不能任其生长。等棉花开花时，为了让其保花，便开始打顶掐边心，不让其疯长。另外还要把不结棉花桃的边枝去掉，使棉花棵疏密有度，通风透光，利于棉花桃子又大又实。至于干这种活的细节，既要技术又要耐心。"想想身上衣，多少汗水里。"一般情况下，棉花生长的一季，要施三次肥，拔苗肥、生长肥、攻果肥。给棉花施肥的活虽然累，但干净，可以欣赏田野的风光，也可以边干活边聊天。现在想想与父母一同劳作的情景，不免生出了对老人的怀念。

（七）拾棉花，拔棉柴。棉花管理中最好的活便是拾棉花了，那时，已经转入秋天，不热不凉，非常干净，并且享受着收获的快乐，看到了美好生活的希望。绽开的棉桃，吐出洁白的棉絮，经过两天的日晒，向人们展示着几个月的生长成果，似乎诉说着对劳动人民的感谢与回报。一般拾棉花都在下午，棉花越晒越白，越白成色越好，能达到一等棉的标准，卖出好的价钱。那带着太阳温暖的大大的棉羽，抓在手里，软软的、柔柔的，似乎还带着好日子的味道。儿子结婚盖屋的钱、女儿出嫁的嫁妆、孩子们上学的学费、过年时一家人的新衣服……所有的生活希望都寄托在这洁白如云的棉花上了。拾起的是棉花，收获的是希望。拾棉花时的心情是喜悦的，聊天的话题是快乐的，一直拾到天黑有了露水人们才带着大包小包的棉花，或者用自行车载着，或者用平板车拉着，牵着沟边吃草的羊群回家了。那种质朴、简单、淡然的画面也记录在了历史长河里，不复再现。

待棉桃几乎开完，有了霜雪，棉花叶子落尽，人们便忙着拔棉柴了。有时人们为了赶着种麦子，也会在霜降前把着很多棉花桃的棉柴拔掉，摆放在地头的沟边，让秋天的太阳把余下的棉桃晒开。之后紧张地耕地打畦耩麦。如果过了霜降，种麦子晚了，棉花地就留着休养生息，过了年化了冻，拔了棉柴种春玉米。棉柴就立在地里过冬，也为野生小动物留下了栖息的地方，有野兔、黄鼠狼、飞鸟……

点玉米

玉米种植在老家称为"点棒子"，仔细推敲，这称呼很形象，体现着劳动人民的智慧。玉米一粒粒丢进刨好的小坑里，就是点；长长的玉米穗和玉米秸都像个木棒，老家便称玉米为棒子。春节后天气回暖，冰雪消融，人们开始耕耙歇息了一季的红薯地或者棉花地，犁好耙平，放好样子，开始"点棒子"，这时候种的玉米老家称为"春棒子"。后来，人们在割完麦子后，凑着麦垄，计算好行距，在地里刨坑"点棒子"，称为"晚棒子"。干活时都是三人一组，一人刨坑，一人丢玉米粒，一人踩平。如同下棉种一样，玉米种也要放上两三粒，以防缺苗。如果是旱天，还要有人挑水往刨好的坑里浇水。"紧手的庄稼，消停的买卖。"一般情况下，收麦子、栽棉花和点玉米都是交叉进行的。如果是下了场大雨，影响了麦子打场，但这时候却是"点棒子""栽棉花"的大好时节，省时省力省钱。玉米的生命力旺盛，叶茎是尖的，容易出土，并且根系发达，比麦子和棉花耐旱。

过上十天半月，玉米苗出齐了，长成了，这时候收麦子的活也忙得差不多了，人们便开始管理玉米。先是剔苗，把几棵苗子中壮实的留下来，其余的都拔掉，或者喂猪喂羊，或者扔进猪圈里沤土杂肥。经过几场雨后，玉米苗变高了，麦茬也快朽了，于是便开始施肥、锄草、复垅。等玉米快出天樱时，还要丢玉米芯，防止害虫咬断玉米顶端的嫩叶，影响玉米天樱的生长。玉米没有天樱不能受粉，自然结不出玉米穗。那时多是用呋喃丹掺上沙子，一个玉米芯里丢上几粒，其劳动量也非常大。

玉米秸长到出天樱时，整个田野看上去很壮观，且带着朦胧色彩，类似青纱帐。地面会长出嫩嫩的草，孩子们暑假里会钻到地里割草，也会到里面捉迷藏。有时候，一群调皮的孩子会像电影里演的那样，借助这青纱帐的掩护偷偷到菜园里偷瓜……

玉米的成长期也在90天左右，中秋节前后便开始收获玉米了。当年老家收玉米是很累很脏的活。先是用镰刀头把天樱部分削下来，晒干后垛好，之后开始薅玉米叶子，从上到下全部薅完，捆好放到地头，之后一起拉到麦场里晒干储存起来。接着才是疙玉米，把玉米放成堆，用平板车一车车拉回家。在夜晚晚饭后，一家人围着剥玉米皮，条件好的人家会买一台收音机，边听节目边剥，到午夜没有节目了，才去睡觉。第二天早早地起床，去砍玉米秸，砍倒捆好拉到家院子周围立着晾晒，以备生活之用。这时候，

人们多会把家里喂养的羊牵到地里吃草，以减轻清理土地的负担。

　　除了以上几种农作物，老家以前还种植大豆、绿豆、高粱、芝麻、花生，在田间地头还种植萝卜、白菜等各种蔬菜，都有着很大的学问，其方法就不一一叙述了。只还记得一些种地的谚语。如"埋麦露豆、深麦浅豆""家里土，地里虎，一亩顶三亩""豆子开花水咕嘟""沙地里看苗，淤地里吃饭""有钱难买五月的旱，六月里连阴吃饱饭""头暑萝卜二暑芥""七八月份地如筛，九十月份潮上来""寒露两旁看小麦""该热不热，五谷不结，该冷不冷，人有灾星""麦到芒种自死""一麦赶三秋""庄稼活，不用学，人家咋着咱咋着""小满不满，麦子有闪"……

　　想一想这些种地谚语，是无数代农民多年总结出来的经验，凝聚着无数人的辛劳与汗水。寥寥几个字，悠悠数百年。

盖屋

  20世纪七八十年代的农村，经济条件落后，居住条件艰苦，宽敞的房屋成了多数人的梦想。孩子大了需要分屋而住，儿子到了"说媳妇"时需要有"洞房"可入。因此，盖屋更成了农村人一生中的大事。记得小时候，谁家的男孩到了介绍对象时会"相亲"，但"相亲"之前，女孩家的婶子大娘们会在媒人的带领下到男方"相家"。当年"相家"的顺口溜是"一看屋、二看粮、三看圈（juàn）里的猪和羊"。两人能不能定媒妁之好，房子起着很重要的作用。村子里有户人家，生了六个儿子，个个都浓眉大眼、英俊帅气，但仅有两个儿子娶上了媳妇，其他几个因父母盖不起屋，或入赘别人家，成了上门女婿，或者打了光棍。唐朝大诗人杜甫千年前曾发出了"安得广厦千万间，大庇天下寒士俱欢颜"的喟叹，由是可见房子在历朝历代都是人民生活中最看重的。就拿今天来说，房子仍然是人们结婚的首要条件，仍然是幸福生活的必需。甚至现在房子还成了经济发展的重要手段，成了人们理财的重要形式。

  社会进步了，经济发展了，现在再回农村，看到的都是楼房，偶尔见到几十年前的老房子，大多已是院落空空、荒草萋萋、墙倒屋露，成为"人去楼空"的荒原。根据自己在农村的走访，结合自己小时候在农村的经历，把昔日农村建造房子的情景摅述下来，算作农村建筑文明的断代史了。

  记忆中，农村的建筑大体经历了茅草屋、瓦间边、腰子墙、混砖瓦屋及楼板平房、楼房等，这些变化历经40年左右，由此可知农村几十年经济

发展和变化是巨大的。

20世纪七八十年代的农村，因为没有实行计划生育，平均每家都有六七个孩子，给儿子盖屋娶媳妇成为每家父母的头等大事。我家弟兄四人，父母当年的理想是给我们兄弟四个每人盖两间土墙瓦房，也算完成了任务。历经多年辛劳，父母省吃俭用，节衣缩食，仅盖起了六间瓦房，但最后只有大哥结婚时用了两间暂作新房。后来，年久失修，房子越来越破，院子越来越空。再后来，六间土墙瓦房倒塌了四间，残墙断壁上长满了茅草，唯有院中的几棵大树郁郁葱葱，记录着父母当年的劳累与汗水，记忆着当年农村盖屋的艰难。

"与谁不睦，劝人盖屋"这句俗话道出了当年农村盖屋的不容易。农村盖屋是每个家庭的宏伟规划，盖一口屋一般要用三年的时间准备，要凝聚一家人三年的劳动与汗水。

备料

中国封建统治下的农村2000多年都是自给自足，重农轻商，变化很小，老百姓也在贫困中挣扎了千年。物质的匮乏让勤劳聪明的农民想方设法利用自然材料搭建自己的蔽所。为了盖起一口屋，做父母的在三年前就要开始备料。

农闲时刻，到田间地头，河畔沟边，看看哪儿有土质较好的利于挑墙的黏土，之后便抽时间用平板车拉土，一车车地拉到家里堆好，准备盖屋时和泥或者垫地基，因为建筑材料缺乏，自然用的土多。到了麦季，农民们会把长势好的麦子用镰刀割下来放好，轧完场后存好用来缮房顶。把麦穗头捶下来，用硬实的麦秸秆织成苫子，房子起脊时铺在箔上面挂泥缮草。为了织箔，生产队会特意在一大块地里种高粱，秋天老百姓把分来的高粱秸秆整理好织成箔。在准备盖屋的前两年，主人农闲时会拿烟招呼木匠到自己家堂前屋后，目测一下哪棵树是做"梁头"的料，哪些树可以用来作"椽子"，哪些树可以用来做门窗上方的"过木"。刚刨倒的树当年不能用在屋上，因为木料不干透容易"掉劲"弯曲，屋顶会因梁椽弯曲导致屋顶变凹，下雨天容易存水，茅草及下面的苫子、箔容易腐烂，房屋就会漏雨。木匠边抽烟边到每棵树下，看看树身是否直，是否被虫子噬过，能否做梁头。一般情况下，粗大的杨树、柳树可以用作梁头。榆树木质绵软，不适合用在屋顶。楝树木质硬脆，负荷过重容易断折，也不能作为梁头或者椽子。槐树木质坚硬且不易走形，但生长缓慢又非常沉重，也很少用在屋顶上。如果院前院后没有合适的树木，木匠就会建议逢集时到木头市去买木匠做好的梁头。如果家中有适于做梁头的树，主人家会找个空闲时间，叫上几个壮劳力和木匠帮忙，把能用的树刨下来，去皮晾干。夏天下雨时把树身放到有水的大坑里泡上一段时间，目的是把树身内的虫子泡死，把木料的劲泡均。之后再晾干，树干就不会变形或者开裂了。

20世纪70年代，农村老百姓买不起砖头，便用坯和砖坯来垒屋山。在春天和秋季雨水少、农闲的时候，男主人找一片干净的空地，在上面铺一层草木灰或者麦糠。把和好的泥用借来的模具在地上做成一排排坯和砖坯，等晾到半干时立起来晾晒，干透了便码起来，上面用麦秸盖好以防淋雨。因为用的是黏性大的土，中间有麦秸做"洋筋"，晒干的坯非常坚硬结实，垒出的屋山厚实保暖。关于手工拖坯和砖坯子的技术现在已经失传，只能作为农村建筑文化的元素陈列于"农村博物馆"了。

盖屋打地基时（农村方言称打地基为"打碱"），多多少少是需要一些砖头的。于是，过了年，主人家就用积攒了很长时间的钱买些青砖用来"打碱"，平时拾一些碎砖烂瓦用来"填圈（juàn）"。找个傍晚，与村里几家准备盖屋人家商量，凑钱去很远的地方买"石灰"（白灰），主要用来给砖头"喂缝"、垒屋檐和粉刷墙壁。等以上这些东西准备好之后，就在春节前请一些壮劳力、木匠以及盖屋的师傅吃次饭，边喝酒边合计盖屋事宜。

动工

春节过后，冰雪消融，盖屋的料大体准备好了，就按商量好的时间正式开工。

（一）风水。过去农村人迷信，动工时先找风水先生看看宅基地，确定房屋的朝向、门窗的位置、与配房的距离和高低关系等。如门不能正对着路，农村迷信这种情况是"箭穿心"，容易伤及家人，人烟不旺。大门不能对着配房的半个屋山，正房也不能低于配房，不能低于前面人家的房子。如屋后有高大的东西最好，这叫"靠山"。房屋要建在干燥的地方，但是前方不远处应该有水。院墙不能建在水井旁边，否则以后的孩子会豁嘴。院落东南角应该低注。院落的左右应该有一条路。甚至哪儿建厕所哪儿建猪圈都有讲究。还有隔路如隔山，屋前柳屋后桑的说法……反正当年农村盖屋有很多清规戒律。主人家为了图个吉利，盼着以后的日子更好，便多数依从了风水先生的话，尽可能地往好处做。

（二）地基。看过风水后，主人就开始到邻居家借些扎架台用的棍棒、铁锹、平板车等什物，搓一些扎架和屋上用的苘绳，抽时间把地基周围收拾干净，在屋框内上好土。盖屋的师傅会提前来拉好线，用铁锹找出地基的位置。之后，翻翻旧历，找一个宜动土的、阳光明媚的日子，便开始在大老师的指导下动工。先是打夯，由四个人组成，在一块条石上绑一木棍把握方向，另外三面各有一牛鼻子，拴着粗粗的苘绳。四个人同时用力，一人把握方向，沿着地基线砸下去，目的是把地基砸实，以便在上面垒砖"打碱"（方言称呼）。打夯是个力气活，来不得半点含糊，把方向的一般是年龄稍大、眼力较好的人，并且负责喊号子。把夯人责任很大，万一砸偏了砸到脚上，会让人经历"伤筋动骨一百天"的痛苦，既受罪又耽误农活与生活，而这样的情况偶尔会发生。如果打夯不匀，过上几年地基动了墙就会裂，打夯人也显得很不好看。几条汉子低着头、斜着身子、光着膀子、喊着号子打夯的画面很有诗意。掌舵人会大声喊着："一二三哪，加把劲啊；加把劲哪，盖新屋啊；盖新屋哪，娶媳妇啊；娶媳妇哪，抱孩子啊……"有时四个人会一起喊着号子，内容富有想象，声音洪亮婉转，节奏感很强。打上一段后，他们便停下休息，或坐在砖头上或坐在板凳上；或者卷起喇叭状的旱烟叶，或者抽着廉价的烟卷。大口喝水，偶尔会互相开个半荤半素的玩笑。而师傅则用铁锹试试地基的硬度以及是否均匀，同时把砸出来的坑坑洼洼找平。在打夯的时候，木匠也开始"活计梁椽"（加工梁椽）了，刨子、墨斗、锯、锛角、斧头、尺……那时的木匠都是苦学几年"出师"的高手，眼看过去比尺子还准，一般的都是一遍就成，确保上了屋顶四平八稳，并且都是榫卯结构。单是门窗也要师徒忙上十天半月的时间。

当年农村还是三晌制，天刚蒙蒙亮就开始忙，主人在9点左右把早饭准备好，笑吟吟地招呼大家吃饭，脸上挂着幸福的神情。在露天的院子里摆上两张桌子，粗茶淡饭、劣酒旱烟、辣椒馒头、烙馍大葱，主人尽其所能，让男人们吃好吃饱，喝好抽足，饭后休息一会儿便又开始忙了。主人家帮不上手，就干些简单的活计，如把砖放进水里泡上，搬运一些架材，准备泥兜子等。

（三）垒墙。地基打好过三天，大工们便开始"打碱"，四个墙角由大老师垒，称为"抱角"。抱角需要眼力、手力和体力，墙正不正、牢固不牢固关键看"抱角"的手艺。家庭经济条件好些的，打20层左右的砖基，尺寸是"三八"，中间空着用碎砖填实，当年称为"填圈（juàn）"。由于石灰少，砖基一般都用泥来代替，农村戏称"拉泥条"。垒好砖基，过上几天才能挑墙。这期间，主人家把黏土上好，和泥用的"洋筋"（轧场后的金黄色的麦秸）备好。同时，还要有人专门抽时间用石灰给砖基"喂缝"。三五天后，打好的地基稳固了，便支好门框，开始挑墙。挑墙是个技术活，也需要眼力、手力和臂力。把和好的泥一铁叉一铁叉地沿着地基往上垒。

如果技术不好，墙会歪、会裂，就换人重新垒。

土墙一般分三次挑成，称三节墙。一节墙挑好后停上半晌，大老师就趁机用铁叉的侧面立着刷墙，把多余的泥刷掉，刷得方方正正，有角有棱，横平竖直。刷墙需要力气、需要技术，刷早了会影响墙体，刷晚了泥凝固了费劲，并且墙泥里有韧性大的麦秸，力量小了"打不断"麦秸，或者把泥带下来，会造成墙上坑坑洼洼，并且刷墙的时间点也要掐准。这些经验和智慧，都是老百姓多年积累下来的。墙刷好后过上十天半月，开始挑第二节墙，因为高，架台也不稳，挑墙的难度也增大了。地面的人用铁叉把泥甩上去，上面的人用铁叉接住后再垒，两个人的配合要默契。和（huò）泥的人水平也高，泥不能太稀也不能太硬，太稀了铁叉托不住泥，也甩不上去；太硬了墙垒不牢固，会垒着垒着走形。虽然这些都是体力活、粗活，但也能说明"三百六十行，行行有状元"的道理。第二节墙好了，要用长长的竹竿或者细长的树干搭在前后墙，农民称为"行条"，等屋盖好后用来做隔断，分里屋外屋。这样下去，三节墙挑好也需要一个多月的时间了。这期间还要把窗户框装上，下雨了要避免墙被雨淋，还要准备缮屋用的麦秸等。再过上半月，墙干透了，土墙上面要用几层砖和石灰垒屋檐，这些砖需要艺术加工，也是简单的砖雕了。屋檐垒好后用坯和砖坯来垒屋山。当年没有吊车，很重的土坯全靠人搬传上去。

"高手在民间。"村子里的确有几个挑墙的能人，很吃香，也很受人尊重。不管谁家盖屋，他们都热心帮忙，且没有什么报酬，只是主人家每顿饭提供足烟酒，当年人的朴实善良由此可见。金钱至上的今天，在农村再也看不到这样的"憨子"了。

（四）上梁。等屋山和屋檐垒好，下一步是上梁了。在农村盖屋，上梁是大事、喜事。主人一般要选个吉日，找人用红纸写些吉祥的对联，如"黄道吉日""上梁大吉""平安顺利""人寿年丰"等，另外还要买上鞭炮、糖块、烟酒，在梁上贴上红字，等梁固定好以后，开始放鞭炮，撒烟撒糖，给上梁的师傅传上两盒烟和一碗酒。他们会坐在屋梁上品酒抽烟，同时端着酒看看安好的梁椽。这浓浓的风俗里充满了乡情、友情和亲情，也凝聚了劳动人民对美好生活的期盼。

（五）封顶。梁头固定好后，开始上椽子，铺箔，用铁丝或苘绳把箔固定在椽子上，在箔上面铺麦秸苫子，也用苘绳固定，在上面涂一层稀泥，之后缮麦秸。这也是技术含量高的活计，先从下往上排，边排边梳拶，一层压一层，靠稀泥粘住，避免存雨水，避免风吹散。在屋顶上干活的都是胆大心细、心灵手巧的大老师。他们嘴角含着烟卷，不时俯在屋面看平整度，指挥着别人这样那样。因为在上面不方便移动，也不宜多移动，否则弄乱了缮好的麦秸，影响屋顶寿命。最后叠屋脊时，难度就更大了，人不方便动，上泥、石灰和小瓦也要费很大力气。而叠出漂亮好看的屋脊就更不容易了。在屋顶的两边，用小瓦压出两行屋檐，目的是防止风把麦秸吹乱。现在农村的老房子偶尔能看到砖雕和叠出的屋脊，而盖屋和叠脊的能工巧匠们也许已经作古了。

（六）整饰。封好顶的草房子让主人有了对美好生活的期盼，孩子娶媳妇有了最基本的条件。就是现在介绍对象，第一句话也是问有没有房子。可见几十年过去了，房子依然是人们最根本的追求和生活条件。房子盖好后，开

始粉刷墙壁。条件好的，用白石灰拌泥和麦糠，把房子内墙刷到两节墙或者三节墙，只有那些家里有上班抓钱的人，才能用全白石灰刷室内的全部墙壁。里墙粉刷好晾干，木格窗户上贴上窗花，利用"行条"和高粱秸织成的箔把房间隔成三间。房屋正中间摆一张八仙桌子，桌子上方正中间贴一张毛主席像。两边的房间一间住人，一间放粮食和其他东西。过春节时，再买一些带故事情节的年画贴在墙上，就等着媒人来给孩子提亲了。

因为农村人迷信，有时会通过简单的装饰来辟邪或者破除灾气。有的在屋脊上立两只砖雕小鸟，有的在屋詹或者屋檐下镶一面小镜子，有的在屋墙外放一块小石头，上面刻有"泰山石敢当"的字样……这些都起到心

理作用罢了。

　　土墙屋的好处是冬暖夏凉，并且全是绿色材料，非常环保和安全。只是屋顶麦秸三年就要更换一次，梁椽不硬实的一年要更换一次，翻盖屋顶也很麻烦，于是后来就有了小瓦和水泥瓦。后来的腰子墙瓦房、全砖的瓦房、楼板起脊的瓦房都是在草屋的基础上一步步衍生发展而来，也书写着农村经济发展的轨迹。现在农村盖楼大多机械化和成品化了，凝聚着农民智慧的农村建筑文明渐渐退到了历史的角落里。在这里简单记录下来，也是对农村生活的一种记忆了。

过年

　　小时候，过年在农村是最隆重的事了，人们都把年当作图腾一样敬拜着。现在农村物质丰富了，生活水平提高了，人口流动性大了，思想也比以前解放了，但大家对以前过年的期待与憧憬却渐渐变轻了，这是农村节庆文化的式微，抑或是农村人精神层面的一种缺失。

　　中国农村在20世纪80年代以前，其风俗习惯和思想观念，大抵还保持着两千多年的文化印痕。物质生活的匮乏，社会发展的曲折，战乱灾荒以及建国初期人口的增多，种种因素让老百姓大都生活在同一个贫困线上。论及物质生活的享受，精神生活的充实和满足，当是在过年时节了。关于"年"的历史轨迹，大抵经历了以下衍变：《尔雅·释天》记载，唐虞把年叫作"载"，意指万象更新；夏代叫作"岁"，表示新年一到，春天就来了；商代叫作"祀"，表示四时既尽，一切当入册定案。直到唐代以后才叫作"年"。那时"年"象征着农业的丰收，因此农村对过年的期待与热情还有着更深的含义，并且农村对年的重视远远高于城市，也许两千多年来存在着的城乡二元结构是农村节日气氛浓厚的原因之一吧。

　　在生活不富裕的农村，过年是很隆重的。农村以前流传着"有钱没钱，割肉过年"的习语。农村还流传着过年如过关的说法，现在的农村，一些老人还说"到年关了……"其实，对于贫穷而孩子多的家庭来说，过年真的是一大难关。陈毅元帅曾写过对联"年年难过年年过，事事难成事事成"，表达了当年过年之难。年关了，欠别人的钱要还，儿女大了要谈婚论嫁，要准备年货，要给全家人扯身新衣服，做双新鞋，走亲戚拜年要准备点心，来了客人要招待……以上事项都需要钱，这就难坏了很多的父母。而老百姓心里认为，忙了一年了，再怎么难也要过上个肥年，借此休息几天，吃点好的，换个心情，对来年充满期待。在农村有"进了腊月就是年"的说法，也就是说年事在腊月初就开始了。有的人家这时把养了一年多的猪和羊卖了，抽出一部分钱来安排过年的事，给一家人都扯身衣服，把一年来欠别人的钱，在代销店赊东西的钱都还上，安心过个年。在年前，人们要赶集买些年画，把屋里的墙壁上都贴上新画。还记得当年年画的内容大体上都是根据传统戏曲的故事情节改编的，有《岳飞传》《杨家将》《水浒传》等，还有的是根据现代电影故事印制的，如《平原枪声》《地道战》等，也有的年画是伟人画像，马、恩、列、斯、毛和中国的十大元帅等。春节前人们还会到集市上理发。那时的生产力落后，而每家每户孩子都不少，经济上都不宽裕。实在没有钱买新衣服的，就穿上冬天里妇女们做的新布鞋，买双新袜子，也有了过节的感觉。俗话说："新袜子新鞋，漂亮半截。"赶集准备年货，也都是精打细算，买点肥猪肉、打点豆油或者棉油。过节期间，农村磨房里不开张，因此人们都在春节前把白面磨好，把喂牲畜的料配好，把生活上的很多事情做好，因为正月十五前各行各业都不开张。

当年，春节是人们对美好生活的一种向往，对锦衣玉食的一种期盼，对亲人相逢的一种渴望，对美好生活的一种膜拜。在春节前10天左右，人们便开始做馅子蒸团子。用煮好的红薯、煮熟的红小豆、红枣等拌好馅子，用玉米面做面皮，包成圆圆的，因为团子是圆的，老家方言里把圆称为"团"，所以这种食品就称为团子了。如果用白面皮包上馅子，就称为豆包子。蒸好团子后，开始蒸菜包子，用粉条、胡萝卜或者红辣萝卜做成馅子。条件好的人家会掺上五花肉馅，用白面皮包好，上面捏出花来。刚出笼时一个人吃上五个菜包子都不觉饱。蒸好菜包子接着蒸几笼白面馒头，方言称为"发馍馍"。就是现在，白面馒头和大白菜粉条炖猪肉，也能引出人们的口水来。蒸完以上面食，开始准备"过油"了，就是炸丸子、炸菜、焦叶子和小鱼等。丸子馅用绿豆面、葱姜和胡萝卜等。炸菜则用藕片、小鱼和豆腐皮等做馅子。焦叶子是白面皮上面撒层芝麻，放到油里炸熟。在"过油"前，要劈很多木材，因为"过油"需要大火，而一般的柴火温度达不到。另外，还要烙很多张烙馍，垫在筐里或者菜篮子里，以防油炸食品上的油沾了筐和篮子。"过油"那天，午饭多半是馏菜包子，趁着油锅烧一锅丸子汤。

以上食品都准备好以后，接着就是剁饺子馅了，有猪肉馅、有羊肉馅，经济条件好的会买上几斤牛肉。肉馅配上粉条和萝卜，做成满满的一大盆馅子，可以放到正月十五。过年前后，人们在村子里看到的是家家冒出的淡淡炊烟；闻到的是飘在空中的热馒头、油丸子的香味，听到的是在案板上剁肉馅的嗒嗒声，还有人们遇到后友好的问候声。

到了年垂（除夕）那天，镇上还会成半个集，是为那些没有准备好过年事宜忽然想起来还要买点东西的人所准备的，大街两边有很多卖鞭炮和对联的地摊。过了中午，人们便各自在自己家了，忙着贴春联、包饺子、上坟等。关于农村过年时的春联，有很多话要说。因为当年农村识字的人不多，会写毛笔字的人更少。因此，村里两个上过私塾的老头便吃香了。一个小方桌，一个用碗底做的砚台，一支破坏不堪的毛笔，一把裁纸小刀，方桌上有来求写春联人扔下的劣质香烟。老先生会欣欣然地在纸上龙飞凤舞起来，写好后有人拿到外面晾上。春联的内容大多是吉祥的、恭喜发财的、祝寿的等。常见的有"福如东海长流水，寿比南山不老松""和顺一门有百福，平安二字值千金""一年四季春常在，万紫千红永开花""春满人间百花吐艳，福临小院四季常安""百世岁月当代好，千古江山今朝新""喜居宝地千年旺，福照家门万事兴"……横批有喜迎新春、欢度春节、万象更新、喜迎新春、吉星高照、国泰民安……春联贴好后，大年初一拜年的人进门先看字，出门时还会再瞅两眼。

在过年时，人们没有忘记生活中息息相关的住所、动物、农具和器皿。在猪羊圈里贴上"六畜兴旺"，院子里贴上"满院春光"，大门口贴上"出门见喜"，厨房里灶台前贴有"上天言好事，下地降吉祥"，平板车上贴有"一日行千里，两手把千斤"，粮囤上贴有"五谷丰登"，秤上贴有"买卖公平"，自行车上是"出入平安"。而在大年初一拜年时，那些上过私塾的或做老师的或从外地回家过年的，都对门上的春联评论一番，说谁家的对联字写得好，谁家的春联内容好，谁家的春联贴颠倒了……

过年了，人们自然忘不了那些操劳一生没能享上福的早早去世的长辈们。兄弟几个在除夕那天约好一起上坟。带着孩子们，拿着鞭炮和草纸，在祖坟前说一些祈祷的话，大抵是祝老人们九泉之下能享福，能快乐，能拥有很多钱。如果家中有春节前去世的，还要在家里堂屋（正房）里摆上供菜，要守夜。初一到堂前磕头拜年，如同老人生前一样，并且老人去世三年不贴春联。

年垂的下午，人们开始包饺子，会包一部分花边的，一部分平边的，还会在某个饺子里放上硬币，初一那天谁能吃出硬币来，便是将来的有福之人了，那只饺子被称为"富贵饺"。到除夕的晚上，家人会用草木灰在锅里炒一些花生，招待来拜年的人。村里关系好的男人们会邀在一起喝酒过除夕。以前经济条件不好，聚会时一般每人端一个菜，不端菜的就拿瓶酒或带包烟。那时孩子们也都在一起聚会，喝酒，学着大人的样子猜拳行令，甚是好玩有趣。喝醉了的有的骂街，有的打架，不醉的就在灯下玩牌，有的人通宵不睡，午夜时分回去操办下水饺和放鞭炮。在老家有种说法：谁家鞭炮响得早，来年谁家的日子就过得好。因此，在农村过了晚上十二点，就会隐约听到鞭炮响了。孩子们早早起来满村子跑着拾哑炮。一般说来，谁家的鞭炮放的时间长、声音大，就说明这家过得好。鞭炮声一般要持续3个多小时，等天亮了，村头田野上空会烟雾茫茫。

除夕时候，大人们要给孩子们发压岁钱。在这之前，孩子们早已用硬纸折叠好了钱包。现在想起来，那时的钱包很精致，每层都会放上硬币或角票。可以在开学时买零食，买学习用品。男孩子一般用压岁钱买鞭炮和灯笼，而女孩子多半会把钱放好，买学习用品和红头绳。想想那时候虽然没有钱，但大家过年的心情却真的很好很好。

到了大年初一，人们都吃饺子。饺子出锅前，先用锅里烧的热水洗脸，一家人同用一盆水洗脸，不能倒掉。我至今都是知其然不知其所以然。煮好的饺子先盛两大碗，来敬灶王爷和天地神，以保佑来年的平安和丰收。之后给长辈盛。在开始吃之前，要先给自己的父母拜年，就是分别磕头，再说些吉利的话。大人们用筷子，孩子们多用竹片做的水饺叉子。家庭条件好的还可以每人一只鸡蛋，那是非常幸福的时刻。饭后天依然朦胧着，人们便开始走动拜年了，不管遇到谁，都说些拜年的话，大多是先给长辈们磕头。有的老年人专门在家等人来给他拜年磕头。他们都穿着干净的大襟袄或者袍子，准备好香烟、瓜子、糖块、炒花生等，来磕头的都给他抓上一把。遇到年纪稍轻的长辈只是客气一下，便不必真的磕头了。年轻人要挨家挨户去拜年，如果遗漏了哪家的老人，那老人便会记住，见了其他人会说："现在的年轻人啊，唉……"拜年结束后，满庄子都是长辫及腰的女孩和刚过门的新媳妇，她们穿得花枝招展，三五个一群，比着衣服，说着闺中密语，说到高兴处，会哈哈大笑，引得人们都朝她们看去。有时遇到拜年的小伙子，大家就会开开玩笑。而同村子里考出去在外地工作的同龄人也就是在这时候叙叙旧情了。其实，今年还在一起说笑的女孩子们，来年嫁人后有的可能一生不再相见。

从年初二开始，人们要走亲戚了。苏北农村有新客拜年的风俗，也就是春节前结婚的新郎，在初二这天要来岳父家拜年。因为是第一次，带的礼就重，并且会有很多人来看，女家要请厨师认真地准备一桌，并且还要找几个能喝酒的来陪新客，目的是把新郎和背篮子的人喝倒。因此，初二下午在傍晚回家的路上，会经常看到喝醉的人，或走着，或骑着自行车跌跌撞撞。在以前，走亲戚一般都带着孩子，那是真走亲戚，提着白糖和点心，步行去亲戚家，因为走得远，情也就很真，到了亲戚家，小孩还可以挣得压岁钱。

因为苏北农村有"不过十五都是年"的说法，初十之前有很多风俗。初三不扫地；初四要喝"糊涂"（稀饭），称为"糊四"；初六不洒水，水盆里的洗脸水不能倒掉；初七不点灯，农村传说初七是老鼠娶媳妇，傍晚不能点灯。因为十二天干中，老鼠排在第一位，人们对这一风俗十分看重。初七的晚上，要送火神把子，并且往西南方向送。过十五也叫过小年。这天仍像过年一样吃饺子。

现在，一些过年的风俗渐渐消失了，一同失去的，除了倥偬岁月，还有那悠长悠长的记忆。

过麦

　　五月的农村是彩色的，绿绿的树荫和金黄色的麦田交相辉映，绿色中有金色的麦浪起伏，金色的麦田里又有绿色的树林在荡漾。这时候，人们就会感觉到收麦气息了。"民以食为天"，农村人把收麦看得很重，"一麦顶三秋"的习语道出了收麦在农民心中的位置。在苏北农村方言中的"过年"和"过麦"，说明了麦收的重要。记得小时候，农村依然保持着中国传统农业的耕种方式，种麦子耗费了人们的大量体力和财力，自然也寄寓着农民的无限希望。麦收前夕，人们如同期待过年一般盼望着、期待着。

　　其实，准备收麦在初春便准备了。清明过后，鸡、鸭开始下蛋，人们便把攒好的鸡鸭蛋用坛子腌起来，等到收麦当作一份好菜。开始收拾上年收麦时用过的工具。镰刀要重新磨，木锨要重新钉，平扳车要修理好，石磙要磨合……到五月底走进田野，你就可以嗅到麦香了。那时人们便开始整治麦场，先把一块地犁起来，平整好再轧，这样整出的场才能平而光。轧场很需要技术，石磙要一圈贴一圈，不偏不倚，不能有坑洼，这样打场时麦子才能被轧下来，并且下雨时也不存水。整治一块场地要花两天的工夫，轧好的场地晒干后要打扫干净，不然会有蝼蛄从土里钻出来破坏。接着，人们开始操办割麦打麦用的用具了，主要是到集镇上去买些东西，这时候的集镇变得非常热闹。人们到每个专营地摊上买镰刀、镰把、磨镰石，买盖麦垛的雨布、杈子、麻绳、木锨、筛耙、耙子、扫帚、簸箕、防火的砂缸，这些都是割麦打场用的工具。临街摆满了以割麦打场为主题的商品特色，大多都是手工制品。同时，人们还要买劳动时避暑的东西，如毛巾、草帽，装水的砂壶；买劳动时改善生活的干菜，如干虾、干辣椒、咸鱼、海带等。男人是家中的壮劳力，要格外买上几瓶廉价白酒和几把烤烟叶或一两条便宜香烟。因为农村麦忙期间如同过年一样，镇上是没有人卖东西的。当这一切都准备好后，农民们就会经常到田地里转悠，根据中国阴历节气盘算着、期待着动镰的日子。因为开镰就意味着有白面吃了，就等于好日子来了。

布谷鸟清脆的声音总在黎明响起，初夏的太阳让大地日趋炎热。"夜来南风起，小麦覆陇黄"，割麦的日子在人们的期待中缓缓而至。计划经济时代，开镰前要在地头开个田间会议，由村长讲话，布置收麦注意事项和各种纪律，男女老少分好工，之后队长动镰。联产责任制后，分田到户了，收麦那天，一家人在早饭后戴着草帽，拉着平板车，带着午餐，到麦田地头准备动镰。开始时一般由家中男人动镰，从此收麦季节便开始了。"紧手的庄稼，消停的买卖""麦到芒种自死"，人们要趁着天气和节气把麦子割完，因为过了芒种麦粒会撒在地里，既影响了收成，又为夏季田间管理带来麻烦。"足蒸暑土气，背灼炎天光。力尽不知热，但惜夏日长。"割麦时人们都是干劲十足，并且天越热麦子越容易割。人们把割下的麦子晒着，之后捆好立在田地里晒麦穗。在割麦时，人们还会把一些秸秆较硬的麦子捆好单独放好，等收麦后有时间把麦粒用木棒槌下来，用秸秆编织苫子等生活用品。收麦的人中午是不回家的，渴了，喝用砂壶带来的水；累了，到地头树荫下休息一会儿，并趁机磨镰，俗语有"磨镰不耽误割麦"；饿了，就到树下拍拍手，吃着带来的干粮。男人会抽袋烟，有些年轻媳妇，要不时地到地头去奶孩子。收麦时 一般都把孩子带到地里来，人们有时也会把喂养的山羊牵到田野里，让羊儿在割完麦子的地里吃草。等把一块麦子割完了，再去割另一块。这时就要把捆好的麦子用平板车拉到麦场里去，一捆捆立好晒着。等场里麦子越积越多时，人们便在傍晚开始垛麦子。垛麦子是要技术的，先把基础打好，然后麦穗向上摆一圈，再麦穗向下摆一圈，之后压心，一人站在垛上接，其他人往上扔，有时垛不好半途会歪会塌，这时便会有争吵声、埋怨声、吆喝声。为了便于管理和防火，同时也为了互相帮助，大家的场地都是连在一起的，这样在垛上的人可以互相

117

说笑打趣，也会比赛垛麦技术，或者请教问题。那时家家都会临时接几个电灯泡，到了晚上，场里一片通明，麦垛林立，场面甚是壮观。

刚分田到户时麦子是很珍贵的，于是，晚上家家都会留有看场的，互相替换吃饭或由家人送饭来。男人们会聚在一起喝着便宜的白酒，吃着简单的饭菜，聊着一些有趣刺激的话题，互相拿对方的老婆或村子里漂亮媳妇寻开心，偶尔会谈收成和麦后的种植。而看场的女人们便会在一起聊家常，互相说着自己家的男人和婆婆，也会谈些村子里传着的谁与谁的风流韵事。会说哪家的女孩子怀孕了，谁家媳妇与哪个男人或村干部相好了，等等。不管真与假，她们只是快活快活嘴，与自己没有关系，也不去追究的。但也有因此而闹出乱子的，晚上便会出现打架骂架的情况，有劝的，有拉架的，有看热闹的，也有事不关己，在家闭门不出的。看场时，还会出现两家的少男少女在场里谈恋爱的情景。"麦收月黑头"，麦季一般天很黑，在场里的少男少女便会偷偷坐在麦垛下说着情话，会看天上繁星点点。多愁善感的女孩会为一颗流星落泪，迷信说一颗星落了便有一个人去世了。看场很简单，用平板车做床，上面用雨布搭上，拿一床被子就可以了。也有的在麦垛旁用杈子、木锨和雨布等搭成蓬状，下面铺上麦秸，也是非常惬意的。看场的日子一直持续到麦子打好晒干才结束，前后近一个月，有时人们会把买的雏鸡带到场里来，为了区别开各家的小鸡，主人会用"儿红"把鸡头或鸡翅染上颜色。

"眼是孬熊，手是好汉"，这是家长用来鼓励帮忙收麦的孩子的话。的确如此，大概10天吧，广袤的大地便脱去了金黄色的外衣，裸露出孕育着无限生机的肌体。这时候，一些借大地衣着藏匿生存的动物失去了自由活动场所。不经意间，便有野兔仓皇逃走，收麦的人便呐喊堵截追赶，而野兔便慌不择路，拼命逃窜，有的跑掉了，也有的被捉住，用自己的生命为收麦人做了一次奉献。那时的人们是不会看到兔子怯懦、求助、湿润、绝望的眼睛的，也不会想到兔子是否有它的"父母和兄弟姐妹"的。而对于黄鼠狼，因为有偷鸡鸭的"坏习惯"，人们追赶起来更起劲。至于见到蛇，人们会避开它，因为蛇在属相里是"小龙"，而迷信里龙会呼风唤雨，当地传说蛇出洞会下雨，而麦季人们是怕下雨的。因此，蛇一般不会受到伤害。

收麦时关键的是打场。人们要听天气预报，找一个晴天，把麦垛打开，把麦子拆散放在场里晒，之后用手扶机子拖着石磙或者是用牛拖着石磙一圈一圈地转着。轧两遍后开始翻场，晒一会儿再轧。后来有了脱粒机，便不再用石磙了。人们在打场时总是提着小心的，怕天热更怕下雨。当开手扶拖拉机的人或牛把式歇息时，很多人便用杈子把麦秸与麦糠和麦粒分开，最后把轧下的麦粒与糠堆在一边，接着会轧第二场、第三场，每一场要轧两到三遍。人们很会安排时间，一般是到傍晚时刚好打场结束，于是场里干干净净，麦秸、麦糠分成两堆，地面干净光滑，人们可以席地而坐，享受晚上的凉风习习与劳累后的休憩。男人会拿出烟袋或者烟卷，大家每人分一支，说着笑话，谈着收成，惬意地享受着简单的快乐。为了防火，他们都用自己的布鞋做烟灰缸，一手夹烟，一手端鞋，神态可爱而淳朴。女人们则到场边小河里去洗澡，坐在场里的人能听到她们在河里嬉戏骂俏的声音，等她们上来后，洗去了麦锈、洗去了疲劳，露出了文静与端庄，便各自回家做饭去了，而男人们则在场里多停一会儿，把工具收拾一下，盘算着第二天的劳动。当把麦子轧完后，要扬场（扬麦）了，这也要靠天而动。看准风向，选好地点，两人一组，一人用木锨扬，一人用扫帚打落。因为麦粒和麦糠的重量不一样，当二者被扬起时，麦粒先落，麦糠或被风吹走，或慢慢落在麦粒周围，打落的人用扫帚轻轻在麦堆上划弧扫过。扬场是相对干净而快乐的，而一季的劳动一年的口粮一家人的生活就在一木锨一木锨中显露出来了。扬场既需要技术，也需要两个人的配合，场里经常是男人们比艺的地方，因为风有大小且风向不稳，如不注意，风大时会把麦粒裹进糠里，风小时会把糠带进麦粒里，没有风时只好停下来，而扬场的好把式会利用风速与风向灵活地把糠与麦粒分开。于是有的男人凑过来学习，并且会用香烟作为"学费"，之后也试试，回到自己场里慢慢摸索，两年后就会成为一个扬场的好把手。麦子扬好后，主人便会不由地将手深深插进麦子里，之后抓一把麦子举起来，让麦粒慢慢落下来，与其说是收获的快乐，不如说是对大自然的膜拜或对上苍的感激。收下来的麦子并不急着运回家，要在场里晒干，晒到拿一粒麦子放在嘴里用牙一咬咯嘣响才行。

无论是割麦还是打场，人们都怕下雨，天一阴人们就忙着垛麦盖场。"天有不测之风云",收麦期间会遇到下雨天,有时半夜要去垛麦,有时半夜要去盖粮,其实人们对于收麦季节的雨怀着矛盾心理。下雨了,劳累的人们可以静静地休息一下,洗个痛快澡,睡个透彻觉,同时想着雨停后地里该种什么。而看场的人会在夜里听到蛙声一片,会目睹风雨雷电,会看到天空中星辰变化,会浮想联翩,会想到一家人的未来。雨停了,人们便接着劳动,而更多的是夏种了。10多天光景,大地又披上了绿衣。这时候人们开始落(lào)场了,也就是把麦秸和麦糠再轧一遍,扬一遍。落(lào)场的麦子多用来换西瓜和馒头,而轧得金黄色的麦秸和麦糠用来盖房子、粉刷墙、打御寒的地铺、喂牛等。

当麦子晒干入仓后,人们便有了暂时的歇息。为了庆祝麦季丰收,为了祝愿人们劳累后身体的安康,先辈们为麦季定了个节日,就是在阴历六月初一这天过节,农村俗称"过六月初一"。人们在这一天备上丰盛食物,用上等白面蒸一大笼带糖的馒头,好好地享受收获的快乐。在享受收获幸福的时候,人们没有忘记对先辈的纪念,在六月初一的前三天或后四天给逝去的先辈们上坟、祈祷和祝愿。因为麦前麦后要忙一个多月,有些亲戚也没有走了,便在节后走走亲戚。古戏唱词中有"割完麦,打完场,谁家的闺女不想娘,娘想闺女能来看,闺女想娘哭断肠"。既说明了封建社会对中国妇女的压迫剥削,也说明了麦后闺女们对母亲的思念。于是在麦后,出嫁的女儿便在六月初一后"走娘家",这个习俗至今依然延续着。

社会在快速发展,传统的农耕方式正逐渐被现代化耕作所代替,一些传统耕种方式被摒弃,被远远地抛进了历史的角落里。今天收麦简单了,一个月的活联合收割机两个小时就做完了。一台联合收割机,减轻了体力劳动,也尘封了传统收麦的文化与文明。

走亲戚

中国曾历经了 2000 多年的封建社会，而封建统治让华夏民族深受传统儒家思想的影响。尊老爱幼，仁义礼智信是一个修身齐家的体系，儒家思想中的家庭伦理也给人们维系亲情关系提供了行为参照，让人们对家庭、对亲戚都充满感情。因此，每到年关或者中秋时节，走亲戚看望亲朋好友便成了一种风俗，也就有了"走亲戚"的传统。农民一年到头辛苦繁忙，只有在传统节日里，才有空闲时间去亲戚家看看，到朋友家走走，一方面促进亲戚朋友间的感情交流，另一方面也保持了相互间来往成礼、互帮互助的优良传统。

以前交通不发达，又没有现代的通信工具，一般的亲戚平时很难见到，逢年过节，就走着互相看望。这千年不变的农村风俗一代代传了下来，便出现了"走亲戚"这个词。20 世纪上半叶以前，在农村确实是走着到亲戚家去的，大概"走亲戚"的来历由此而起吧。

苏北农村走亲戚一般有三个节日，春节、农历六月初一、中秋节。春节走亲戚的时间一般在正月十五之前，因为农村有"不过十五都是年"的说法。每年的年初二之后，农村走亲戚的便多了起来，那时村里最动人的当是"新客拜年"的情景。有"新客"来了，满村人都会在村口或者村中的路上看。"新客"就是第一年来岳父家拜年的女婿。"看新客"，一是看看"新客"的长相，同时看看拜年芋的礼重不重，再就是比比谁家的"新客"长得好。那时的"新客"衣着光鲜，青春焕发，礼貌羞怯，很是可人，与回娘家的媳妇走在一起，大概是最幸福的时候了。走亲戚的多了，家家都会飘出肉香酒意。原始古朴的村落里，炊烟袅袅，笑声处处，无不显现出静谧和谐的安逸来。在苏北农村里，有过六月初一的风俗。农历六月初一前后，正是割完麦打完场的空闲时间，农民的粮食入了仓，满了囤，一年的口粮有了保障，心里也就安了，于是抽时间到亲戚家走走，互相传达一下彼此的思念，互相介绍一下各自的情况。换上一身平时舍不得穿的衣服，或步行或骑自行车，到亲戚家去聊聊亲情，喝点小酒，正是劳顿后的休息，很是惬意。记得过六月初一那天，家家都在"堂屋"（正房）里八仙桌子上摆上又白又大的"糖发馍馍"（里面放白糖或红糖的白面馒头），来敬上天保佑人间风调雨顺，五谷丰登，旱涝保收，六畜兴旺。为了过六月初一，人们要到集镇上割点猪肉，买点韭菜，蒸一锅"红糖馒头"，再包上一次猪肉水饺，很是奢侈了一回。赶集时，还可以趁机买点烟叶散酒，以对男劳力犒劳。六月初一走亲戚，多是女儿到娘家看望老人，也有母亲到女儿家看望女儿的。在农村思想守旧的人家，儿媳妇很受气。民间戏曲中唱词里就有"割完麦，打完场，谁家的闺女不想娘，娘想闺女能来看，闺女想娘哭断肠"。那种母女情深和重男轻女思想在农村得以充分表达。另外，清明节也是节日，但那时农村已经接近春忙了，走亲戚的多是到祖上祭拜的，又多是出嫁后的女儿到父母坟上哭一场，再给父母坟上添几锨新土，到娘家哥哥或者弟弟家吃上一次饭，聊聊往事，下午便回去了。而个别与嫂子或者弟媳妇关系不好的，从坟上就回家了，也不去生长了20多年的老院子里看看，想想有些心痛的。也有平时走亲戚的，大多是有事相求。如盖房子人手不够，找亲戚去帮几天忙；家里有了儿女结婚出嫁的大事，需要暂时借钱急用的，也到亲戚去；或者是闺女出嫁前，找会木工的亲戚来打几件家具。俗话说"张口容易闭口难"，有时到亲戚那儿，借不到钱，或者亲戚不能帮忙，彼此心里会产生些隔膜。有的亲戚确实帮不上忙，便挽留住下来，喝点酒，共同想想办法，心里也算个依靠。

因为生产力的落后，封建思想的影响，交通工具的缺乏，人们的生活半径很小，农村的亲戚一般都在方圆10公里之内。也有的亲戚很远，多半是因为女孩子在家乡时或者出了什么事，或者是换亲的原因。女儿嫁到很远的地方，也是为了维护在老家的名声，还有的是因为亲戚的亲戚做媒，就嫁得远了，以后走亲戚自然也就远。

礼尚往来是中国的传统美德，走亲戚就要带礼品，在不同的节日带不同的礼品。记得小时候，春节走亲戚一般都带"草糖""蜜鸡""蜜三刀""丰糕""开酥""金丝酥""银丝酥"等，在农村统称为"果子"，现在大多没有了或者失传了。另外还有红糖和白糖，再有就是冰糖。那时物质匮乏，家家都很穷，春节期间去走亲戚，多是带四盒果子两包糖，饭后回来时亲戚留一半，回一半。后来农村条件变好了，也就多带两包糖，或者带些油条。而就是这些，也是凑礼的多，收了亲戚的礼，过一天配上两盒再去走另一家亲戚。尽管是春节期间，但亲戚带的礼小孩子是吃不到的，直到所有亲戚走完了，大人才打开一盒，每个孩子分几块果子。"物以稀为贵"，当时的喜悦是现在的孩子怎么都体会不到的，其高兴不亚于现在的孩子得到一款"苹果"手机。那时苏北农村过春节，准备的过年食品是团子、菜包、馒头、丸子、炸菜、炒花生等，另外赶集时买上几斤猪肉、羊肉，买上几斤海带和红薯粉条，再加上一冬天存下的鸡蛋，年货就齐了。春节后招待亲戚一般是四样菜：白菜丸子粉条、猪肉、海带、白菜猪肉粉条。如果来了男亲戚，就去代销店买一斤散酒，买一包香烟，坐在那儿边喝边聊，不紧不慢，菜凉了再热热，吃完了再去盛，反正就这四样菜。最后吃饭时是热腾腾的白馒头，条件好的再烧一锅羊肉汤。

走亲戚带礼来，一般是要回礼的。有时双方还要客气一下，推搡一阵子。客人要多留一点，主人坚持多回一点。那时虽然贫穷，但感情是真挚的，亲情是无瑕的。亲戚走时，主人要送出很远，多是送出村子了，还要站在村头说一会儿话，因为那时见一次面不容易，临别时还要代问其他亲戚好。走亲戚来回都要一天，到家的晚上一家人围在煤油灯下，把所见所听所闻给家里学一遍，下次再见面便是中秋节了。春节走亲戚一般都喜欢带着小孩子，自然要互相给压岁钱了。鉴于当时的经济条件，给孩子压岁钱也多是2角、5角、1元、2元，5元钱的压岁钱就很少了。带不带孩子走亲戚，给多少压岁钱，双方都有考虑的，不能让对方花费或者吃亏太多，这样亲戚双方都能平衡。如果是孩子跟着母亲"走姥娘家"，就会得到外公外婆的疼爱，舅舅姨姨的呵护，之后也会在姥娘家住上几天，可以和老表们一起玩几天，跟着去摸鸟蛋，捉迷藏，多认识一些小伙伴，很是开心。

因为那时的贫穷，走亲戚时，大家都互相借东西。借礼品、借自行车、借提包、借衣服。"新客"第一年去拜年，还要找个同龄人陪着，农村称为"背篮子的"，实际上是保护新客不被灌醉的。如果礼品不够，邻里之间互相帮助，凑着东西走亲戚，回来了再还。过了大年初二，上午八九点钟，可以看到村外的路上，人来人往，络绎不绝，因为过了10点，路上一化冻，就很难行走了，而下午也要等上了冻才能回家。尤其是下午，路上有喝得走路晃晃荡荡的，有骑自行车东倒西歪的，有睡在路边走不了的，有因为自行车碰上了争吵打架的，有走着走着丢了东西的，有走亲戚的熟人相遇了站在那儿说话的，有"新客"拜年被灌醉的，有归心似箭匆匆往家赶路的……在农村，也有走错亲戚的，进了门，才知道重名了，走错了，便再去寻找真正的亲戚。

那时国家没有实行计划生育，人多亲戚多，而当年农村结亲也讲究门当户对，弟兄多的找弟兄多的，也就是说的"老门旧家"，这样亲戚自然就多起来。春节后有时一家会来很多亲戚，便在一起吃饭喝酒。酒后言差语错的多了，亲戚间就会吵起来，甚至打起来。这种情况多是年轻人，血气方刚，容易冲动，而又多发生在老表之间。其实，打过闹过，该亲的还是亲。有的亲戚真闹得厉害，便由此"断路"了，不再来往。

一般情况，春节时这家到那家，中秋节时，就是那家来这家了。而走亲戚，多是先走至亲，再走远亲。农村有"姨表亲，不算亲，没有姨娘断了亲；姑表亲，辈辈亲，打断骨头连着筋"说法，这实际上是封建社会男女不平等的体现。当下社会独生子女多，亲缘关系减少，有着"姨娘亲"也是弥足珍贵了。中秋节在农村称为八月十五，八月十五走亲戚一般都带月饼，有时还会带两只刚长成的小公鸡。农村小鸡成活率低，能提两只小公鸡去走亲戚的，也算重礼了。如果是至亲，还会带两瓶白酒。中秋节是团圆的节日，但在农村，正是秋收秋种的农忙季节，来走亲戚的多是老年人。中国人历来重情重义，家里来了客人，再忙也要杀鸡买菜，招待客人。如果来的亲戚是男的，还要找近门陪客人喝酒，地里的活计就在第二天再忙了。

农村走亲戚也有很多忌讳，初一和十五不能走亲戚，老人去世不过周年不能走亲戚，戴孝期间不能走亲戚。这也许是迷信，也许是这时候心情不好吧，传说是不能把晦气带到亲戚家。

由于农村人口多，家族大，亲戚自然也就多了。弟兄多的，便把亲戚分开，要走的亲戚也分开，这样既不失去礼节和联系，又能减轻经济负担。而在农村，有的亲戚过了三代就不再走动，也有的亲戚，因为闹矛盾，相互不再联系，被称为"断路"。在农村还有种说法叫"穷在闹市无人问，富在深山有远亲"。如果有权有势了，亲戚自然就多。而有的人家，人少，又穷，自然亲戚也不多。更有一些单身的或者"五保户"，没有子女，也没有亲戚，逢年过节时很是凄凉。记得小时候父母总在这时把一些礼品送给这些特殊家庭，也养成了我们兄弟姐妹善良和乐于助人的品格。

社会在发展，时代在进步，"走亲戚"的方式方法也有了很大的变化，而"走亲戚"作为特殊时代农村亲情的特殊符号也定格在了历史长河中。随着交通工具的发达，很少有人走着去亲戚那儿的了；随着人们观念的变化，很多的亲情都物质化了；随着人们的忙碌，很少有人能静下心来，坐在亲戚家里，煮酒话桑麻了；随着"空心村"步伐的加剧，已是"小桥流水今犹在，不见亲人笑迎门"；随着对金钱的膜拜，真亲真情也渐渐地化成了傍晚村外田头的那抹薄薄的雾，淡淡的，看不清了，也摸不着了。

赶集

　　春节回老家时经过曾经学习和工作过17年的集镇，看到镇周围的柏油马路上停满了各种车辆，从凯迪拉克、奔驰、宝马到电动车，排了很远很远，由此可见，部分农村人真的富了。车辆的拥挤代替了当年的人头攒动，市场上物品的丰富代替了当年的物质贫乏，这与记忆中赶集的情景已经大不相同。随着社会的进步和物质水平的提高，现在的人已经没有了那种对集市的期盼，到集市上也看不见那种熙熙攘攘的热闹场面了。从老街上走过，仿佛又听到了大街上"热粥，热包子，刚出锅的油条"的悠扬而诱人的吆喝声，不由得走进了记忆中的集镇。

　　我小时候，还是计划经济时代，当年的事情和故事说给现在的年轻人，他们是听不懂也想不明白的，但那确实是农村历史上曾经有过的不能忘记的一道风景。

　　20世纪七八十年代的中国农村集市，和封建半封建时期的农村集市差不多。农村的集市是5天一小集，10天一大集，这是农村约定俗成的时间。无论小集还是大集，总会有很多人到集市上去，目的是很简单的市场交易，包括生活用品、生产工具、粮食牲畜等。每逢集市，四面八方的村人都涌向同一个地方，去买去卖。而孩子们多半是不带钱去集市上的，他们去的目的就是玩，看热闹。逢集那天，路上也很热闹，早饭后，一个村子里的关系比较好的约在一起去赶集。出了村庄，会看到路上有很多赶集的人，有的步行，有的牵着猪和羊，有的用篮子挎着或用毛巾包着积攒了很长时间的鸡蛋去集上卖，有的是挎着鸡鸭鹅，有的拉着平板车，还有的扛着红薯片、小麦、玉米等到集市上云卖的。大家买卖主要是换点零花钱，或买油盐酱醋，或买煤油等日用品。也有织了手工毛巾或粗布去卖的。

那时的集市，虽然原始古老，但却有着浓浓的乡村气息。当你走近集镇时，就会感觉到热闹非凡的场面。集市被分为很多区，主要有粮食市、木材市、鸡蛋市、布匹市、牲口市、菜市等。各市都有"行（háng）人"，他们是公平交易的证人。拿着秤，提着包，专门为那些谈好价格或交易条件的人进行公证。而买卖双方总是在交易成功前商量好谁交"行"（háng）钱。想来靠吃"行"钱的大概就是最初的经纪人了。

那时的集市，多半以百货商店为中心，商店的前面，有摆连环画的、卖炒花生的。连环画2分钱看一本，那是孩子们最向往的精神所在，而炒花生则是孩子们渴望的物质需求了，但对大多数孩子来说这只是水中花、镜中月。集头上的大树下，经常有说书唱戏的和玩大把戏的，而场子的周围有卖花生的、卖凉粉的和卖狗肉的。狗肉1角钱买上一小撮，可让人美美地享受着物质和精神的双重快乐。而孩子们很渴望能在人群中拾到2分或5分的硬币，这样就可以看一上午连环画了。记得大抵有《小兵张嘎》《地雷战》《地道战》《南征北战》《奇袭》《白毛女》《雷锋》等。也有的家长在孩子赶集时给他几角钱，线是英雄胆，有钱的孩子便成为伙伴中的老大了。当走在空闲地带时，还会看到卖老鼠药和卖针的，他们用押韵的歌谣说唱着，以此吸引人的注意力和购买欲望。卖老鼠药的大声唱着："老鼠药，药老鼠，大的小的都逮住，老鼠的爹，老鼠的娘，还有老鼠的二大娘。老鼠吃了咱的药，一命呜呼见阎王，老鼠闻了咱的药，永远不吃咱的粮……"而卖针的也在另一处大声唱着："咱的针，咱的线，十年八年用不断。纳鞋底，缝被子，还有新媳妇的红盖头。"尽管买的人不多，但他们却卖力地吆喝着，嘴角泛着白沫，估计一天下来也赚不了几个钱。

邻村的几个老友在街上相遇了，会用卖羊或卖粮的钱凑份子，在集头上的棚下的小摊上兑几两烧酒，买几把炒花生，一起喝酒聊天，谈各村的新鲜事，谈各自的收成，同时也会吹牛，有时醉了酒，话不投机吵起来或者打起来，便有人来劝架或看热闹。最后这些人不欢而散，但下次赶集遇到了，依然会在一起喝酒聊天，早已把上次的不愉快抛到九霄云外了。这就是那时的农村人，粗犷、简单、义气而又带点霸气。

农村集市最热闹的时候当是"麦口"或者年关。农村有"一麦顶三秋"的说法，那时的村人在"麦口"里赶集主要忙着准备收麦用的工具或食品。而集市也根据农民的需求新设农具区，人们都怀着丰收前的喜悦在地摊上挑镰刀、磨镰石、木杈、麻绳等，一番热闹景象。远近各处的人便带着买好的草帽、木锨和扫帚，烟叶、马虾和烧酒等兴冲冲地回家了，准备一段时间的劳作和享受收获的快乐。

那时天已经很热了，南风吹来，带着小麦的清香。赶集走在乡间小路上，远远地有清脆的鹧鸪叫声从郁郁的树林里传来："呱呱咕咕，呱呱咕咕"，总是叫两声一停顿，据传说，这是一对可怜的爱情鸟走迷了，在呼唤对方。"呱呱咕咕，家在哪住？"而我听上去更像在说"关关雎鸠，在河之洲"了。这种鸟的叫声清脆而哀怨，让人听了伤感，尤其是在凌晨听到这种充满忧伤的呼唤声，总让多愁善感之人生出几分遐想。我至今也不知道那种鸟长得什么样子，也不知道它的学名，而家乡人称它"光光躲锄"。

一麦赶三秋，收麦季节，集上是没有人的。一个多月忙过去了，小麦入仓，玉米和大豆露出嫩绿时，人们又开始赶闲集了，主要是到集上听书和看大戏。而麦后阴历六月初一前后人们要到集上割肉买糖过节。当年农村人很看重收麦季节，麦子入囤要过节祝贺，就定六月初一这天。除了到集上割点猪肉包顿饺子，用红糖蒸一大锅白馒头，还要在堂屋里摆上供品，祭祀上天的保佑，得以丰收，也祈祷下年风调雨顺，人财两旺。麦收结束，因为一个多月不见，有些亲戚也互相走动了，而青年男女相亲的时候也到了。他们托人捎信约对方到集上电影院看电影，那是传统保守的农村仅有的浪漫与憧憬。女孩子扎着大辫子，穿着新衣服，有着欲说还休的腼腆。还没有对象的女孩则邀着伙伴一同去集上缝纫摊上看裁缝做衣服。影剧院旁边的空地上放着一排木椅子，几个理发师忙着给农活后的人们理发。可别小瞧这些农村理发师，他们都经过名师指点，有令人叹服的刀功，能把剃刀耍得出神入化，据说每个理发师在学艺时都在数九腊月和炎炎烈日下给冬瓜"理发"练手艺。他们用茶壶里的热水兑上凉水给人洗头，那时肥皂很少很贵，就把碱块当成洗发水用。虽然条件不好，但理发师的手艺却是一番享受。为了招引客人，这些理发师都使出绝活，让顾客下次还想着他们的功夫。理发师把剃刀在硬砂布条上来回"嚓嚓"磨几下，便开始把坐在椅子上的人一个多月的乱发去掉了，也等于去掉了麦忙时的疲劳。接着，再磨一下剃刀，就会用剃刀给人刮眼角、挖鼻孔、掏耳朵，让人麻麻酥酥，欲睡欲梦，之后就是按摩脖子和肩膀，那可是民间祖传的推拿。当人们还在迷迷糊糊享受时，理发师便啪地一拍顾客的脖子，说声好了。理发人就丢下2角或3角钱，高高兴兴地回家了。剃头三天丑，从集上回到家，便有人评头论足了，其实也是人们开玩笑找乐子的一种方式。

有集便有小偷，小偷被抓住了会被打一顿，扭送到派出所，有时被游街，算是最丢人的惩罚了。被偷了钱的女人会哭哭啼啼地骂街，而被偷了钱的男人则哭丧着脸回家等着家人数落，只好用默默的干活来弥补自己的过失。更多的人回家时不忘买两把炒花生，到家分给期盼父母回来的孩子，那些疼爱孙子的老人会买个热烧饼放在怀里焐着，到家给孙子和孙女们吃。虽然那时的人很穷，但却有着家庭的温馨与和谐。

在我印象里，有一个精神病人（我们都喊他"憨子"）是逢集必到，他总是很早到集上，罢集了最后一个走。他一个人在路上踽踽而行，低头微笑着，嘴里嘟囔着什么。我只听说他姓孙，是地主崽子，20世纪60年代在北京读大学，在"文革"期间他父亲挨斗时被从北京揪回来，由于受惊吓和刺激便疯了。别人打他，取笑他，孩子们用土块砸他，他只是本能地缩缩脖子，脸上依然有着微笑，仿佛他已经不知道什么是痛了。赶集是他在世上唯一的物质和精神享受。他在每个市场上转悠，拾人们扔掉的烟蒂，回去把残余烟丝收集好卷烟抽。他在饭店里拾别人剩下的饭菜吃，有时在地上捡东西吃。他不嫌脏，也不怕别人笑话，就连别人扔了的西瓜皮他也要再拾起来啃一会儿。奇怪的是他从来不得病，也没有太多的人注意他，当有恶作剧者挡住他不让走时，他便蹲下给你写字看，却是一手好字呢。而他也成了赶集路上的一道定格的风景，但他的心里一定有着只属于他自己的故事。

每年的冬天，集镇上还举办交流会，这是农村人特别开心和期盼的时刻。届时，三省交界的商贩和老百姓都会蜂拥而至，人数能达几千人。交流会上物产更加丰富，东西更加便宜，场面也更加热闹。这是农闲季节，所卖商品多数都是消费品，以各式各样的衣服为多，而赶交流会的人除了买东西外，看热闹也是目的之一。为了赶交流会，每个家庭都要兴奋几天，每个家庭都会开个会，商量好该买哪些东西，该给全家人买过年的衣服。谁去赶会，谁在家看家，这些都要安排好。当地政府为开好交流会要筹备很长时间，划分好各个区域。交流会上有说书唱戏的，有"耍猴子的"，有"玩大把戏和杂技的"，有"玩魔术的"，有"吹糖人的"……影剧院的大喇叭则滚动播放着电影宣传的声音。真的画下来，那场景也与《清明上河图》有着相似的内容。

　　那时的集镇，是人们的乐土和享受生活中甜美的源头。现在生活条件好了，社会进步了，很多手工产品也消失了，而一些手工艺也渐渐失传，很多民间文化也渐行渐远。同时式微的还有人们内心的恬静与对美好生活的慢慢品味。

汉高故里"吃大席"

汉族、汉语、汉字、汉服，大汉王朝为中国留下了太多值得人们记忆和书写的内容及研究领域。虽然自汉以降，中国的一切都在发展变化，但认真探讨，在汉高祖刘邦的家乡——江苏省丰县、沛县一带，方言、服装、饮食、民俗等仍然留有汉代的痕迹。据考证，在丰沛农村婚嫁时的婚宴称为"吃大席"，就是从汉代兴起传承至今的。"席地而坐"的成语也应该取自汉代人的习俗。在汉代，当举行重大的祭祀活动和庆典时，通常在地面上铺上席，便于祭祀者叩头礼拜。举行宴会时，也是在两边铺席，宾主各坐一边，前置一小桌，便于放酒菜。民间办喜事时，客人比较多，铺的席多，便俗称"大席"，在丰县和沛县及周边地区，农村仍然把喝喜酒叫作"吃大席"。

关于汉代餐饮习俗的称谓及其内涵的准确界定，当由研究专家去叙说，我这里仅借汉高故里"吃大席"的习俗谈谈家乡的菜肴，也是对当前家乡美食的记录与介绍。

说到汉高故里的饮食及习俗，不能仅仅局限于丰县和沛县，而应是以这两县为中心的苏、鲁、豫、皖周边地区。因为汉高祖刘邦"打天下"就是从这四省交界处开始的。如今，带有浓浓地方特色的丰县菜系在周边地方深受人们的喜爱，丰县自不必说。单是在徐州市区就有了"中阳里""北村""丰县味道""汉方私房菜""汉邦人家"等特色饭店。有的饭店一天只有两桌饭，不提前预订很难品尝到汉家菜肴。在这里饮酒吃饭，抬头看着墙上挂着的汉高故里丰县的历史古迹，大致有了"大风起兮云飞扬"的味道。

汉高故里的"大席"包含着太多的文化元素和民俗风情，我也不从研究的角度一一书写了。这里只把"丰县大席"中能赚人脾胃的几道凉菜、热菜和几种汤介绍出来，以期待更多的客人来品尝"舌尖上的丰县"。

说到丰县大席菜的来历，不能不到汉代历史中徜徉几步。汉武帝时曾经推行"罢黜百家，独尊儒术"，重"仁、义、礼、智、信"。每逢大的节日，都举行祭祀活动。等级较高时，祭品用猪、牛、羊，为太牢；次之，则用猪、羊，为大牢。所用祭品皆为活物或者现杀。色纯者为"牺"，体鲜者为"牲"。而在民间虽然不能用如此重礼，但取其意义，却也是一种文化遵从。发展下来，也就有了鸡、鱼、肘子等祭品。慢慢地大席中也就出现了猪肉、羊肉、牛肉等大菜。以前的酒席中，大致由果碟、凉菜、热菜、汤四部分组成。才几十年光景，果碟便被省略了。由此可见，今天农村的"丰县大席"与2000多年前的汉代大席一定有了"大不同"。

现在的宴席一般是凉菜、热菜荤素各8—12道。先说几道具有明显丰县特色的凉菜：一是银芽拌芹菜。选当年收获的新绿豆，用传统工艺焐出的绿豆芽若干，再买生长期的芹菜若干，去叶留茎。洗好切好后分别在滚烫的开水中"烫乏"到八成熟，立刻用"灶滤"搭出来放进凉水中"沐"一会。之后再捞出来放到盘子里，加上胡椒粉和其他作料，再用山西老陈醋和小磨香油拌好，一青一白，煞是养眼，且诱人口水。含在嘴里，脆而不硬，凉而不冰，清香可口，沁人肺腑。如有好友相伴，咂一口酒，话几分情，那感觉当为人间神仙一般。二是凉拌藕。选刚挖出来的微山湖白莲藕，切成片状。做法与银芽拌芹菜大体相同。藕片的口感与厨师把握火候有很大关系，并且藕片在开水中"烫"和在凉水中"拔"的时间都需要厨师好好把握。做好的凉拌藕入口清新，食而不胀，也是喝酒时的好菜。三是菠菜拌豆腐皮。这是时令菜，一般在春天、秋天和冬天最好。食材虽然不贵，但想做出老味道来不容易，因为在市面上已经很难买到传统方法做出的豆腐皮。徐州市区的丰县特色饭店都是专门派人到丰县的小集镇上买传统火烧老豆腐皮和其他食材。传统豆腐皮据说要选隔一年的黄豆，煮豆子时用木柴烧开，再用小火煨。用人推磨或者驴拉磨把豆子磨碎，这样做出来耗时耗工不赚钱，已经很少有人愿意经营了。传统方法做出的火烧豆腐皮厚厚的，表面留有白布的纹路，生吃都很有醇醇的香味，做成菜就更加爽口了。实际上，豆腐皮的传统工艺可以作为非物质文化遗产来予以保护，因为年长者不再以此为生，年轻人不会也不愿意去继承。把豆腐皮切成条状，与开水烫过的菠菜拌在一起，也是一青一白，简直是餐桌上的阳春白雪，让人神清气爽。四是花生米拌杏仁。这道菜也是醉翁之爱。用饱满的花生米洗好水煮，煮好后把花生衣一一剥去，再加上各种作料用小火慢煮，煮成五香型。与杏仁拌在一起，撒些香菜末，加一些香油。看上去清爽，吃起来多种味道。一口酒，两粒花生米，再有杏仁相伴，那种惬意，也是最美享受了。

四道凉素菜后，再说说四道凉荤菜。一是烧饼夹狗肉。关于狗肉的吃法有很多讲究，在汉高故里，人们对狗有感情，俗话说"子不嫌母丑，狗不嫌家贫"。丰县有狗肉不上席的说法，也有狗肉不用刀的讲究，但随着时代的变化，狗肉也出现在了农村大席上。刘邦当年起家时与卖狗肉的樊哙有着很多故事，而沛县的鼋汁狗肉更是远近闻名。关于热烧饼，是丰县一绝，也可以记入非物质文化遗产。俗话说"新出炉的烧饼四样菜"，是讲刚做好的烧饼不用菜就能吃很多。新出炉的烧饼，入口有热、香、甜、酥、软的特点。把两层烧饼揭开，放入几块狗肉、几粒生花椒、两片生蒜片，吃起来那种陶醉感，疑是皇帝御膳了。二是椒盐羊肉。丰县北关多是回族居民，回民忌猪肉，但吃羊肉。丰县北关的羊肉汤、羊肉包子等远近闻名。煮好的羊肉热气腾腾，切成大块，旁边放一小碗蘸料，由盐、芝麻和炒熟的花椒掺在一起碾碎制成。夹起一块羊肉，蘸些料子，入口后有热有香有麻有辣有软，也是别样的享受。三是磕子肉。在丰县流传着"天上龙肉，地上驴肉"的说法，由此可见驴肉很受人喜爱。驴肉被称为"磕子肉"，大概来自"驴打滚"的原因吧。吃"磕子肉"时嚼点蒜瓣，这样油而不腻，香而不浊。"磕子肉汤手擀面"是丰县一绝，不到老店里等大抵是吃不上的，能享受如此美餐已经是一种奢侈。丰县有家磕子肉店就吸引了苏、鲁、豫、皖周边地区的很多食客。四是油炸金蝉。法布尔有篇文章介绍蝉，"三年的黑暗，一刻的光明"。吃金蝉未免有点残忍，但在丰县菜中油炸金蝉确实是一大特色。知了猴出土必须在活着的时候放进带有盐和香料的水中浸泡，之后再用植物油放在鏊子上煎。煎知了猴也是一样技术活。不能糊，不能破，软硬适中，煎好后放到铺有生菜叶子上的盘子里，上桌后自然会勾起人们的食欲和酒欲了。

八道凉菜过后，人们开始推杯换盏、觥筹交错了。面赤耳酣后，热菜一道道上来了。八道热菜有荤有素，与其他菜系相同的不再赘言，就简单说说几道丰县特色菜。一是"羊芹细"。这道菜借用了丰县地方民间曲艺"洋琴戏"的谐音，以此为名，可见其大众化的特征了。"羊芹细"的原料是羊肉、芹菜和红薯淀粉做出的粉条，具体配料和做法只有丰县的厨师们知道了。去丰县做客的和到市区丰县人开的羊肉馆里用餐的人，都要点这道菜。这也是一些饭店的招牌菜，其做法自是独家秘方，食客们是知其味美而不知其何以美。二是拔丝山药。丰县产山药，用山药替代传统拔丝中的红薯也另有一番味道。这道菜既有口感，又益于健康，只是含糖高一些。做拔丝需要技术，吃拔丝也是个技术活。拔丝上桌之前，客人面前要放一碗清水，等拔丝山药一上来，马上用筷子夹起来，一扯一顿，之后在凉水中浸一下，立刻入口。入口后也不能马上嚼碎，要慢慢去吃。三是蒸牛蒡。牛蒡也是丰县土特产，因为有药用价值，大量种植给丰县农民带来了经济收入。大席上，鱼肉多了，来一份蒸牛蒡也符合荤素搭配的饮食科学。蒸牛蒡有很好的保健效果，据说男人吃了健脑补肾，女人吃了滋阴美容。四是烧卷煎。卷煎在徐州叫"千子"，但真正的传统手艺做出的"千子"离开丰县很难吃到了，就是到了丰县，想吃上传统手工的卷煎也需要"众里寻她千百度"。传统手工的卷煎做法工序复杂，也可以申请非物质文化遗产。丰县农村喜事"摆大席"时，厨师要提前两天去事主家里准备，其主要任务就是做卷煎。首先是吊鸡蛋饼，先把鸡蛋打开，只取鸡蛋清，放入各种食用色素，在鏊子上摊好，如同烙馍一样大小，红的、黄的、绿的，非常诱人。其次是做馅子。选上好的五花猪肉、牛肉，按一定比例切好，剁成肉馅，快剁好时加入少许淀粉调好，再放进红薯粉条与各种作料，之后用各色鸡蛋饼把肉馅卷起来放到笼里蒸。先用大火烧开，之后用小火煨，停火后焖一会儿，最后取出来晾干。等做菜时切成块状，用高汤加入作料烧出来，热气腾腾，香气扑鼻，味道鲜美可口。五是三面煎包。丰县煎包本来是主食，但在丰县菜系中已经把它当成主打菜了。和"卷煎"一样，三面煎包也面临着做工复杂、食材较贵、手艺濒临失传的状况。现在会做传统丰县三面煎包的人越来越少，也是因为年轻人不愿意学，也不认真去学，年长者也不再以此为生。三面煎包肉馅是祖传秘方，对羊肉、粉条、作料要求都很高，对油料和火候也有要求。丰县煎包和丰县烧饼一样，都是在刚出锅时好吃，等凉了再吃，就没有了鲜美的味道。出于客观原因，现在到了丰县也很难吃到纯正的羊肉煎包。徐州市区的个别丰县特色饭店里，专门聘请丰县老师傅做煎包，香喷喷的散着汉高故里的历史风韵。六是鱼头馄饨。这道菜与其他菜系的做法有些相同，只是在作料上带有丰县味道，吃起来有同有异。这道菜做起来也需要功夫，熬出的鱼头汤味道醇香，清新细软。七是地锅老公鸡。和其他丰县菜一样，真正的地锅老公鸡也不容易吃到。听说市区的饭店里经常派人去农村收买散养的老公鸡，一只三年老公鸡要价几百元。收回来做好成本就更大了。虽然徐州的"老家地锅鸡"上了央视"舌尖上的中国"节目，但与真正的丰县地锅喝饼老公鸡的味道是不能比的。八是韭菜炒虾米。韭菜虾米红辣椒，再加一份热烙馍，有绿有白有红。用烙馍卷起来，那也是不可多得的珍馐。

　　这十六道菜也不是固定不变的，有时会根据季节变化加些时令菜，但一些丰县特色的主打菜是每次必有的。菜上完，酒喝好，主食之外要上汤。丰县特色的汤有以下几种：热粥、面筋汤、油茶、羊肉汤、羊肉茶、羹汤、炸菜丸子汤。一般地，炸菜丸子汤是白事（老人去世）上用的，不上喜庆宴席，但其他几种汤在丰县菜系中是选择或者穿插着上的。丰县热粥的做法也可以列入非物质文化遗产。其加工复杂，耗时也长，粥熬好熬香需要用木柴烧上多半夜，并且做好后不能乱动。在丰县早餐摊上，除了师傅，其他人不能乱舀粥，不然会"泄缸"，一大锅粥就坏了。至于熬粥的方法有很多讲究，需要花时间认真去学。面筋汤本来是丰县农村人的家常饭，可能是一种怀旧心理吧，人们把它引上了宴席，而年轻人也特别喜欢喝，自然在酒桌上就有了位置。面筋汤的学问在于打面筋，打好的面筋捞出来，在放有花生米和粉条的开锅里煮，等面筋快熟时，再把打面筋剩下的面汤倒进去，小火慢慢熬上一段时间，最后再加上作料、苋菜、葱花等。端上来后放点香油和陈醋，喝起来很有独特的味道。羊肉汤以丰县北关的回民做的最为出名，有着邻县山东单县"三义春"羊肉汤的特征，汤汁乳白，不腥不膻，香醇不腻。但丰县的羊肉汤有粉条，人们喝到最后，有滑溜溜的红薯粉条入口，应该是最美享受。羊肉茶的做法和羊肉汤做法差不多，只是在里面加了面，加了麦仁、肉丁等，需要长时间熬，熬好后再放点香菜、香油和米醋，绵香可口，饮如甘饴。羹汤应该最具丰县特色。本来羹汤是白事上用的，但其独特的味道让人们把它端到了饭店的餐桌上。羹汤主要由高汤、三色鸡蛋饼、香菜、炸菜末、胡椒粉等烧成。端上来后，表面漂着的是色彩鲜艳的菱形鸡蛋饼，冒着热腾腾的水汽。羹汤色味俱佳、酸辣适中、清肺开胃，是丰县大席里的压轴汤，其寓意是人生清清爽爽，丰富多彩，酸辣苦甜，皆付自然。

写了那么多，也只是当下丰县大席的大致特征，自然还有很多地方特色佳肴有待开发。如果你想深度了解汉高故里的"大席"，请来情义丰县，一一品味，当知生活之美。

撷取野菜是乡愁

春天来了，有了沾衣欲湿的杏花雨，也有了拂面不冷的杨柳风。田野里的小草睁开了沉睡的眼睛，冬眠的昆虫也伸开了懒腰。抬头望望远处的树丫，悄悄吐出了淡淡的一抹绿云。春天真的来了，脱去棉衣的村人便开始享受大自然的馈赠——野菜。

苏北的农村，风调雨顺，古有"丰沛收，养九州"之说，即使在20世纪"五八年大饥荒"的困难时期，家乡人也都靠野菜熬了过来。这里记述小时候经常吃，现在依然偶尔吃到的几种木本或者草本的野菜，也是一种剪不断的乡愁吧。

榆钱。关于榆钱，我几乍前写过文章《串串榆钱串串情》，记录了老家门前的那片榆树林的故事。"五八年大饥荒"后，父亲在院子前面的空地里栽植了大片榆树。几十年里，榆树林成为村人享受榆钱美味的不竭之源。依稀记得，每年人们摘取榆钱时，父亲都会到外面看着，告诉人们不能只顾自己吃，也要给其他人留点，给榆树留点树的成长之美。当榆钱盛开时，细细的枝条上一串串，像事在一起的古钱币，榆钱花应当因此得名吧。小树上的榆钱用手就可以够着，扯过枝条，从贴近树干的地方往枝头一撸，一把榆钱到手了，放进地上的篮子里，取几只放进嘴里，微微的甜意和淡淡的清香，也是别样的享受。到大树上采榆钱就要费一番周折了，多半是成年男人，在腰里拴一根大绳，或者敏捷或者笨拙地爬上树，小心地在枝丫间站稳，慢慢地用腰间绢索把篮子拉上去，开始采摘榆钱，篮子满了再慢慢放下来，下面有妇女或者孩子接过来。有的邻居不会爬树或者家里没有壮劳力，想吃榆钱时，便会端着馍筐到有人捋榆钱的树下等着，说笑间要一些，各自回家用榆钱做饭了。有时为了感谢，还会把榆钱窝窝送两个来，或者送一碗蒸好的榆钱。

其实，榆钱的吃法不多，且很简单。榆钱窝窝是经常的做法，采下来的榆钱，整理一下，在清水里洗干净，与面和在一起，做成窝窝的形状放到大锅里蒸。用榆钱和面是个技术活，面、水、榆钱的比例要适当，不然蒸出的窝窝或散或黏或味道不好，也就可惜了这天物。其实，当年村人很会享受的，吃榆钱窝窝还要有小菜为作料，那就是蒜泥或者辣椒泥。农村家家都有蒜臼，用木制蒜锤把蒜瓣或者在锅里炒干的红辣椒拌捣碎，再放入些许炸油，抹一些在榆钱窝窝里，直直的美味呢。榆钱的另一种吃法便是蒸菜了，洗净的榆钱加入些许面粉，用少许水拌均匀后再撒入细盐，之后摊在笼布上，大火蒸，小火焖，出锅后倒入大砂盆里，再用炸油或者香油和醋调好的料子拌一下，就成了一家人的主食。

榆钱能食用的时间很短，一般五六天就过去了，之后人们便去寻找另一种天赐美食。

洋槐花。槐树是家乡的常见树种，只是不知道人们为何把槐花称为洋槐花。榆钱过后不长时间，槐花便悄悄地从绿叶中露出了妩媚，嫩嫩和绿意中泛着淡淡的玉白，这时候人们便急不可待地采摘槐花了。槐树有刺且硬，不宜爬上去。于是人们便把镰刀拴在长长的竹竿或者木棍上，把缀满槐花的细枝条掠下来，撸下花蕾，槐叶用来喂羊了。槐树的树冠特别大，花丛茂密，刚采下的槐花有沁人肺腑的清香。

村西头有一个南北大沟，沟两边栽了满满的槐树，每年春天，千树万树槐花开，人们或者早上或者上午带着镰刀去采槐花。记得槐花盛开时，不知哪天，会有外地养蜂人在沟边搭了帐篷，门口放着摇蜜的铁桶和熬蜂蜡的锅，不远处摆放了几十箱蜜蜂。常来我们村的是祖孙两人，爷爷经常戴着防蜂蜇的帽子，早上把蜂放出来，晚上把蜂箱盖好。我们经常去那儿看老人摇蜜，有时会给他要一些蜡做蜡烛。有时，人们掠下的槐花里还会有采蜜的蜜蜂。小伙子经常到村头人家担水，有时会送些生蜜作为感谢。

村头的小霞也经常到养蜂人那儿去看收集蜂蜜的过程，一次不小心被蜜蜂蜇到了脸上，起了个大包，是小伙子采了沟边的一种草，捻出草汁为她消毒。相处得久了，两个年轻人便好上了。为此，女孩的父亲与爷俩闹起来，竟带人砸了两箱蜂，并把男孩打了一顿，最后还是小霞以跳井相逼才了事。临走时小伙子还想与小霞见一面，终未如愿。此后，养蜂的祖孙俩便再也没有来西沟。因为槐树多，槐花是吃不完的，并且也是时令菜，一周后，就没有人再采摘。远远看去，如两条彩练舞在空中。夏天了，槐花会落在沟底，厚厚的，如软软的地毯。人们便会扫来存放好，到冬天喂羊。

槐花的吃法多一些，记忆中有蒸槐花、煎槐花、槐花汤、炖槐花等。蒸槐花和其他蒸菜的方法一样，只是各有各的味道。煎槐花和煎面糊差不多，把面、槐花、葱花和盐放一起和好，稀稀的。一点点倒进油锅里煎，煎到九成熟，可以当菜吃，也可以再放入锅里煲汤。槐花汤里放入一些粉条，烧出的汤清香入脾，如果泡入刚下鏊子的烙馍，更是特色美食了。炖槐花菜是家家春天都做的菜肴。先在锅里煸一些葱花和干红辣椒，之后把和好的面与槐花倒入锅里煸炝。再放入水炖煮，然后放入粉条。炖好后一人一碗，也是伴饭的好菜。因为槐花易得难存，一些村人便会把鲜槐花用开水焯好，在箔上晒干放好，到冬天也是不错的菜肴。

毛毛虫。老家有一种杨树，初春时会结一种毛绒绒的不知是花是果的东西，在未长成时采摘下来蒸着吃，味道清新外也没有特别之处。只是杨树一般都很高大，采之不易，过两天长大了便不能吃了。记得父亲曾爬上高高的杨树采摘过毛毛虫，只是那种野菜的味道忘记了。

香椿芽。因为香椿有特别的味道，一些人喜欢一些人不喜欢，并且香椿树少，因此，吃香椿是一种特别的享受。香椿芽主要是吃树芽，吃法有香椿拌豆腐，香椿炒鸡蛋，腌香椿芽。在香椿芽长到一寸左右时，掐下来，放到开水里一焯，之后切碎，与老豆腐拌在一起，放入些许盐，滴上几滴香油，凉凉的、清清的、爽爽的、香香的，那是真正的春天的味道呢。如再煨一壶粮食酒，坐在大树下，举杯话桑麻，个中滋味，谁人能比。把鸡蛋打好放入碗里，再放入香椿芽，在油锅里炒好，有青有黄，有滋有味，是春天不可多得的好菜。等香椿芽变成了香椿叶，采摘嫩一些的叶子，洗净切好，用盐腌起来，放一段时间，要吃时取一些用香油小葱拌上，也是富有家乡特色的下酒伴饭小菜。

桐花菜。是晚春初夏的野菜，长在虬曲蜿蜒的桐花树上。桐花菜蒸出来好吃，而桐花树更给人一种朦胧、想象、沧桑、诗意之感。夏天里茂密浓郁的树丛里可以乘凉，可以捉迷藏，可以攀爬嬉戏。冬天里，落叶后的藤蔓更让人生出一种对大自然的崇敬。绿叶深处，紫罗兰颜色的桐花菜，透出了一种高贵与热情。

吃着树上的，想着地里的。春天和夏天里，人们会到地里采撷野菜。这些野菜，生长在丰沃的田间地头，不用管理，不用播种，着实是上天的赏赐。

荠菜。三月三，荠菜赛仙丹。这是老家流传的俚语，足见人们对荠菜的喜爱。虽然初春的田野里还吹着料峭的凉风，却有人挎着篮子，拿着铲子到麦子田里剜荠菜了，眼尖的人一上午能挖一篮子。到家里择好洗净、晾干，与炒好的鸡蛋、粉条拌在一起，可以包荠菜饺子，荠菜包子。我们弟兄几个出来后，每年的春天，母亲都会把挖好的荠菜，择干净分好，一家一包。有时还会让我们带给同事，说农村里的野菜无毒、有营养，城里人找不到。母亲去世7年了，每到吃荠菜的时节，我们都会想起母亲来。

银银菜。没有在苏北农村生活过的人可能不知道银银菜的模样，我也只见过它长成的样子，不知道它如何发芽，见到它时就是恰好食用的时节。银银菜的叶子宽宽的，长长的，嫩绿嫩绿的，特别诱人。银银菜的生命力和繁衍能力很强，无论土地多么贫瘠，无论多么旱多么涝，它都会顽强地生长着。人们把嫩叶掐去不几天，便又很快长出了新芽、新叶。在老家，银银菜的吃法主要有两种：烧面筋汤，做菜盒，每种吃法都有着家乡特色。

用银银菜烧面筋汤时，先把面筋打好，用清水冲洗好，在水开时把面筋打进去，之后放进粉条，而后把洗面筋的糊子倒进热水里，再把焯好的银银菜放进去，之后再把煸好的葱花放进去，大火烧开煮一时辰，熬上一会儿，焖上一会儿。热腾腾地盛到碗里，放点醋，放几滴香油，不知不觉会喝上两碗三碗。银银菜菜盒也是很可口的食物，只是人们感觉费时费粮食，便不经常做。我的外婆裹着小脚，虽然行动缓慢，但最会做家常美食。她一个人可以烧鏊子，擀烙馍、翻烙馍。老人把银银菜洗净切好，用油、盐、花椒面拌好。取一张烙好的烙馍放到鏊子上，把拌好的银银菜均匀地摊好，再覆一张烙馍，反正煎，估计银银菜熟了，便折成四折，放到馍筐里，用大毛巾盖上。等我们都到家时，把烙馍菜盒从中间一切两半，热气中透着诱人的银银菜香。吃出了温暖，吃出了依恋，吃出了家乡的一种难忘与记忆。至今，越来越思念外婆，之外是思念外婆做的银银菜盒和其他美食。

扫帚菜。其实扫帚菜应该有学名，只是我至今也不知道。只因为它长大了，像棵小树一样，冠特别大，人们在秋天把长成树样的扫帚菜棵砍下来，晒干，摔掉种子，用绳子把冠束起来，便成了很好的扫帚。这也许就是扫帚菜名字的来历吧。记得小时候，母亲用扫帚菜做好的扫帚，能用两年多。

扫帚菜生命力旺盛，繁衍能力强，今年几粒种子，来年便是一大片。在它嫩叶初成时，捋其叶子，洗净蒸菜，味道鲜美，含到嘴里，软软的，噎噎的，润润的，带着一种春天的清新。现在想想，吃着那些蒸扫帚菜，既绿色又省主粮，还特别益于健康。放到今天，当是人们渴求的食品，而在当年人们都没有把它看成珍馐。

马蜂菜。马蜂菜喜潮湿、喜荒凉，其叶状如瓜子，其茎脆而多汁。村人如不小心被黄蜂蜇了，便挤其汁消肿，可能是因它有这种药效，老家人称其为"马蜂菜"。初夏的马蜂菜是娇嫩诱人的，抓在手里，如玉似脂，给人一种清凉感。虽然现在大家都认为马蜂菜珍贵，而在初夏的农村，老百姓却是只知其味，不知其贵的。马蜂菜生命力强，蔓延快，与庄稼争水争肥遭到人们的爱恨交加。有时明明锄掉了，有一丝根连在土里，一夜后痊愈如初。于是，人们只好采取割来吃掉的办法减少对庄稼的影响。

马蜂菜的主要吃法有两种：蒸窝窝和炒马蜂菜。马蜂菜汁多硬脆，择好洗净直接用面粉、盐和葱花加水和好，放在大锅里蒸。吃马蜂菜窝窝

第三辑　乡风民俗

时，一些早蒜也快熟了，新的辣椒也长成了。马蜂菜窝窝蘸鸡蛋蒜或者拌捣碎的青辣椒鲜蒜，真真的能诱出很多人的口水来。而这种美食，不在初夏时节走进真正的农村和农家是吃不到的。炒马蜂菜先用面把马蜂菜拌好，在煸好干红辣椒的锅里用油煎一下，之后加水煮，中间再加入粉条，烧出的菜入口有香、有辣、有清新、有春的气息。

除了以上记述的几种野菜，老家还有梭梭蒿、苦苦菜等，每种野菜都会给人们留下春天的记忆，留下一种对家乡的思念。

家乡的小菜

　　现在农村生活条件好了，物产日益丰富了，鸡鱼肉蛋已经成为多数人餐桌上的食品，而传统的手工制作的家乡小菜却在渐渐消失，如不发掘与挽救，再过上几年真的没有人会做了，也就吃不上了。作为饮食文化的一部分，我感觉家乡的一些小菜都可以申报地方非物质文化遗产。

　　改革开放前的苏北农村，生产力落后，生活水平自然很低。但聪明勤劳的家乡人总是想办法改善着生活，让人们伴着小菜咽下难吃的粗粮，让人们劳累之后，能品尝到生活中的点点快乐。日积月累，传承创新，到了20世纪七八十年代，就有了那些在餐桌上摆了很多年的家乡小菜。这里简单介绍几种家乡曾经的以及现在还部分存在的小菜及其制作方法，也算是对当年苏北农村饮食文化的简单记录。

　　晒豆酱。现在的农村，蔬菜和肉类都十分丰富了，便不再有人做酱，就是一些老年人做了，年轻人也不再稀罕。上次回老家专门走访了村里老人，咨询了传统豆酱的做法。在以前，豆酱是人们的主打菜，因后期需要在阳光下暴晒，老家都俗称"晒酱"。一般地，心灵手巧的家庭主妇们在不太忙的时候，会把放了近一年的豆子晒晒，把不饱满的、有虫眼的、发霉的都剔除掉，把饱满的豆子用水冲洗一遍，找个空闲时间再晒干。之后把晒干的豆子放进热锅里炒，炒熟后出锅倒进刚从井里提来的凉水里冰，由于热胀冷缩，豆子表面的皮便会胀开。在大盆里把皮去掉，捞出来用面加水拌上，制成窝窝头的形状，再放进锅里蒸熟。等窝头晾干后放进干净

的缸或者盆里，把口密封好放到温暖高的地方让其发酵。过半个月左右，把缸打开，那些窝窝头都长满了白白的毛绒绒的东西。这时候，用花椒、茴香、白芪、姜、大盐等熬上半锅水，冷却后用来泡这些窝头。之后，把熬好的盐水倒进去，把窝头掰开放到大盆里泡上两天，接着将盛着酱豆子的盆放在太阳下暴晒，定期用筷子搅拌，晒的时间长了，豆子会变成深紫红色。等最后水蒸发完，就成了一块块的干酱，便于存放，不易变质。俗话说"省了盐，瞎了酱""一斤菜，四两盐"，由此可见熬盐水时需要放很多盐。农村的夏天有了时令蔬菜，酱便不是主打菜了，但人们会用酱做出很多改善生活的菜来。烙馍卷酱和大葱的吃法在当年很流行。早晨出去干活，累了一大晌，回到家里，剥一根刚从地里拔来的大葱，去掉前头，留下葱白，蘸上酱，用刚烙好的烙馍卷起来，入口的感觉甜、咸、辣、脆、热、软，吃上三个不觉多。虽然现在食品丰富，人们却很少有机会品尝到这种食物的美。而在农村，人们夏天更多地喜欢吃炸酱面。这种面分为凉面和热面。凉拌面的做法是把煮好的手擀面从热锅里捞出来放入新接的凉水中冰一下，再捞出来放到碗里。取一些干酱，放少许水泡开，之后用油和鸡蛋炒成酱末，放到面里拌均匀，吃起来口感好，味道好，大有三碗不过瘾之感。尽管是夏天，凉拌炸酱也不宜多吃，吃多了外热内凉，容易引起内寒，因此一碗凉面后，多是吃热的炸酱面了。如果家里经济条件好，也可以用酱炒些肉末，那就更加香溢可口了。除了以上吃法，酱还可以用来炒菜，菜的味道就更咸更厚了。用新鲜青辣椒炒出的香辣酱会引得男人们多吃几个窝头或者玉米饼。因此，只有农忙时节或者粮食宽裕了，人们才乐得变着花样用酱做菜。

焙咸豆子。酱是夏天每家都有的伴饭小菜，而到了初冬，人们就准备着焙咸豆子了。先把饱满的豆粒在水里淘干净，之后泡上一天一夜。把豆子泡软了，放到干净的大铁锅里煮熟，一般是晚上临睡前煮好。煮豆子的时候，不能沾油，不能掺杂其他东西。第二天从锅里起出来，放到缸里或者盆里，上面用塑料布密封，盖进柴火里，有时会用旧被子把缸裹上。这种做法的功效大概是让其发酵吧。过上半月左右，打开看看豆子是否发酵得差不多了。发酵好的豆子有一种"臭"味，用手抓一下会感觉到豆子已经发黏。这时把一口砂缸洗净晾开，再把发酵好的豆子与其他配菜放进去。配菜有的用萝卜干，有的用冬瓜片，有的用大白菜，一层豆子一层菜，一直摆到大缸的口下。把烧开晾凉的大盐水、大料水泡上至缸口，之后再盖上焐上一段时间，半个月左右，咸豆子就成为人们整个冬天伴饭的主打菜了。红薯饭和咸豆子是村里每家每天的早饭，几乎雷打不动。有时端碗吃饭时大家还互相品尝各家焐出的咸豆子的味道。有时邻居之间还会相互送上一碗。有的家庭孩子多且穷，经常是一天三顿咸豆子当菜。有的老人习惯了粗茶淡饭，连咸豆子也不吃或者也吃不上。当年农村每家都会用咸豆子做出很多花样的小菜来。其实，咸豆子最好吃的味道便是在咸豆子碗里打上几块生豆腐，滴上一些炸油（就是把豆油放到锅里熬熟或者是春节做丸子后的油），如果切一些葱末放进去，吃起来有一种香味、一种清新，一种咸里的醇。把烙好的烙馍摊在鏊子上，铺一层咸豆子，打一个鸡蛋，上面再覆一张烙馍，类似现在做菜煎饼一样，正反两面热一下，折成四折，用刀从中间切开。拿在手里烫烫的，冒着热气，吃在嘴里，咸软俱美，会让人胃口大开。用咸豆子炒小白菜也是冬天经常吃到的小菜，把白菜切成丝状，放入咸豆子，放入干虾，吃起来也有种很美的味道。有时候，人们买一些火烧老豆腐切成块下到咸豆子缸里，过上10天左右，豆腐里也渗进了盐味、咸豆子味，取出半碗来，切一些大葱放进去，滴上香油或用炸油一拌，又有了另外的一种美味。

芝麻盐。秋天的时候，新的芝麻下来了，人们会做几次芝麻盐。炒芝麻是个技术活，把新芝麻放到铁鏊里炒到泛黄，要把握火候，要炒得均匀。炒豆子人们可以用沙土或者草木灰加热，而炒芝麻只能干炒，炒熟而又不炒煳就要把握好火的大小。一有黄头就要出锅，不然很快就会变黑，吃起来发苦。用芝麻盐卷烙馍是不可多得的美食。一般家庭是舍不得经常做的，就是做了，也是为了让老年人吃得好一点，或者让家庭里的主要劳力多吃点，多干活。芝麻盐的另一吃法就是烙"焦饼"了，其做法和烙馍差不多。就是做烙馍时，把没有碾碎的熟芝麻和盐末放一起，撒在面上用轴子擀好，放在鏊子上正反煎，直到水分散尽，烙馍凉了会变得硬起来，如同现在的小锅盖一样大小。这种"焦饼"是以前给孩子满月送"祝米"时用的。因为做起来麻烦，现在很少做也很少有人会做了。"焦饼"吃起来脆脆的、咸咸的、香香的，带着喜庆，带着祝福，也是农村当年不可多得的享受。

辣椒面糊子。这也是当年农村家家常吃的一种"下饭"菜。用一只大碗，盛上多半碗水，先放入大盐化好，尽量咸一些，之后加入切碎的干红辣椒或者很辣的青辣椒，再加入白面粉搅匀成糊状，在碗内八成满。之后把碗放到锅底浸入水中，周边贴上面饼，大火烧开，细火煨上一阵子，停火后再焐上20分钟。馍熟了，菜也好了。一人分得一点辣椒面糊，一个热馍，那种大快朵颐的感觉至今很难品到了。因为当年食品匮乏，人多菜少，饥饿之时，吃上这样的馍和菜很难得了。尤其是把凉辣椒面糊放到窝窝头里，想想放到现在也是不错的食品。还有一种辣椒面糊的做法也很有味道，就是在碗底放一些红薯粉条，从锅里端出来时红白相映，色味俱佳。虽然想起来还依然好吃，但实际上当年也是因为蔬菜缺乏才想出做这种小菜的吧，现在也没有谁再费功夫去做这种简易而单调的菜肴了。

腌咸菜。咸菜也是当年农村饭桌上经常看到的，腌制原料有方言里被称为辣菜疙瘩、撒辣、辣萝卜、胡萝卜的蔬菜。腌制方法也很有讲究，在初冬把洗好的萝卜类原料放到干净的缸里，撒上一层大盐盖好。春节后打开时，腌制品都已经去了水性，缩小了很多。这时候，把熬制的大料水加到缸里并继续放入一些大盐。因为盐多，又没有油渍，这些腌菜经过春夏秋冬都不会坏，有的咸菜会在缸里存放两三年。夏天的时候，咸菜缸里表面会有一层白色的菌，有时会有些蛆虫，但这都不影响咸菜的质量。据老人讲，有酱蛆在缸里，会产生一种酶菌，会让"辣菜疙瘩"越腌越香，而腌制好的咸菜用香油调出来或者炒出来是很多人都喜欢的美味小菜。

关于咸菜，有很多吃法。我小时候，母亲曾经用咸菜做出很多花样。咸菜爆鸡蛋在当时也是一种奢侈，把咸菜切成细丝，放些红辣椒，在锅里炒一下，把鸡蛋打好浇在上面，最后抱成一团。炒好的咸菜卷在烙馍里或者夹在馒头里，吃起来有咸有辣有香，能引得人多吃两个馍。这种菜多在过麦时节才做，"紧手庄稼，消停买卖"，在收麦子时中午饭多是在地里吃，快到中午时，便有家人挎着小篮子送饭，篮子里盛有馒头、咸菜爆鸡蛋，外加一壶开水。人们在地头上的树底下简单擦擦手，开始了馒头夹咸菜鸡蛋的饕餮美味。当年农村家家都常做手擀面，面做好后，把咸菜切成细丝，之后剁成咸菜泥，滴几滴香油一拌。盛上一碗热面，上面撒些咸菜泥，面条的清新与热气，香油与咸菜的色味，都会让人品尝到简单生活中的那份美好。这样的饭菜会让人们身上充满着干劲。咸菜切成丝，再切些青椒丝，拌在一起，用香油调一下，也是很可口的菜呢。另外，把咸菜切好，与泡好的粉条炒在一起，再放些辣椒。这种吃法也非常受欢迎。

腌咸鸡鸭鹅蛋。清明之后，农村开始腌咸鸡蛋和咸鸭蛋了，有时也会腌几只鹅蛋。不同时间放进咸菜缸里的鸡鸭鹅蛋会做上不同的记号，以便在吃的时候选择腌好的。一般情况下，腌的时间长的都在下面，刚放进去的会浮在上面。到了收麦子的时候，把腌好的鸭蛋切开，会有金黄色的油溢出来，用咸鸭蛋卷烙馍，有种热热的醇香和刺激味蕾的咸意。吃完后往嘴里灌些温度适中的开水，抹一下嘴便又投入紧张的劳动了，那种粗犷与简朴也是一种难忘的农村符号。

腌韭菜花。到了秋天，韭菜已经长出了花，人们便会腌制韭菜花。把快要变老的韭菜花剪下来，用水洗净晾干，放到石臼里捣碎，之后放到盆里，加上盐与花椒等，腌上一段时间，每次吃时从盆里取出一些，用捣碎的青椒拌上，加上香油调一下，也是清闲爽口的下饭小菜。现在，某些大酒店会偶尔有这种时令小菜，但做出的味道远不如当年农村人做得地道。

炕咸鱼。在麦收农忙时节，还有一种小菜，就是煎咸鱼。在鏊子上洒一点油，把买来的咸鱼放在鏊子上正反煎，煎到两面都泛出黄色，吃到嘴里咸咸的、酥酥的、香香的，会让劳累的人们多吃两个馒头，干起活来也增添了几分力量。因为咸鱼都是用小鱼腌制而成，在鏊子上煎得没有了水分，那些鱼刺都变酥了，卷到烙馍里或者夹到馒头里也不用担心卡喉咙。当年农村里买不起肉，能吃上煎咸鱼也是改善生活了。

鸡蛋蒜。鸡蛋蒜也是时令菜，是吃时候的。每年6月份大蒜下来的时候，去皮放进小石臼里（老家称为蒜臼子），加入生盐用木锤捣碎。之后，把煮好的草鸡蛋放进小石臼，接着用木锤捣，以便蒜、盐、鸡蛋完全杂糅在一起。鸡蛋蒜不但味道鲜美，而且营养丰富，还有抗病的功效。这也是农村每年6月份家家常吃的一种菜，现在有些特色饭店也上这种小菜，但没有了用小石臼捣蒜的工序，也没有了当年的草鸡蛋，味道自然有了差别。之所以上这道小菜，大概是对家乡小菜的一种记忆吧。

青椒蒜。这种小菜简单易做，先把盐和蒜放在小石臼捣碎，快好时再放入切好的青椒接着捣，最后加入一些陈醋，滴几滴香油或者炸油在里面，白绿相间，咸辣适宜。也有人用红辣椒与大蒜放一起的，做出来的辣椒蒜是有红有白，酸辣味十足，吃多了容易上火，而人们尤其是男劳力们却食而不厌。

馏茄子。这种小菜也很简单。先把新鲜的茄子洗干净，用刀划成几块，但不切断，让底部连着，如果太散则用麦秸秆串上。之后放到蒸馍或者煮红薯的锅里馏，等馒头出锅时，把馏熟了的茄子取出来，用刀切成条状或者块状放到盘子里。之后用香油和捣好的蒜泥或者辣椒蒜泥拌一下，吃起来也让人胃口大开。

通过回忆，结合走访，记下了这些记录着代代农民的智慧的家乡小菜。这些菜凝聚着无数年轮的翻转，标示着时代前进的符号，寄寓着深厚的时光内涵和浓浓的故乡情结。

"木匠"忆语

　　"木匠"的称呼已经慢慢淡出了现代语境，只有在农村生活过的20世纪70年代以前出生的人还记得木匠的形象和生存状态。再过上几年，木匠一词也许只能和农村的铁匠、石匠、篾匠等词语一样作为普通的历史符号记入文献资料了。

　　木匠是对20世纪以前的农村从事木工制作的人的称谓。在重农轻商的时代，木匠的地位并不高，大家认为只有那些体质不好的不能干重活的人才去学木匠。实际上，在中国农村历史上，木匠却是人们生活中离不开的人，从农具到家具，从房屋建造到棺椁准备……无不凝聚着木匠的劳动和汗水。而真正成为一个好木匠，既要有天赋，还要勤奋好学，另外需要多年的磨炼。随着社会的进步和发展，手工木匠退出了历史舞台，但他们确实在农村生活中发挥过重要作用，他们的劳动和智慧结晶也已经成为中国传统文化的重要部分。故宫及全国各地古建筑上的雕梁画栋都是木匠们的杰作。即便是现在，很多高档家具厂，仍然有一些"能工巧匠"，尤其是在拯救和保留传统家具制作工艺方面，"木匠"依然起着不可替代的作用。

　　我有两位与我年龄相仿的亲戚是木匠出身，一个是我堂叔，另一个是我表哥。他们都是在10多岁辍学后开始学习木匠的。

　　学木匠是很苦很累的活，也是个很漫长的过程。等学成了，从做简单的家具、农具干起，到后来在春冬季农闲时会给村子里该出嫁的女孩打嫁妆。那时的报酬也很低，一件家具的手工费10元、20元不等。如果给亲戚

家帮忙，也只是图吃上几顿好饭，喝几场酒，抽几包劣质香烟，加深亲情……

当年在农村学木匠要经过以下几个阶段。

拜师

木匠的鼻祖是鲁班。以前，有些木匠家堂屋里的八仙桌子上方都悬挂着鲁班的画像，逢年过节都会摆上贡品供奉一番，这大概是木匠感谢鲁班给了他们吃饭的手艺，同时祈祷鼻祖保佑着他们干活时的安全和顺利。

如果家长想让孩子学习木匠，一般是拜师前先找个熟人介绍，或者是家长在农闲时提着家里喂养了两年的老母鸡、带着几瓶光腚瓶白酒，买两条丽华、联盟、红旗兵或者大前门牌香烟到木匠师傅家，说些好话，套套近乎，求师傅收孩子为徒弟。酒酣耳热之时，家长会不经意地说自己的孩子心灵手巧，肯吃苦，能干活，有眼色等。师傅同意了，便在不忙的时候，选个黄道吉日，准备些酒菜，到师傅家里举行拜师仪式。

农村人文化水平不高，但对于传统的礼仪却十分看重。遵从着"师徒如父子""一日为师，终身为父""严师出高徒"等古训。拜师这天，师傅会洗澡清面，换上一身干净的衣服，先领着孩子一同对着鲁班画像敬拜，口中念念有词，大抵是感谢的话，感谢鼻祖创造了木工这一利国利民的行业，给很多黎民百姓赖以生存的手艺。之后告知先贤收了徒弟，声称要好好教徒弟手艺和做人，不辱门风……跪拜之后，师傅坐在八仙桌左边，徒弟上前给师傅点上香烟，然后退下，朝师傅磕三个响头，表示对鲁班的膜拜，对师傅的遵从，对木工行业的热爱和坚持。男儿膝下有黄金，10多岁的孩子，三个头磕下去，就与师傅有了一生的感情，就会一生从事木工业，师傅的养老送终也成了他的一份责任。规矩大的，徒弟要跪在那儿听师傅把学徒的规矩讲一遍，和蔼些的，会让孩子起来坐那儿听师傅讲些行规。"长幼之尊不可废"，师傅认了这个徒弟，等于多了个儿子，也自然多了几分责任，无时无刻不"端"出师傅和家长的架子，让徒弟学其师、近其道、从其行、悟其艺。在农村，木匠很少收亲戚的孩子为徒，主要是怕亲戚的孩子不能随意呵斥和打骂，不能从严要求。孩子受了委屈回去一讲，便影响了两家亲情。

学徒

在农村，木匠学徒都是三年时间。徒弟早上起来去师傅家干活，晚上师傅说收工才能回家。而师傅家里的农活和一些事情，大多由徒弟的父母帮忙干了。学徒期间，吃住都在自己家，学徒三年没有任何报酬，而每到节日，还要买烟酒肉孝敬师傅。从这点来看，学木匠要付出很多，也需要孩子的父母下很大决心。

"家有家训，行有行规"。学木匠也有很大的规矩，师傅不让碰的不能碰，不让干的不能干。要从拉大锯、搬木材等粗活干起。干活时不能讲话，不能分神。干不好，师傅不是呵斥就是责骂，有时还会顺手一巴掌，顺腿一脚。当年的木工活，多是榫卯结构，木头既要见火，又要见水。作为学徒，要从认识木头学起。要懂得木性，什么样的木头做什么料，什么木头适合做家具、什么木头适合上房，什么木头适合做梁、做椽、做门、做平板车的骨梁……还有什么样的木头适合做厨房里的案板、风箱，什么木头适合做镰刀把手，什么木头适合做茅窝底……其实，这里面大有学问。如柳树木质柔韧、性温和，容易变形（掉劲），一般适合做面板、菜墩、窗户棂格等；槐树坚硬挺拔、木质紧密沉重，不易折断，多用来做门框、平板车大梁、床帮等；梧桐树木质松软、对身挺直，晒干后不易变形，多用来做门或者橱柜的面板；榆木木质柔软，不适合做成大料；粗大的杨树软硬适中，泡透晾干不易变形，多用来做梁头或者木椽了……农村诸多树种、木质，师傅一般不会专门讲，想掌握这些木头的属性，需要徒弟细心、耐心和有心，练成眼里有活、心中有数、手上有劲。

除了认识木头外，徒弟还要在干活中认识工具及其使用方法，同时也要慢慢学会对工具的维修和保养。木工的工具大抵有锯（带锯、木锯、中锯、小锯和条锯）、斧头、锛脯、凿子、刨子、拐尺、墨斗……掌握这些工具的习性、使用方法和技巧，也需要花很长时间，甚至到出师时都不一定熟练掌握，要靠在以后干活中练习。我们都知道"挥斧成风"的成语，一层意思是熟练，另一层意思就是功夫了。我小时候见过木匠干活。一截木头，一手持斧，一手扶木，用眼一瞄，一斧下去，省却了用锯的时间，

斧从手指头划过，霎时完成，让旁边的人会惊出一身汗。"功夫在诗外"，这种技能是木匠很多年练出来的。还有就是木匠合计（音"或接"）梁椽时，用锛脚找平。人站在木头上，举起前头明晃晃的锛脚，朝脚下的木头砍去。外人看上去心惊肉跳，而木匠干起来却轻松自如。只是他嘴角吊着烟卷，眼睛紧盯脚下，每一下都应该凝聚着无数汗水。把梁头和木椽用锛脚砍出个模样，还要用刨子刮平。使用刨子也需用很好的手力和技巧。用力要匀、姿势要稳、眼力要准。看木匠干活，最好看的是刨花纷飞的样子。

等把以上知识和方法学习的差不多时，才能参与农具、家具的制作。徒弟跟着师傅，先做些小部件，做好后拿给师傅看，师傅现场修整，边修整边训斥和指导。最后成品要由师傅组装，徒弟在一旁观察和帮忙。偶尔，徒弟会用边料做个小板凳、小椅子之类的东西，做得好了，师傅也不说话，做得不好、不稳、不扎实，师傅便会呵斥着让拆掉，说"心急喝不得热糊涂""没学会走就学跑"……

快到三年时，徒弟基本掌握了木工的方法和技能，师傅才会把一些家具、农具、梁椽等制作方法说给徒弟听，承接的嫁妆也会指导着让徒弟做几件，偶尔会分给徒弟一些钱。到了这时候，师傅的脸色和语气也慢慢变好了。由此看来，当年木匠带徒弟的方法也包含着教育的哲学呢。

一个合格木匠，还要掌握工具的维修和保养技术。锯条钝了要刷，把锯齿刷锋利，把歪的调正，都需要眼力和手力。磨刨刀更要细心、均匀……木匠的技巧，学不尽，说不尽，也写不尽。装潢业刚刚兴盛时，一个技术高超的磨刨刀的师傅，一个月收入都在1万元左右。

"留有余，不尽之巧以还造化"。师傅传授木工之法，都有所保留，一是怕徒弟超过师傅，传出去脸上挂不住，二是给徒弟学习钻研留下空间，三是担心徒弟出师后"忘恩负义"。也许种种心理因素都有吧，这都是封建狭隘思想的影响，现实生活中徒弟与师傅很少反目的。

出师

三年学徒生活结束后，该出师了。这时候，孩子父母会选个好日子，摆一场酒席，把师傅一家请到，表示感谢。徒弟给师傅端上满满三杯酒，酒里有酸甜苦辣，有恋恋不舍，有兴奋激动。喝完徒弟的敬酒，师傅会叮嘱：出师后，无论干什么活，无论干谁家的活，都不急不躁，不坑不骗。俗话说"细木匠"，木工活是细活，不可马虎，不能毁了鲁班的名声，不能砸了自己的牌子……三年时间里，师傅没少呵斥你，没少难为你，师傅做得不对的，你也不要记恨。等以后干活时有什么不懂的，还可以来我这儿，一起琢磨。自己独立干活时，先接简单的活做，慢慢地积累经验、积累好名声。技术熟练了，再接"五样红""八大件""十三样"……师傅说完这些，会给徒弟的父亲敬两杯酒，自然酒意里夸孩子的认真和聪明，说真的有点舍不得徒弟走。徒弟也会再敬师傅两杯，说些表态性的话语。

临出门了，师傅会送徒弟一件工具做纪念，或者是牛角墨斗，或者是一把手锯。虽然学徒期间受了很多委屈，吃了很多苦，挨了不少训斥，但很多徒弟出师后都会怀念学徒生涯，都与师傅保持着很亲的关系，逢年过节都到师傅家里看望，过年时要到师傅家磕头拜年。

木匠拜师、学徒、出师的过程都是在以往闲谈时听表哥他们讲的，我这里也只是写出了大概吧。

在农村，木匠是谋生的行业，空闲时间里，木匠们在自己家里制作一些木质家具、农具、门窗、风箱、平板车架子等，逢集时拉到集上的木头市出售。农闲时，便被请到村人家里打家具或者嫁妆，挣些孩子的学费、生活上的开销。

表哥长我两岁，初中毕业，家中无力继续供他读书。回家后拜师学习木工活。表哥学木匠时下了苦功夫，我去走亲戚时，曾见他下雪天赤着上身拉大锯的情景。细碎的雪花飘落在他汗涔涔的背上，瞬间与汗水融在一起。也曾看到他用皲裂的肿胀的双手刨木板的场面。有一次我到他师傅家里找表哥玩，他边干活边和我说话，被师傅痛骂一通，我吓得赶忙走了。表哥心灵手巧，出师后，只要见过的样子，他都能模仿着做出来。他曾研究古典家具，模仿设计，做出来非常逼真。当年我老家盖房子时，门窗梁椽都是表哥给做的，至今还完好如初。后来，经济发达了，制造业繁荣了，机械化水平提高了，规模化生产让手工制作悄然离去。表哥一手精湛木工技术没有了用途。锯生锈了，刨刀钝了，墨斗干了……后来，人们生活水平提高，装潢业进入了旺盛期，表哥利用自己的木工技术与人合伙做木线生意，之后去了上海，专做木质楼梯扶手和高档木门。表哥善于学习，精心研究，设计发明了一套完备的楼梯弯头制作工艺，同时模仿设计出高档港式木门。转眼间20多年过去了，表哥已经是富甲乡里的人了。三年木工学徒，一生富裕生活。听表哥说，他现在做活，一直秉承师傅的嘱咐，细、慢、精，不贪多，讲诚信。虽然他的加工厂在上海一个偏僻的小巷里，但生意兴隆，应接不暇。

堂叔也是学木匠的，他心灵手巧，诚实稳重。忙时干农活，闲了做木工。记得我在镇中学当教师时，他给我做了一张袖珍版的案板，另外做了四把小椅子，现在都还在我老家的房子里放着。堂叔也是在20世纪90年代去西安做木线生意的，20多年过去了，堂叔有了自己的板材加工厂，有了自己的商铺，有了人们渴望的很多东西。

随着社会的进步、物质的丰裕，再加上生产力的提高、现代化的推进。手工业者退出历史舞台是一种必然，木匠们在农村渐渐消失也是发展规律，但木匠的精神、木匠的执业品格却不应该远去。前几天，堂叔的师傅去世了，他从西安回来，在家几天为师傅送终，如同孝子，这也是木匠的品格之一吧。

缥缈远去货郎鼓

货郎担，在苏北老家称为货郎鼓。货郎担运用的流动工具各种各样，有担子、有红车子、有平板车、有自行车，但他们使用的招呼人的器具都是拨浪鼓。随着农村社会的缓慢前行，在20世纪70年代，所见到的货郎鼓大抵是平板车和洋车子。他们走村串户，摇着拨浪鼓卖货。货郎鼓给我的童年留下了无限的回忆，也使那个时代的人难以忘怀。

实际上，货郎担是封建社会至20世纪80年代我国大部分农村地区商品经济的形式之一，是在夹缝口游离着的小小商品市场。追溯货郎担的历史，应该存在上千年之久了。元曲《桃花女》楔子中写道："我待绣几朵花儿，可没针使，急切里等不得货郎担儿来买。"《水浒传》中也有关于货郎的描述："你既然装作货郎担儿，你且唱个山东《货郎转调歌》与我众人听。"……在中国，货郎担延续到改革开放，之后随着经济的快速发展才渐渐消失。但上次回老家时，听说在我们村子里以前老货郎担的儿子，仍然子承父业，农闲时仍然经营着货郎担，只是不再摇拨浪鼓，流动工具也变成了电动三轮车，其服务对象变成了方圆几十平方公里各个村子的红白喜事。在婚丧嫁娶的当天，他在事主家外面摆上小摊，卖上一些小孩的食品或者玩具。

在20世纪七八十年代，农村经济相对落后，物资比较匮乏，再加上计划经济的局限性，以及市场经济发展缓慢，人们买点生活用品或者其他东西要到大队代销店或公社的供销社去，路远的村子十分不便，这也是货郎担在当时仍然存在的理由。货郎担不仅卖东西，还收购破烂。他们走家串户，拨浪鼓清脆的声音传到村头巷尾，有时拨浪鼓声能传两三个村子。

货郎担的东西不多，却深受农村男女老少的青睐，在他们的担子里、平板车上、自行车后座上的木制货架上，摆着一些针线、糖果、纽扣、红头绳、发夹、卫生球、火柴、肥皂、雪花膏等农村人常用的东西，到了春节前后，货柜里还会摆上孩子们喜欢的小鞭炮、木炭和火药卷成的滴滴筋、纸炮、纸糊的红灯笼、毽子、彩色玻璃球、铅笔、钢笔、本子、小刀、橡皮、墨水粉等，也有孩子喜欢的糖块、糖豆、花拉团、茴香豆等。货郎带来的东西对当时落后的农村来说已经是足够丰富的了。记得他们进村时，总要把拨浪鼓摇得特别响，耳尖的孩子先跑出来凑热闹。货郎就放下担子或停下车子，打开简易货柜，向人们介绍各种物品。孩子们就会拿着鸡毛、鸭毛、牙膏壳、烂布废铁、玻璃瓶之类的东西换糖果吃，换自己喜欢的玩具和学习用品。有的孩子没有钱，就闹着向家长要钱。有的家长不愿意给孩子买或者没有钱买，孩子会哭闹，家长或者打骂或者哄孩子，这也成为热闹中的另一道风景。货郎担是女人们喜欢的地方，货郎来了，她们相继挑选针线活和日常生活需要的针头线脑。或一把木梳，或一些针线纽扣之类。选好东西后，就开始讨价还价，她们叽叽喳喳的吵闹声并不让货郎生气，争争吵吵之中，大家却乐呵呵的。买了就在讨价还价中付钱，不买货郎也不责怪。有时货郎还会向村民们讨碗水喝，热心的妇女就让孩子回家去端水来。女人们买好东西，有时会给女儿扎上一些红头绳或者彩色皮筋，扎在头发上，那些爱美的女孩都会高兴几天。

货郎来村里的次数多了，便同大家熟悉了。有时会帮各村之间的熟人或者亲戚捎个口信，带个东西，成了义务传话员。有时村里有人想买点什么，货郎担子上这次如果没有，下次过来的时候会捎带过来。货郎走的地方多了，见识自然广一些，各村的奇闻逸事都从货郎的口中传到十里八乡之外。有时候，货郎担也成了村民们了解外面世界的窗口，货郎在给村民带来货物的同时，也给村民带来了快乐。

一些经营着货郎担的人在我的记忆里模糊了，唯独那个骑自行车的叫小满的年轻货郎，一直在记忆之中。

小满是个很帅气的小伙子，个头不高，浓眉大眼。我的印象中，他总是穿着蓝色涤卡面上衣，上面衣服口袋上别着钢笔，胸前还戴着毛主席像章。他进村子时总是一手牵着自行车，一手摇拨浪鼓，有时边摇鼓，口里边喊着顺口溜，"瞧一瞧，看一看，都来看看货郎担；各种货物样样全，想要什么请来选；物美价廉新式样，保质保量保退换……"他有时还就一种东西即兴编顺口溜，以劝人买东西。小满是年轻人，口甜会说话，深得各村妇女和孩子们喜欢。他有时会向村人讨水喝，日子久了相互熟悉了，人们买完东西还主动问他要不要开水喝。他到哪儿都是笑嘻嘻的，对人热情，很有人缘。有的小孩调皮，会趁不注意偷他的东西，发现了抓住了他也不打孩子，只是说小小的年龄不学好，想要想吃快去找你爹要钱，当小偷长大了说不上媳妇……村里孩子盼他来，是因为他会带来自己做的玩具和孩子喜欢的东西。小满心灵手巧，他自己用竹竿做小笛子，从头上吹，上面有孔，用手指按着可以吹出不同的曲调来。他用竹片削的饺子叉精致好看，有两齿的，有三齿的，我们买来在春节时叉饺子，很有风味。他会卖自己用废旧自行车链条、粗铁丝、废旧汽车内胎皮子做的"洋火枪"和纸炮，并且教孩子如何玩。他还卖木头把的或者粗铁丝制成的弹弓，有时也卖由"胶泥"团成晒干的弹弓子……这些都是男孩的最爱，也是书包中不可或缺的玩具。到周日或者放假了，我们一起用弹弓打麻雀，或者进行弹弓比赛。在远处放一玻璃瓶，轮流用弹弓瞄准，谁打中就赢得弹弓子。我们用买来的"洋火枪"，装上火柴头上的火药，配以纸炮，朝空中开枪，一缕轻烟，响声比发令枪还响。上学路上经过有狗的人家，故意把狗引出来，在远处对着就是一枪，狗吓得夹尾巴而逃，这种恶作剧有时会惹来主人的斥责……小满给我们带来了很多快乐，丰富了我们的童年生活。现在的孩子远远没有我们当年自由快乐得多。记得那时每当鼓声在邻村响起时，我们都会到门前的宽敞地方等着，如果来的货郎鼓不是小满，大家就会很失望。

　　小满一直在我记忆中扎根的原因不单是他给我的童年生活带来了快乐，更重要的是他与村上一个年轻媳妇的爱情故事在十里八村引起的轰动。我们庄家后的莲是嫁过来几年的媳妇，丈夫在矿上当工人。当年的矿工很挣钱，所以他们家在后面盖起了新屋新院子。那时工人地位高，矿工更有优越感，找媳妇都挑着拣着，最后看中了长得很俊的莲。莲在家里带着三岁的孩子，丈夫挣钱买工分，她也不用下地，孩子不闹时她就做做鞋，收拾家务。平静幸福的日子没有几年，丈夫在矿上出事遇难，莲年纪轻轻地就成了寡妇。虽然矿上赔了一部分钱，但她一个人带着孩子，日子也很不容易。每次小满来了，她都抱着孩子远远地站在那儿看女人们买东西。等大家快要散去时，她才凑过去看看自己需要的"气眼"、松紧带、纽扣、红头绳等。之后一手抱孩子，一手付钱。时间长了，小满知道了她的情况，有时就会说大嫂，有什么活需要帮助的就说一声，如搬个粮食、逮个羊什么的，我帮你干。莲便红了脸说不麻烦你的。后来有一次，莲背着从磨房打好的面回来，还真是小满替她送回家的，莲便让他坐在院子里喝水歇歇脚。两个年轻人就聊聊家常。当年农村还盛行着"寡妇门前是非多"，而小满自从认识莲后，到我们村来的次数多了，停留的时间长了。有时，会把货郎车推进莲家院子里，孩子们就会追到那儿去看东西挑自己喜欢的玩具和糖豆。

再后来，也不知道是从什么时候起，小满不再来我们村了，不知是改行了还是……有其他货郎鼓声传来时，我们也没有那么兴奋了。渐渐地，也不知什么时候，货郎鼓声也渐渐消失，只留下那些美好而零碎的记忆在心头。

犹有弦声踏月来

——写给值得传承和发展的丰县坠子

南宋诗人陆游的诗《小舟游近村，舍舟步归》中有"斜阳古柳赵家庄，负鼓盲翁正作场；死后是非谁管得，满村听说蔡中郎"的诗句，为我们描述了一幅乡村听说书的美丽画卷。而明清通俗小说中也有着民间曲艺表演的描述。《老残游记》中的大名楼听书一段，更是为我们展示了民间曲艺的兴盛。不同地域有不同的民间曲艺表演方式，河南坠子这种"市井俚曲"，是流行于苏、鲁、豫、皖地区，丰富广大农民群众精神生活的主要文艺形式。河南坠子因主要伴奏乐器为"坠子弦"，且用河南语音演唱，故称之为"河南坠子"。河南坠子音乐质朴简单而又优雅婉转，乡土气息浓厚而又韵味十足，书目、曲目繁多，表演干净、利落、大方，深受劳动人民喜爱，在近两个世纪以来中国曲艺的发展、进步过程中发挥着不可替代的作用，是与相声、评书相提并论的风靡全国的大曲种之一。

1951年，河南大学教授张玄弓撰写文章详细论述河南坠子的起源。他认为，河南坠子最初是由"莺歌柳书"和"道情书"结合发展而来。莺歌柳书的主要乐器，起初只有一把三弦，一个人自弹自唱，另有一人手持单钹敲打着。"莺歌柳书"首先吸收了"道情书"中的渔鼓筒子和剪板，把原来的三弦改造成二弦，加上单钹，一共是四种伴奏乐器。二根弦在道情书中的作用，是用来坠音的，所以"道情书"又名"渔鼓坠"。后来，艺人们不再使用渔鼓筒子伴奏，留下了坠音的二根弦作为主要乐器，这也是二根弦称作"坠子"的原因。因为在表演时，艺人们拉着二弦，用单钹或者简板作为辅助乐器，听众就把这种民间说唱艺术形式称为"坠子书"了。关于三弦坠子的历史，也有必要作一些说明。三弦书是一种较为古老的曲艺，大约形成于元末明初，曾流布于河南各地，其伴奏乐器主要为大三弦与小三弦。豫西、南阳一带的艺人多用大三弦，而作为河南坠子始祖的仪封三弦书所用伴奏乐器则为木面小三弦，其形制与河南坠子的乐器——坠胡一样。虽然坠胡演奏时只用三弦的外弦和中弦，即只用两根弦便可，但河南民间的很多艺人还是习惯在坠胡上保留着三弦的里弦，且仍按照三弦的定弦方式将里弦定弦，即外弦比中弦高四度，中弦比里弦高五度，这种四、五度相生的小三弦的定弦方式就是坠胡的定弦方式。河南坠子借鉴了仪封三弦书的基本板式。由此可知，河南坠子最早先由仪封三弦书的伴奏乐器——弹拨的木面小三弦，演变成后来用马尾弓拉奏的坠胡，后来才出现了用三弦自拉自唱的演出方式。经过不同地域不同艺人的兼收并蓄、广泛学习，最终形成了河南坠子独立曲种的鲜明特色，从而真正衍变出了一个独立的曲种。这样梳理下来，河南坠子的根应该是三弦书。

丰县地处三省交界，离河南很近，河南坠子也自然传入丰县，经过丰县艺人的借鉴学习和创新，也就有了符合丰县人欣赏水平的曲种——丰县坠子。丰县坠子的说唱和伴奏方法基本上与河南坠子相同。记得我小时候，父亲经常代表公社到县里参加文艺会演，演唱丰县坠子，经常获奖。公社举行文艺演出时，父亲的三弦坠子也是最受欢迎的节目。春节过后，大队里也会邀请父亲在大队部的院子里表演丰县坠子，有时会演唱一天。

丰县坠子的唱腔可归纳为起腔、平腔、送腔、尾腔四部分，在主体唱腔进行中，根据唱词中不同句式的格律，使用三字崩、五字嵌、七字韵、巧十字、拙十字、寒韵、坠子滚口白等唱法，产生节奏和旋律上的变异，表现出不同的感情。伴奏乐器三弦独具特色，早期开场时都有即兴演奏的"闹台曲"，热烈火爆，以吸引听众。闹台以后向起腔过渡的乐曲，是速度和力度的缓冲，称为"过板"，也就是现在说的前奏曲。民间艺人在农村说书唱戏时，开始听众少，就先演唱一个小段子等人和吸引听众。那些小段子经过几代艺人们的创作，往往唱词优美，发人深思。伴奏乐器有脚打梆和简板、铰子、矮脚书鼓、醒木等。由道情改唱坠子的多用简板；由三弦书改唱坠子的多用铰子或者简板；由大鼓改唱坠子的多用矮脚书鼓。醒木则在说唱长篇书目时使用。演唱方式有单口、双口、三口（或群口）三种，并各有适宜的书目。

我父亲自小学习三弦坠子。当时没有现在的五线谱或者简谱，全靠听力和感觉来把握。父亲和其他师兄弟跟着师傅四处漂泊，靠说书唱戏为生。他白天跟着师傅学习，晚上散场后自己学唱到深夜。每场戏，一般先是大鼓和洋琴，最后才是父亲的三弦坠子。因为父亲善良，对师傅尽心照料，老人也就把绝艺教给了父亲。我小时候听父亲拉过三弦，有百鸟朝凤，万马齐鸣；有丝路梨花，雨打梧桐；有高山流水，汉宫秋月。这些曲调可以让听的人们如痴如醉。父亲用的三弦是他师傅传给他的，弦身是千年紫檀木雕刻而成，音鼓是用多年的野生蟒蛇皮做的，弦弓是用上好的竹子制成，弦丝来自多年的枣红马的尾巴，钢弦和丝弦都是特别制成的。因长年使用，弦身黝黑油亮，光滑如脂。父亲就是用这把三弦唱遍苏、鲁、豫、皖四省交界的乡村，教化了无数农民，丰富了农村人的精神生活，传播了传统文化。同时，也是靠着一把三弦，养活了我们一大家人，帮助一些特别困难的年轻人找到了生活之路。在父亲的师傅去世前，老人把三弦与脚打梆组合伴奏的演奏方法传授了父亲。父亲又潜心揣摩，不断发展和提高，艺术水平达到了一定境界。因为上学，我们兄弟姐妹没有把父亲的三弦继承下来。父亲年纪大时，听力下降，定音不准，也不再经常练习。父亲去世后，真正的三弦坠子在家乡就成了千古绝唱。父亲的几个徒弟中，除了后来进县剧团的彭利华的演奏水平接近父亲，其他几人都没有领悟到三弦坠子的真谛。听说市里在挖掘非物质文化遗产时，还到我的家乡调查过三弦坠子现状。2017年《徐州市志》中"地方曲艺"部分还对父亲的演艺作了描述。

在物质和文化都很贫乏的年代，三弦坠子确实是丰县人民精神生活的源泉。无论春夏秋冬，丰县的农村会有艺人来说书唱戏。刚刚吃过晚饭，一些人就早早来到书场等着，或席地坐在桌子前边，呈半圆形，或搬着小板凳坐在书场。等个半小时左右，说书人来到桌子前坐定，调了调弦，开始演唱。这时候，村里的男人和妇女，也都收拾好家里，赶到书场来了。

男人们往往在离得较远的坐下，三五一团，抽着烟，享受着这民间艺术，消除一天的疲劳。

在20世纪七八十年代，父亲是丰县坠子的代表艺人之一，他大胆创作，潜心研究，做到书艺皆精。他的说唱迎合人们听书期待，符合人们的心理期待，再加上三弦曲调引人，让听者沉浸于戏中，得到享受，无形中接受了传统文化的浸熏与教化。听完戏后，人们懂得了孝敬老人，知道了忠孝的含义，树立了正确的道德观念。从这一点上讲，父亲的三弦坠子为开启老百姓的心智，树立乡村良好风尚方面做出了很大贡献。父亲会三种民间曲艺，分别是三弦、大鼓、洋琴，其中尤其以三弦坠子最为擅长。父亲善于利用故事情节，善于营造不同的氛围，善于用不同音调表达不同的感情，还擅长用寒韵（低沉伤感的调子）唱出下层人民的悲苦，让听者垂泪。尤其是那些饱经风霜的老人，更是陶醉在戏曲的剧情里面，伴随着不幸的人流泪，让自己的情感得以释放。听二姐讲，父亲在安徽萧县演唱《薛里征西》，唱到20多场，薛里征西三年胜利归来，皇上御驾迎接，全家得以团圆。正唱到众人欢喜时刻，忽然场上传来一位老太太的哭声，她哭诉道："薛里征西三年都可以回来，你出去三十多年了，怎么还不回家。"原来老太太的丈夫是国民党军人，解放前夕去了台湾，三十多年没有音讯。听到薛里征西回来，不由得想起了自己的丈夫，禁不住哭起来。全场一片寂静，没有因为老太太的闹场而影响说唱效果。实际上，父亲用精湛的说唱艺术给他曾经去过的地方留下了一种愉悦，一种向往，一种思念，一种生活中不可或缺的东西。听父亲的一个徒弟说，他们在一个叫王堂坊的村子里唱戏时，明亮的汽灯下，聚集了上千人，父亲坐在太平车上说唱《包公案》，全场鸦雀无声，人们都沉浸于戏中，忘记了北风的寒冷，忘却了白天的疲劳，这样的场面今天永远不会再有。我相信父亲当时是想不到这些的，他只知道吸引住听众，每天能挣几块钱，供养全家人吃饭，供养我们几个上学。在"文革"期间，因为破四旧，不允许唱老戏，父亲只能唱《平原枪声》《铁道游击队》等，尽管这样，父亲依然能把故事编得生动活泼，完全符合戏曲的特点。只是人们喜欢听老戏，便安排人在场外放哨，先唱古戏，发现有大队的干部来检查就改为现代戏。有的大队干部，对于百姓的这种要求，也是睁只眼闭只眼，有时候他们也跟着听。头天晚上听完戏，第二天人们劳动时便会讨论戏曲的内容，并且展开想象，猜着下面的故事情节，有时大家又会为此而争论，或者几个人打赌。其中也有嗓子比较好的，便会大声学唱几句，而有的年轻人则想着拜父亲为师，学习唱戏，父亲深知他们也是一时冲动，不知唱戏之苦，多是婉拒了。

再后来，公社文化站繁荣时节，便有戏曲创作者在邓贞兰先生带领下到我家来，和父亲共同商讨用三弦坠子说唱反映新生事物的戏曲剧本，同时他们向父亲探讨和请教农村曲艺的发展历史和逸事，探讨民间曲艺的特点和发展情况，父亲都毫不保留地告诉他们。

传统艺术诞生于农耕社会，从内容到形式符合农耕社会的生活节奏和价值观念，因此受到人们欢近。改革开放后，经济的发展加速了社会进步的车轮，人们的生产方式和生活方式发生了翻天覆地的变化，传统艺术生存和发展的条件和优势日渐式微。另外，随着现代科技的进步，人们的娱乐方式多元发展，享受文化生活的方式方法丰富多彩，这都是社会发展、时代更替、新的艺术形式替代传统艺术形式的客观规律，自古皆然。三弦坠子也就慢慢地没有了市场、没有了听众，渐渐淡出人们的生活圈，如不及时拯救，如不继续创新发展以适应现代人的文化诉求，说不定真的失传了。

值得庆幸的是，当前徐州市及丰县文化部门对以丰县坠子为代表的非物质文化遗产传承和保护高度重视，还有像邓贞兰先生这样的戏曲家和艺术家，仍然坚持着对丰县坠子的继承与发展。他们把三弦坠子作为非物质文化遗产的一部分呵护着，并用自己的戏曲理论培养和指导着三弦坠子接班人。妹妹和妹夫在繁忙之余，自费自发组织民间曲艺爱好者，定期说唱丰县坠子，成为家乡纳凉晚会的重要内容，丰富了家乡人的文化生活。丰县坠子传承人黄小玲，把演唱丰县坠子作为己任，不断学习，坚持继承与创新说唱技巧，被评为市级非物质文化遗产项目代表性传承人，列入江苏省非遗名录。

最近，丰县文化部门又将丰县坠子说唱的戏曲节目编辑成书，为丰县坠子的发展和传承提供了文字资料，实为幸事。

第四辑

乡里乡亲

大老知

　　村里的吴叔去世了，年纪并不算大，也就60岁左右。我去年春节回老家时，还见到他，曾与他打招呼，没有想到这么快就长眠于黄土了。吴叔是村里的"大老知"，无论谁家有了婚丧嫁娶之事，都找他拿主意，帮助事主家把事情办好。以前，都是吴叔帮助把村子里去世的老人送到"南北坑"，也不知他去世时由谁来当"大老知"送他的。吴叔的去世，让我生出很多感慨。虽然我们是异姓邻居，但我家的很多事都是由他帮忙操办的，所以内心对他充满着感激之情。他走了，便为他写篇文章，以示纪念。

　　"大老知"，农村也俗称"问事的"。在家族观念很强的农村，"大老知"不是谁想当就能当的，红白事也不是谁想问就问得了的。想当"大老知"，要具备以下几个条件：第一，必须是个热心人，要有奉献精神的。谁家有了红白事，"大老知"要和事主一样忙上好几天，自己家的事一点都顾不上，并且有时还会得罪人。如果事情办不圆满，事主有了意见，下面谁家再有事就不会找他当"大老知"了。第二，这个人的家族要大，人多势众，德高望重，并且有一定的组织能力、协调能力和管理能力，办事能力要强。不管红事还是白事，要让逝者入土为安，要让新娘顺利进入洞房，要把出嫁的闺女体面嫁出去。其实，当"大老知"很考验一个人的综合素质，他既能让大多数村人尊重和认可，又能说服人，让村人听从安排，并且能驾驭局面，能处理突发事件。第三，当"大老知"要做到公平公正。有钱的人家，办酒席既不能浪费，也不能过于好。如果办酒席用的烟酒太好了，经济条件不好的人家遇到这事就会很为难；对于经济条件不好的人家，"大老知"要考虑实际情况，合理安排，让事主大差不差地把事情办下来，并且各方都基本满意。如果酒席办冒了，酒席上的菜薄了，客人不满意，事主也没有面子。所以当"大老知"要能把握好度，尽量维持各家大事的公正。另外，当帮忙的村人来到后，分工安排上也需要费一番心思，活有轻重，要因人而异。有的人嫌活累会磨滑，耽误事；有的人会因对分工不满故意找碴。而"大老知"就要宽容大度，连哄带劝，把活分下去。一般情况下，孤寡男人和智商差的光棍这一天特别开心。他们或者劈柴烧锅，或者洗盘子涮碗，或者负责收拾桌凳，干得带劲，并且可以开心地喝酒，尽情地抽烟。其他人也会与他们开个玩笑，问他们什么时候能娶上媳妇？问三瞎子当年结婚是什么滋味的？自然引得大家开怀大笑，而被开玩笑的人也不恼。辈分长的就会"骂"上几句，整个村子里的人都陶醉在欢喜的气氛里。吴叔这时嘴里叼着烟，背着双手，到处看看，确保一切顺利进行。在村里能当好"大老知"的人，如果真有条件锻炼，慢慢地当个村镇干部都应该称职。

吴叔的父亲生前是村里的"大老知"，他父亲去世后，吴叔就接了班。吴叔家族大，人也很热心，断事基本上能得到大多数村人的认可。其实，当"大老知"的好处无非就是能提前两天到事主家吃饭喝酒，能全权安排人、财、物等事宜，体现自己的领导能力。另外能趁机多抽几包烟，多喝几顿酒。同时，镇上的一些烟酒店也会找"大老知"，让他介绍客户，给他些尊重。虽然现在看来这些都是小事，但对以前贫穷的农村人来说，能借邻居家的红白事吃次好饭，也算改善生活了。尤其是喜烟爱酒的农村汉子，可以借此机会大醉一场。在红白事上，经常会发生喝醉酒打架的事。吴叔就要出面调停劝说。因为他家人多势众，闹事的双方也会给面子，停息下来。也有农村的愣头青，不服劝说，与吴叔打起来，吴叔的近门就会吃热上前，把那人揍一顿。逢上谁家有红白事，客人多、亲戚多、村人多，"大老知"指挥若定，俨然战场上的军官，很有价值感。记得我们家兄弟姐妹7人的婚事，都是吴叔操办的。父母去世时，也是吴叔当"大老知"，让老人入土为安。虽然事后要用烟酒答谢，但在关键时候能有人热心帮忙，应该是很让人感激不尽的。后来吴叔曾经找到我，让我帮助村子里打两眼水井，修一下村子里坑坑洼洼的道路。我找到以前的老领导，多方协调，上面拨了部分扶贫款，村人又集资了一些钱，通过乡镇正式渠道把井打好了，路也修了。因为这事村里没有让吴叔参与，他便有些不高兴，后来春节回老家再见面时，就不像以前那么热情了，但也没有说出什么来。

当村里谁家有喜事时，如儿子结婚、女儿出嫁、第一个孩子送祝米等，事主会提前到吴叔家去请他，带两包烟，说些客气话，大抵是把自己的想法告诉他，让他帮忙把喜事办好。他也就提前安排人"叫客"或者"报喜"。临近喜事的前几天，事主家要摆一桌酒席，把村干部、吴叔、"居长"（农村做酒席的厨师）、家族中的长辈等七八个人请到家里，边喝酒边商量事，主要是让事主报一下亲戚朋友的人数，想办多少桌"红席"，多少桌流水席，用什么烟、喝什么酒，用哪儿的"响器"（农村的叫喇叭班），酒席的标准等。之后便是"居长"开出菜单子，一人说一人写。写好后，大家再一起商量，最后交给事主，让事主自己准备。为了防止东西不够，"大老知"一般都让"居长"多开出两三桌酒席的菜来，包括事情结束后的答谢宴，以及"叫客"的酒席。最后，"大老知"还要和大家一起商量分工问题，看谁适合干什么。一般是村干部看库房里的烟酒。在一个房间里，一张桌子，几个菜，边喝边聊，同时根据"大老知"的安排分发烟酒。娶亲迎亲的、端盘子端碗的都是一些体面人。上礼单的活由村子里的老师负责。而娶亲和送客的除了长相好之外，还要考虑他们的生辰八字，甚是讲究。生肖相克的和怀孕的女子不能迎亲和当伴娘。而这一切，"大老知"吴叔都要认真考虑，合理安排。

逢到谁家有娶儿媳、嫁闺女的事，在婚事的前两天，事主按菜单买好鸡鱼肉蛋，油盐酱醋茶，烟酒糖面，居长（厨师）也提前到事主家里做菜。居长来时会带一把大菜刀，一个围裙，事主为他们准备一条烟，一条毛巾。事主要把厨师照顾好，如果厨师想让事主难看，酒席就可能办砸，会让村人笑话。所以，婚事当天，居长来时，事主要送上红包。而"红席"上最后一道大菜时，客人也要包个红包放在托盘上，叫"查头礼"。如果厨师讲究，好面子，把红包退回来，客人就会派两个代表，到厨房敬酒。有的居长好面子，当天会缴上礼金。而那些来帮忙的，一大早便陆续来到。也因为给喜事帮忙，穿着上也讲究了很多。吃完早饭后，便在吴叔的安排下，各司其职、各负其责。抬嫁妆的、接新娘的、送闺女的、陪客的等，都按"大老知"的吩咐一一进行。

农村里有"结婚三天没大小"之说。新郎新娘入洞房后，闹新房的情景很热闹。因为农村愚昧落后，再加上光棍汉子多，闹洞房时自然有些过分的行为。闹得实在太晚了，"大老知"便会出面呵斥，催闹洞房的年轻人抓紧离开。因了吴叔的威望，有的适可而止，有的悻悻而去，有的与"大老知"瞪眼，说几句不中听的话，也就算了。邻村有一光棍汉子，好不容易花钱娶了个比他小很多的外地女孩，结婚当天闹洞房时，可能是外地女孩，没有娘家人"送客"的照顾。也因为他们村的"大老知"不力，劝说无效，几个喝了酒的光棍汉子，居然把新娘堵在洞房，从里面反插了门，拉灭了电灯，把新娘子扒光了衣服。新娘虽然没有被糟蹋，但有不少人参与了猥亵。新娘子羞愧不堪，过了几天便跑了。自此，那个光棍汉子再也没有娶上媳妇。据说那个光棍汉子的母亲经常哭着在村子里骂街，也没有人多说什么。由此可见"大老知"的作用至关重要。

办喜事时，"大老知"还比较容易当，如果村子里谁家有老人去世，当"大老知"就有难度了。农村风俗，重生更重死，并且还有娘家人闹丧的风俗，就是娘家的侄子一定要找碴难为一下姑姑家的子女们。这些事都需要"大老知"协调平息。一般地，自老人闭眼的那一刻起，吴叔就要到场。先是叫邻近的几个人赶快把老人放到正房，接着找村子里妇女来给老人做寿衣，用白布"破孝"，提前给儿女和来磕倒头信的准备孝衣。如有提前做好的寿衣，吴叔便找与老人生前要好的同龄者给穿寿衣。根据儿女们的要求，派人给老人做棺材，有"五块瓦""七块瓦"等样式。接着安排人去购买安葬老人的东西，同时派人送倒头信。主要是一些至亲。按农村风俗，接到倒头信的亲戚，必须立刻跟送信人前来吊唁。当倒头人都到齐后，才能为老人入殓。人们哭着围绕棺材走三圈，瞻仰着亲人的遗容，嘴里念叨着，为老人祈祷着在阴间过上好日子，之后盖上棺材盖。如果有太远的亲戚家远，当天来不到，就把棺材盖上留个材口，等亲戚第二天来到后看上亲人一眼后再盖上，用很长的铁钉把棺材盖子钉住，盖上棺衣，老人就与亲人永远诀别了。成殓后，外边放起鞭炮，子女开始烧纸，悲伤地哭起来。大门口放上用高粱秸扎的三脚架，上面挂着草纸串成的"元宝"，家里和族人家的门上都贴上用草纸裁成的"X"。现在老人去世了，要火化后再把骨灰盒放进棺材，风俗和土葬一样，七天后才出殡。这期间一般都找风水先生帮忙"看林"。农村有"雨淋坟，出贵人"的说法，也有埋得浅可以早出人头地之说，坟地还有携子抱孙的风水讲究。

和喜事一样，按农村风俗，老人去世后也要摆大席。置办东西、买菜买烟酒的事，都是吴叔叫上几个人一起商量好，告诉事主家一声，让其他人去操办的。老人去世，儿女们要守在丧屋不能出来，孝帽子在耳朵位置缝上棉花，意思是孝子孝女们对什么都听不见，一切事全凭"大老知"安排。在农村，出殡事大，规矩也多，这一切程序吴叔都懂。

出殡那天，吴叔会更加忙碌，一大早来到事主家，安排人放鞭炮"开丧"，安排年轻力壮的人准备抬丧的东西，就是去运很重的松木架子。"大老知"会安排几个人去"打坑"，也就是在祖坟旁边选好地方挖个长方形的土坑。因为封建社会，只有皇上的墓坑才是正南正北方向，所以老百姓的墓坑或者西南东北方向，或者西北东南方向。一般情况下，早饭后，由长子披麻戴孝，由吴叔领着，带上贡品和烟酒，抱一只大公鸡，到坟上确定位置，放鞭炮动土。早饭后便有亲戚们陆续来烧纸。一般大门口摆放一张桌子，由三个人在那儿负责上吊薄，收吊礼，发烟，发孝衣。之后排好队等着"大老知"按号喊着烧纸。先是由娘家人烧纸，接着是姑娘家、姨家，依次上贡、行礼，喇叭声伴着哭声。行礼时，灵棚两边是孙子辈的跪棚。吴叔会站在灵棚下贡桌旁边，在行礼过程结束后，会将糖贡撒向看行礼的人。也有村人"抢贡"的风俗。如果亲戚行八拜或者十二拜的大礼，中间有三上香的礼节。上香时一人上前行礼，吴叔会向地下洒三杯酒，场面很严肃庄重。行礼结束，吴叔大声喊着孝子谢客，长子长儿媳便手持哀杖出丧屋叩头。

上午烧纸结束后，便开始"待客"，午饭后喇叭班先吹打一会儿，之后开始由亲戚为逝者点歌，多半是唱流行歌曲，大都是哀伤悲切的怀念歌曲。现在还流行"哭丧"，一年轻女子，戴着孝边哭边诉，如同去世的是自己的父母一样，哭得悲切，让听的人不免想起自己的父母来。除了怀念老人外，也起到了"美教化、厚人伦"的作用。点歌和哭丧都需要亲戚拿钱，这些钱都归喇叭班所有。等亲戚都点完歌后，便等着给老人"送行"了，也是亲人们在丧屋绕棺材走三圈，之后，子女后代们全部出来，儿子或者孙子抬着轿，跟着前面的纸罩和花圈，往村外的路口去送逝者出村，同时还要带着老人的衣物。到路口点燃纸罩和衣物，"大老知"用水桶围着泼水，之后前往送行的哭着转三圈，然后往家走。一般说谁先到家谁家将来能过好，弟兄多的，妯娌们都会争着往家跑。

到家不久，棺材要出丧屋了，农村叫"发吟"，儿女们哭着送老人出屋。在吴叔的指挥下，将棺材抬到大门外面的丧架子上，丧架前放一张八仙桌，桌子上摆贡，桌子前放两块砖头和一只底部钻了洞的土盆，还有一张席。接着"大老知"喊亲戚们行"路奠礼"，也是娘家人第一个，形式和灵棚下一样。最后吴叔会问："还有行路奠礼的客不？"如果逝者是男的，村里和逝者关系要好的同龄老者也会一起行个路奠礼。最后，长子摔"老盆"，吴叔大声喊"起丧"，十二个年轻人便喊着号子一起用力，抬起棺材慢慢往前走。因为棺材和丧架子都非常沉重，这时更加需要"大老知"的口令了。吴叔会大声喊："慢客慢游，拉起来就走""慢慢走好，各人小心各人脚下""前头路窄，小心慢行""落棺换班，一路平起""上烟上酒，步子一致"。中间累了，就会上来另一班人，喝上两大口酒，把发的散烟别在耳朵上，接班准备前行。稍微休息后，吴叔一声"平起"，送殡队伍又开始慢慢前行。吴叔的声音洪亮悠长，富有音乐节奏，在田野里能传出很远。

老人入土后，当天的晚上，事主会用娘家人的那桌贡菜摆一桌酒席，村里每家的请来一位，表示答谢。开始喝酒前，吴叔会把弟兄几个叫到一起，把账算好，把钱和账子当众分好。一场酒后，第二天大家就各忙各的了。而吴叔便会想着下一家该是谁家有红白事了。

吴叔走了，是谁当"大老知"操持他的事？也不知谁将接任他的热情他的责任。

道听老王

其实，我并不认识老王，但听说老王的故事却有几个年头了。10年前，我的亲戚一家搬到了县城居住，小区里几个老人经常一起聊天，亲戚便认识了老王，也自然知道了老王的很多故事。居住在县城这个小区里的人，要么是以前的领导干部，要么是有钱人或者有钱人的父母，而老王应该是后者。

现在，老王已经有80多岁了，身体很健康。他最大的爱好是书法，每天都要写3小时以上，书法对于他来说，是爱好，更是寄托。站在亲戚家书房里，透过窗户正好能看到老王的习字室。每天凌晨5点多，老王房间的灯准时亮起，晚上也是如此。老王早年是工人出身，改革开放后开始创业，现在家境特别富裕。一次散步时偶然听到亲戚谈论书法理论，顿觉醍醐灌顶，便开始与我的亲戚攀谈起来，之后就天天约亲戚散步锻炼，听亲戚谈古论今。几年的相处中，老王的经历和故事也经由亲戚传到了我这儿。

老王的经历

老王从小没有上过学，抗战时期母亲领着他逃荒要饭，历经苦难。10多岁时，他到县城印刷厂做了童工，几年后，跟着丰县著名的书法家、排版师学拣字和排版，由此认识了汉字。老王说排版需要将每一个字的位置牢记于心，这样才能准确操作。排版时不是用眼睛去找字，而是信手摸来，做到十拿十准。字架上的字只是常用字，碰上不常用的，则要请铸字工找来字模现铸，遇到有一些乽、令字是没有字模的，就找两个含有所要字偏旁的字，将两半个字合二为一，拼成所需要的字。印刷厂的每个岗位老王几乎都干过，尤其在折纸方面，不管是七格还是九宫格，都折得非常标准。在印刷厂不忙时，他就看老拼版师练习书法，有时自己也跟着学。老王在印刷厂干了几十年，与一个个反着的汉字相处了几十年，很有感情，因此与书法有了缘分。

老王有两个儿子一个女儿，妻子没有工作，生活自然很拮据。一家人挤在印刷厂职工宿舍生活了很多年。直到老王退休，小儿子一家还与他住在一起。他退休后，适逢改革开放，酒厂扩大生产，商标、包装等印刷需求量很大，有人建议老王发挥自己的特长，承接印刷业务。一生都小心翼翼、谨小慎微的老王很矛盾，一直问邀他入伙的人这样有没有危险，是不是"资本主义的尾巴"，会不会被逮起来。另一方面，又觉得家庭经济状况实在太差，着实需要改善。最后，他"冒险"与人合伙干起了印刷，两个儿子也跟他一起创业。老王人特别忠厚、实在，并且特别孝顺。他做生意时没有贪心，只与一两家企业开展业务，并且非常讲诚信。当年他做印刷时，正值改革开放初期，印刷厂少，酒厂需求量大，教育系统的印刷业务也逐年增多，这两家的印刷业务让老王的经济条件逐年好转。及至酒厂式微、印刷业竞争激烈时，老王已经完成了资本积累，儿女的生活都有了保障。新世纪初，懂得适可而止的老王便"金盆洗手""解甲归田"，把所有的家业给了儿女，准备安度晚年了。由此，他开始习字、锻炼身体、品味生活。

老王没有上过学，但退休后却非常关心国家大事，经常在上午10点左右电话约我亲戚下楼给他讲国际国内形势。当他听了《报刊文摘》上一篇文章说"中国的机械制造水平与德国相差50年时"，他竟然有了"杞人忧天"的感觉。第二天，老王说他夜里失眠了，凌晨写字也没有状态。他说中德制造差距那么大，不会影响中国的经济吧？中国的经济不能垮啊！老王过了几十年贫苦日子，改革开放后才有了幸福生活，他心里一直对党和国家充满着真挚感情。其实，内心深处，也许他担心儿子的企业受到世界经济形势的影响。

老王对老家人有感情，每到春节，他都给村里每户人家写两副对联，包好，里面放上200元钱，表示对老家的回报。有时自己出去散步时，遇到比较"可怜"的人，他都会给50元或者100元。听说老家谁家的孩子考上大学了，他就会资助1000—2000元。

老王的儿子

在父亲创业的基础上，老王的儿子除了做印刷外，又开拓业务做起了矿产设备企业，并在外地建了工厂，鼎盛时期年销售额过亿。老王的两个儿子都很孝顺，虽然人在外地，每个周末都轮流坐飞机回来陪老人。老王有抽烟喝酒的习惯，儿子们给他的烟都是好烟，酒都是好酒、名酒。有时两个儿子会约好一起回来，晚上一定会陪着老王喝两杯。微醉的老王这时会用农村的老道理"骂"儿子们几句，儿子都边听边点头称是。

一次，有老家人到儿子所在的城市考察项目，托老王对他儿子说接待一下。结果火车晚点了，儿子开车在那儿等了几个小时，电话里说了句"不就是个处级吗，摆那么大架子……"后来老王听说后，把儿子叫回来训斥一顿，说"树一个对立面就是给自己树一面墙，得罪一个人就是断自己一条路……"他要儿子请一场酒并当面给老家人道歉。

老王喜欢看体育节目，看到精彩之处，便打电话与两个儿子一起讨论。不管深夜几点，父子三人都热烈讨论很长时间。2016年8月20日晚上，老王电话里与儿子议论第二天中国女排与塞尔维亚女排争夺奥运会冠军的比赛时，说要是能一家人一起看直播就好了。第二天一大早，两个儿子都"飞"回来了，爷仨坐在一起看完成比赛，接着儿子下厨做菜，共同把酒庆贺中国女排夺冠。

老王喜欢写字，儿子便给他买了最好的毛笔、砚台和宣纸。老王低调，不事张扬，因与我亲戚私交较好，书法方面又得我亲戚指点，便告诉亲戚他用的纸和笔都是上乘之品。有时会把自己写的字拿给我亲戚点评，亲戚也就鼓励性地评价，之后再提出建议。老王的儿子在外地新建了工厂，有当地一知名书法家主动为他题厂名，儿子说他父亲就懂书法，便把老王接过去题厂名，题好后烫金镶在大门上。这种孝顺的表达方式让老王幸福感满满的。

老王的家世

老王出生在贫苦的农村家庭，父亲生前是国民党部队营长，参加台儿庄抗日战役时，以身殉国。老王的大哥任国民党部队连长，也参加了台儿庄抗击日军的战役。解放战争后，大哥跟随蒋介石去了台湾，后来任台湾荣民总医院第一任院长。由于这种特殊的家庭背景，老王在"文革"期间时时战战兢兢，才没有受到批斗。直到20世纪70年代末，才和母亲一起到台儿庄，经当地老人指认，找到了父亲的遗骨，取回来安葬老家祖坟上。

两岸"三通"后，老王曾去台湾看望大哥，大哥也到大陆老家探亲，对家乡的发展和变化感到高兴。尤其看到老王的经济条件和生活比他还优越，也就放心了。

我的亲戚去世后，回丰县的次数少了，关于老王的故事也不再耳闻，想必老人仍在坚持挥毫泼墨吧。

以上关于老王的故事都是在过去的聊天中听到的，可能会出现口误的地方，也可能有述写不准的地方。如果读者中有认识老王先生或者与王老先生有关系的，对我文章里记述不准确的地方，敬请谅解。

在此，将王先生的一幅书法作品上传，以飨乡梓。

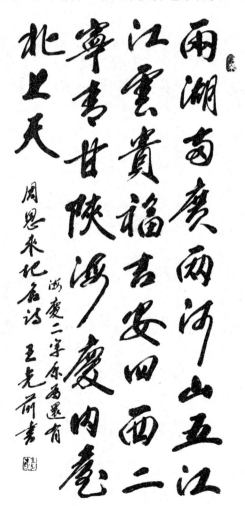

渐行渐远的邵立云

题记： 关于邵立云的故事，多半是我以前在老家工作时听村人讲的，他的生卒年月我不记得，文中的故事也是听来的，难免有虚构和不准确之处，但他的一生却大抵是如此走过的。现在，年轻人都外出打工，年长者也都很少谈论往事。再过几年，能想起邵立云的人越来越少。

是以记之。

多年来，乃至从村庄存在以来，先民们世世代代都是在这块黄土地上出生、成长、劳作、繁衍后代。一代代人生于此，葬于此，与黄土地融为一体。逝去的老人，日子久了便不再被人记起，即使后人记得曾经有过这样一个人，却也没有他的真实而详细的档案。至于他们的故事与思想，他们的喜怒哀乐，也都与躯体一样化为了村外的泥土。村子里的邵立云虽然只去世10多年，但知道他、想念他、提及他的人几乎没有了。偶尔几个老年人聚在一起时，也会把他作为笑料谈起来，引得笑声一片，而邵立云的悲苦人生和他死不瞑目的牵挂却没有人理解与同情。

从考上大学至今，我再也没有见过他，但经常感觉他的故事值得写下来，是他留在世上的一点点痕迹的记载，也算是对家乡一位老人的纪念。

身世

在家乡附近的十里八村，大家都认识邵立云。因为他是个憨子，且排行老二，大家便叫他"憨二"。憨二的憨，也是因为农村的贫穷落后和愚昧无知造成的。据说，憨二小时候因为感冒而发烧，那时农村几乎没有什么医疗知识，医疗条件差，他的父母看到他冷，就把所有的被子盖在他身子，汗水湿透了被子。坚持了几天，虽然他最后活了下来，但发烧引起的脑炎却让他落了后遗症，成了憨子。其实，年轻时的邵立云长得非常帅气，虽然个头不高，但皮肤白嫩、大眼睛、双眼皮、长睫毛。说他憨，也不是全憨，他生活能自理，能参加劳动，知道农村风俗习礼。只是缺少心眼还有口吃的毛病，凡事很认死理，有时就会闹些笑话出来。他的大哥在年轻时得病死了，没有结婚、没有子嗣。他的父母在他大哥去世后不久也都相继入土，憨二也就单身一人了。虽然他憨，但毕竟也是邵家的人，于是生产队长就把他安排在队里喂牲口，让他住在牛屋里。憨二视牛屋为家，视牛马为亲人。每天早晨，他早早起来把大缸的水挑满，用来给牛淘草。牲口被牵走出工，他就把牛圈清理干净，用干土垫好，之后就和人一起用铡刀铡草。每天的晚上，他会在油灯下和牛说话，不管牛能不能听懂，他都结结巴巴地说着甚至连自己也不懂的话。白天里，有人拿他开玩笑，问他一些他与媳妇的话题，他就如实回答，惹得人们大笑一番，他也在旁边咧着嘴笑。关于憨二娶媳妇的故事，后面会专门书写。

"文革"时期，村子里搞武斗，非"左"即右，有时会上演同室操戈的事件，而邵立云因为是憨子，两派都不理会他，他也因此落得自由自在，毫发无损。对于他做出的事，村人都认为是憨子才去做的，也不多去追究。邻村里有个地主，地主有个女儿，因为成分不好，只能嫁给村子里的又穷又老的光棍。尽管她逢人三分笑，依然被揪出来游街。"愚昧的人疯狂起来是非常可怕的。"这媳妇经常脖子上挂着鞋子，被人追打着、辱骂着、鄙视着。尽管受到屈辱，她却仍然坚强地生活着，因为她的两个孩子需要她照顾。有一次，她实在受不了这种屈辱，跳地里的土井自杀，是憨二下去把她救上来并送回家的。憨二结巴着告诉她"好死不如赖活着"。此后的日子里，每有揪斗地主女儿情况时，憨二都出面替她遮挡，人们或者打他，或者拿他取乐，而他只会结巴着说"好男不跟女斗""灰土粪也有发热的时候"，在他的央求下人们放过了地主女儿。改革开放后，很多次，都是这地主的女儿给憨二父子俩拆洗被褥，并且在生活上给他父子很多照顾。每有一些类似的事，憨二都出面保护被批斗的人，可能是出于人的本性，可能是同病相怜，他为此受了不少委屈，却每次都很开心。

婚姻与家庭

憨二孤身一人，连家徒四壁这个成语形容都算他富有了。他自己住在生产队的牛屋里，吃的是救济粮，穿的是救济衣，近门的族人也因为他憨不与他来往。而他却因为一次艳遇竟然结婚成家了。在"文革"期间，"地、富、反、坏、右"黑五类是全国人民反对和批判的对象，他们的地位最低，不管以前是工农兵学商，还是国家干部，只要被定为黑五类或者与黑五类有关系，就要被打倒，就要被打入社会的最底层。10里外的邻村有一名部队的高干被划为右派，夫妻俩都进了牛棚，子女被送到农村劳动改造，劳动之余接受批斗和改造，亲戚邻居都不敢与他们接触。女儿艳波十八九岁，从小被父母娇生惯养，哪受过这种苦。来到偏僻的农村，天天劳累，天天挨批。一天中午，她偷偷跑到村后跳河自杀，说来命不当绝，从上游漂到了我们村被憨二发现，他把艳波从河里捞上来，居然救活了。憨二在牛屋里给她烘干了衣服，用饲料给她熬了稀饭。之后怎么撵她她都不走了，她认为待在这个村子里没有人批斗她，也不用受劳累之苦。生产队长不知出于什么想法，说既然不想走了，又没有地方安排她，就让她与憨二结婚吧。没有任何仪式，没有任何酒席，没有任何陪嫁，花一样的艳波，一个黑五类干部家庭的女孩，与比她大二十岁的憨子结婚了。在他们结婚的晚上，听"洞房"的围了牛屋两圈。一年后，艳波生了个男孩，又白又胖又俊，艳波的生活中仿佛有了一颗红太阳。但也就是因为生孩子时医疗条件差，再加上憨二根本不懂也不会也没有能力照顾产妇，艳波自此得了癫痫病。

"文革"时期的苏北农村，农村生产力和生活水平低下，人口又多，"生了孩子放羊，放羊卖钱，卖钱盖屋，盖屋娶媳妇，娶媳妇生孩子"的生态循环都不是定律。村子里有很多光棍汉子，他们都羡慕憨二娶了个如花似玉的女人，也就经常到他家里去占艳波的便宜。有时憨二回来看到，就会结巴着嘴大骂，急了会发疯一样不管拿起什么乱打一通。有一次他用铁锹把一个欺负他媳妇的光棍汉子铲得住了几个月的院。他没有钱赔,自然挨一顿暴打,但从此很少有人到也家欺负艳波了。结婚后的那几年,一定是憨二一生中最最幸福的时刻,以至多少年后想起妻子时他都会哭得泣不成声。

因为有了家庭,憨二就要参加劳动靠挣工分生活了。孩子两岁时,艳波也开始下地干活。因为年龄小,再加上不在一个村子,我没有见过艳波。听村人讲她是那种水灵灵的漂亮女人,只是偶尔会犯"羊羔子风"(癫痫病)。依照农村的传统,预防此病的方法就是在病人犯病时不要挪动,掐住人中穴,过一会儿醒来就好了。实际上这是不科学的,也是农村人没有条件治疗而急救的"土法"。一个夏天,正在田地里干活时,突降大雨,人们都奔跑着回家,艳波因惊吓和紧张,在跑回家的途中突然犯病,倒地不醒。听老人讲,如果当时有雨伞给她遮住,不动她,也许过一会儿就醒了。但憨二哪有这方面的知识啊,他连背带抱把老婆带回家,结果艳波再也没有醒来。此后,只剩下了他们父子俩,而憨二因丧妻之痛,变得更憨了,头两年几乎天天到妻子坟前哭喊。而这样离去,对于艳波也许是一种解脱吧。

亲戚与孤寂

憨二有两家亲戚,是他以后经常向人炫耀的,不过这两家亲戚都印着强烈的政治色彩。他在特殊年代的特殊时期有了这样的亲戚,随着那个时代的结束,这两家亲戚也与他没有了来往。一家亲戚是他的岳父——那个和憨二年龄差不多的部队首长。恢复政策后,他岳父真的来过一次,我那时已经懵懂记事。一天和伙伴在大路上玩时,看到两辆绿色吉普车开进了村子,便跟着去看热闹。车到了村里,有人下来找到队长,让他带着到了憨二的家里。看到低矮的土屋,衣着破烂口齿不清的憨二,还有蓬头垢面只会傻笑的男孩,这位部队干部眼睛湿湿的一句话也没有说,不知他是为他死去的女儿难过,还是为憨二父子的生活现状伤心。他这次来的目的一是到女儿坟上看看,二是把女儿的孩子接走。憨二不愿意放儿子走,他说妻子没有了还要留下儿子养老送终。他岳父放下一些钱走了,走后就没有和憨二家联系过,再后来的事我因为离开了家乡也无从知道。憨二还有一

个亲戚，也是被打倒的老干部，我只知道这个人姓张，在我们大队劳动改造。当时除了批斗他，平时没有人敢和他走近。那时憨二因为憨才有了"特权"，他经常找这个干部，听他讲抗日战争的故事，听他讲抗美援朝时的惨烈，听他讲国共战争的风云。同时，在接受批斗时，憨二也找种种借口替他受苦，这个老干部很感激他，便认憨二的孩子做干儿，也许这样他就与这个村子有了亲戚关系，村人也就不会欺负他。再开批斗会时，也许就"君子动口不动手"了。事实上，做了憨二的干亲家，村人对他的态度真的好了不少。恢复政策后，这个老干部官复原职，全家都进城了。起初两年还来看过憨二，但由于方方面面的不对等，再加上憨二的智力低下，确实也无法走动，渐渐地这门亲戚也只是成了憨二到处炫耀的资本。有人欺负他和他儿子时，他便结巴着说："谁再欺负俺，俺就让俺亲家、干亲家把您抓起来。"人们听后也就大笑起来。

晚年与牵挂

改革开放后，农村分田到户，人们各自忙着种地了，村子里的集体资产都被分光，只把那破烂不堪的牛屋留给憨二父子。因为憨二年龄渐大，儿子也因遗传和缺少教育被人们当成了憨子，生产队便给他报了"五保"，享受微薄的生活补贴。开头几年，憨二还种地，后来不种了，就带着儿子四处听戏，并且对民间曲艺产生了兴趣。每年夏天本村和邻村来了唱戏的，他夜夜都带着孩子去听，回来自己学唱。有时农闲时他还会讲给村里老人听，有时会结巴着与人争论得面红耳赤，其实多半是村人调笑他的。

年纪大了，他的腰驼得厉害，不能干活，也不能做家务，日子过得很凄苦。每到过年时，他都带着儿子，拿着口袋，敲着梆子，挨门挨户乞讨年货。到谁的门口，他敲着梆子唱上几句戏，主人便会问他缺少什么年货，就多少给他一些。团子、丸子、馒头、饺子馅等。过年那天，按照辈分，也有人到他的家里拜年，只是站站就走了。平时村子里谁家有了红白喜事，他便去帮忙，干些劈柴烧锅刷碗的粗活，他在的时候，多半成为村人活跃气氛的由头。酒席结束后，事主家也就把一些剩饭菜给他，也算他父子改善生活了。

邵立云是哪年去世的，我也不知道。大概20世纪90年代初，据说也活了80多岁。如果想记录下他的翔实故事，就要像做学问那样回到村里去找老人考证。他的儿子现在应该40岁左右了，以前在老家教书时曾偶尔遇到过，不知现在在哪儿了？也不知道是怎样生活的？我只记得他那大大的漂亮的眼睛和眼睛里充满着的对别人的羡慕。

那眼光很让人有隐隐的痛惑。

羊倌吴

羊倌吴是我们村子里的一个老人，其实他放羊也是老年时的事了，他年轻时在生产队喂马、喂牛，农耕时会驾牛耕地，驾马耙地，更让同龄人嫉妒的是他会驾马车，会甩一手漂亮的马鞭，很受孩子们羡慕。羊倌吴一生没有结婚，主要是因为穷，后来，在一次马车出事时，他不幸瞎了一只眼，再加上年龄渐大，更没有娶亲的可能了，于是就步入了光棍行列。

自从他的眼瞎后，生产队安排他只管喂牛马了，他也就住在了生产队的牛屋里。春秋农忙时，他负责把牛马喂得膘肥体壮，当这些牲畜从田里回来时，羊倌吴便像接自己的孩子一样把它们领向槽头，给它们上好料，喂鲜草。之后会领着牛马"散步"，让它们打滚，引得村人都围着观看，而这时的羊倌吴便会有一种满足感、成就感。有时哪头牛病了，他会像照顾病人一样照顾它。哪匹马不舒服了，羊倌吴会轻轻地梳理着它们身上的毛，心疼地伺候它。那时生产队的牛屋已经成为羊倌吴的身心归属。有次当一头牛因病死后，他竟伤心地睡了一天。动物不是草木，孰能无情，它们会用舌头摩挲羊倌吴的手，会把头放在他的胳膊上。羊倌吴有时会把他的手放进这些牛马的嘴，它们竟一动不动。有一匹烈马，很少有人敢靠近它，每当给它切蹄子时，要费不少周折，有时会被它踢伤。这时，只要羊倌吴在场，那匹马会老实地让羊倌吴抓它的后蹄，因为它也许知道羊倌吴是对它最好，与它最亲的主人。还有一次，马惊了，差点要撞上一个老人，是羊倌吴冲上去制服了它。

羊倌吴有一条鞭子，那是他赶马车和耙地时用的，他一直拿在手里。这条鞭是他自己做的，鞭把用软竹子做成，头上有红缨，鞭梢很长，羊倌吴能把鞭子甩得啪啪响，并且能甩出很多体态语言，他能用鞭子告诉牛马该做什么，不该做什么。他把鞭子甩在空中，只见手一动，鞭一扬，便有清脆的响声在空中炸开。村里的男人没有事时，便聚在一起比赛甩鞭子。羊倌吴是村子里的神鞭，他能在很远的地方一鞭子把人的帽子打掉而不伤人，这也是他驾驭烈马的本领之一。每当有空时，我们总喜欢抚摸他的那条鞭子，梦想将来也能甩出漂亮的动作和鞭子的"语言"。

那时最让羊倌吴头疼的是我们这帮调皮的男孩，因为我们经常做些恶作剧来取乐。羊倌吴恼不得，气不得而又无可奈何。我们会偷偷把牛马放开让他去找，我们会在他出去时把他的门偷偷锁上，有时会把拌草棍或淘草筐藏起来，给他喂牲畜制造麻烦。这时候，他会气得大吼，有时会大骂几句，我们便偷偷地躲在一边笑。而有一次，我们偷偷把一头牛犊推进了粪池，本以为它能上来，结果淹死了，羊倌吴心疼地大闹一场，尽管我们几家赔偿了损失，但他依旧不和我们算完，最后他还把我们告到学校，学校开校会公开批评我们，还让我们几个写了检查。我们老实了一段时间，而羊倌吴伤心了好久。还有一次，不知是哪个调皮的家伙在傍晚放跑了一匹马，害得他找了半夜，最后是全村男子出动，到凌晨才把马找回来。因为那时马是生产队的主要劳力，耙地、拉马车、打场（麦收时的原始脱粒方式）。因为羊倌吴的眼神不好，那次找马他还掉进枯井里摔了腰，从此，孩子们便很少这样调皮了，也因为羊倌吴上了年纪，谁再与他开这样的玩笑，家里大人也不再饶恕自己的孩子。

其实，更多的时候，羊倌吴住的牛屋是大家的乐园，吃过饭后，人们喜欢聚在牛屋里侃大山。因为那时候没有电，更没有电视以及现在的各种娱乐传媒。在一起聊天吹牛是最让人满足的了，而更多的是聊一些捕风捉影的风流韵事，聊说书唱戏里的支离破碎的故事，聊地里当年的收成。在我的记忆里，最有意义的是冬天里人们在傍晚聚在牛屋里取暖聊天的事。春节前后，天寒地冻，大雪封门，人们家中没有取暖设施，在晚饭后便都聚在牛屋里取暖。有人便会从家里拿两个团子（一种馅是红豆、枣、地瓜，外皮是玉米面)到牛屋里放在火里烤热吃。有人会带一本老书(那时因为"破四旧",人们习惯上把历史故事书以及通俗小说称为老书)来读。生产队的规定,为了冬天把牛马喂养好,牛屋里可以烧火,用热水饮牛马。当满满一屋人时,羊倌吴便点燃煤油灯,由识字的人读《三侠五义》《七侠五义》《武松打虎》《岳飞传》等。黑压压的一屋人,浓浓的烟,香香的烤团子味,暖暖的气息,牛马反刍的吱吱声,偶尔有人的咳嗽,钻来钻去的孩子,伴着大人的插科打诨的叫骂,构成了一幅农村贫穷和谐图。而这时候的羊倌吴,除了袖着手,闭眼陶醉地听书外,还要不时起来去给牛马加料加草加水。另外还要提防有人偷吃料豆(为了给牛马磨料,用大锅炒的大豆、江豆、高粱等,嚼起来很香的)。和羊倌吴关系好的人难免要涌出占这个便宜的想法,而村里的年轻媳妇们会用媚眼和软语换来这种享受。有一次,一个年轻媳妇在中午趁羊倌吴出去时,踅进屋里抓了几把炒黄豆放进了口袋,正准备出去时让羊倌吴撞见,她害怕羊倌吴会告诉生产队,便站在那儿解开了上衣,羊倌吴看了两眼便让她扣上扣子,喝了一声"滚"就把那媳妇推了出去。

历史在停顿了一个时期后,忽然加快了前进的步伐,改革的车轮瞬间将农村的生产队体制碾得粉碎。分田到户,联产责任制改变了农村人的生产方式、管理方式。生产队里的牛马都分给了个人,牛屋空了,羊倌吴一下子没有事做了,当年分牛马时,最伤心的是羊倌吴,他在牛屋里躺了几天,品尝着牛去屋空的伤感。因为他没有家室,生产队便给他办了"五保",他住在老牛屋里,自己养起了绵羊和山羊,从此他才真正成了羊倌吴。

自从有了那群羊,羊倌吴又恢复了往日的精神。每天早晨,他举着昔日的鞭子,赶着羊出门,腰间挂着水壶,到傍晚才回来,他每天都赶着羊沿着旧河道走,和干活的人说话,和在地里劳动的妇女闹笑话。当一只羊想吃绿油油的庄稼时,羊倌吴的鞭子一响,鞭梢会适度地抽在羊头上。这个时候,他的日子倒逍遥自在。后来几个不能干农活的老人也都加入了他的放羊队伍。每天清晨鞭子一响,羊的咩咩声,鞭子的啪啪声,还有急促的脚步,构成了清晨田野的一支动人牧羊歌。做羊倌的日子过了几年,他也有了一点积蓄,但除了日常生活的费用外,他基本上不花什么钱。等到年纪大了后，便住到了远房侄子家了，那些羊也全给了侄子家。为了不让侄子家讨厌，羊倌吴花钱买了台大彩电，放在侄子屋里。他白天为侄子看家，晚上住在侄子家的偏房里。自从有了电视，羊倌吴的精神上有了支柱，每天用不太好的一只眼看电视上的人。也因此有了心事。

羊倌吴一生没有真正见过女人，更没有感受过和女人一起的幸福，家里没有人时，他会凑近电视屏幕，紧盯着电视上的美女看。时间久了，羊倌吴没有了快乐，总想着女人，想有个女人陪伴自己。他曾把自己的想法给侄子说了，侄子坚决不答应，侄媳妇说，都快入土的人了，还想什么媳妇。但羊倌吴总觉得一生这样对不起自己，这时也非常想女人了。有一次侄媳妇在干活期间回家来拿东西，竟发现羊倌吴把脸放在电视屏幕上来回摩擦，原来他在吻电视上的女人，侄媳妇忙退了回来。从此，每次大家一起吃饭时，羊倌吴会用不太好的眼盯着侄媳妇看。还有一次，邻居家的年轻媳妇来串门，坐在方凳上给孩子喂奶，羊倌吴也偷偷盯着年轻媳妇的奶子看。而那媳妇可能觉得羊倌吴够可怜的，也没有太在意，反而把衣服又往上推了推。这件事让羊倌吴在精神上享受了好久。

随着社会的发展，农村也开始出现了去土地化的意识和倾向，人们开始往城市里涌，羊倌吴的远房侄子也到城市里去打工了。他一走农活和家里全靠媳妇一个人，自然忙得不可开交。羊倌吴虽然年纪大了，但一些家务还是能帮忙做的。有时帮忙喂猪喂羊，烧水和做点简单的饭菜，这让侄媳妇非常高兴，爷俩和孩子一起吃饭，看电视。因为侄子家住的靠近村头，家中有羊倌吴自然安全多了。时间一长，侄媳妇也很随便了，有时穿着亵衣出来，有时不避讳什么。在没有窗帘的厨房里洗澡。这也让一辈子没有见过女人的羊倌吴负罪般地得到了心理上的满足。到了白天，羊倌吴便会到村代销店买鸡肉来，便会给侄子家的孩子零钱花，有时家里其他零花钱多半是羊倌吴给拿。有时侄媳妇下地了，羊倌吴会盯着院子里晒着的侄媳妇的胸罩和内衣看，心里便会酝酿创造着自己也不懂的故事，有时会有意无意地用手摸一摸。有一次下雨了，侄媳妇还没有回来，羊倌吴帮忙收拾衣服，把侄媳妇的内衣拾到自己屋里了。侄媳妇从地里回来，全身都湿透了，换衣服时找不到晒在外面的内衣。问羊倌吴，他说拾乱了，可能放在自己屋里了。侄媳妇以为天很黑暗，羊倌吴眼睛看不到什么，便披一件衣服跑到羊倌吴屋里找内衣。羊倌吴在朦胧中看到了年轻女人的胴体，嗅到了女人的体香，竟一下把侄媳妇抱在了怀里。

后来侄子回来了，对他们的事有所察觉，虽然不相信，还是有了感觉。他想法给羊倌吴在院后盖了一两间房子，让他搬出去住了，有时做好饭叫他来吃，有时给他送饭，这样就减少了羊倌吴与侄媳妇在一起的时间。自从丈夫回来后，侄媳妇也不再像以前那样对羊倌吴亲热了，于是大部分时间里，他都是一个人坐在黑暗的屋子里发呆。终于有一天，他在睡觉时从床上掉来了，到医院检查治疗，得了脑出血。住了一个月的院，回来依旧一个人住在孤独的房子里。

出院后，羊倌吴的视力更差了，行动也更不方便了。白天里，自己坐在阳光下晒太阳，而这时他会把自己的那条鞭子抱在怀里，如同当年赶马车的坐态一样，又如同怀抱着过去的岁月。有一天，他看到侄媳妇来了，羊倌吴对她说，杏花，我想抽烟，你去给我买一包吧，说着慢吞吞地从内衣里掏出200元钱来。杏花说，买包烟哪要那么多钱。羊倌吴说，拿着吧，剩下的给孩子买点东西。在来回推搡钱时，羊倌吴又抓住了杏花的手，握得很紧，仿佛抓住了生的希望，生的快乐，生的梦想。最后侄媳妇还是很快把手抽了回去。下午，杏花给羊倌吴买了一条好烟，他非常开心。晚上，杏花和丈夫看他睡后才离去。

半夜时分，在人们没有注意和察觉的情况下，羊倌吴住的屋里冒出浓烟，燃起了大火。当第二天人们发觉时，羊倌吴已经不存在了，唯一留下的，是那条挂在墙上的没有燃尽的鞭杆。

聋爷

聋爷何时去世的，我也不知道，想必村子里也只有个别人还记得。听村子里老人讲，聋爷原本不聋的，是因为一次致命的打击，让他高烧了好几天，得了耳炎，就聋了。

我记事时看到的聋爷已经60多岁了，据说聋爷年轻时非常帅气。虽然家穷虽然挨饿，但粗糠淡饭依然没有阻挡他成长为英俊健壮的小伙子。聋爷年轻时身高1米8左右，国字脸，大眼睛双眼皮，皮肤白皙。如果出生在今天，再接受好的教育，到了部队，都有机会进国家仪仗队。但当年的农村那么穷那么苦那么落后，漂亮和帅气不能当饭吃的。而物质匮乏的农村，野蛮和愚昧时有体现，文化水平的滞后让人们的审美始终处于混沌状态。农村人接受教育的方式除了农村风俗就是民间艺人的说唱了。聋爷年轻时曾有人给他提亲，多数都相中了他的相貌和人品，但一看到他瘫痪在床的母亲和那两间家徒四壁的破房子，就没有了下文。我的记忆中，以前村子里像聋爷这样帅气的光棍汉子有好几个。

聋爷家住村头的一个高宅子上。因为农村的房子都是土墙，夏天雨水大，容易把墙浸泡倒，聋爷的父亲领着聋爷的哥哥，花了两年时间，在村头筑起一个很高的土堆，在土堆上面建了两间土墙屋，用篱笆墙围成了一个小院子，院子中间栽了一棵枣树，周围是深深的大坑。这样聋爷家就不用担心水漫到屋墙了。每到夏天，他家院子外面是一片汪洋，水面上游着鹅和鸭子，有树影倒映在水面上，也是很好的风景。聋爷就弟兄两个，父亲积劳成疾过早地去世了，母亲也瘫痪在床。大哥结婚后搬到外面住了，生有四个儿子两个女儿，过得也很艰苦，根本无法顾及母亲和弟弟的事。"百善孝为先"，聋爷担起了为母亲养老送终的责任。每天早晨起来，他先给母亲清理床铺，擦洗身子，做好饭。一切洗刷好，才下地干活。其实，聋爷有几次到外地出苦力的机会。村子里和他一样年龄到东北矿上当矿工的，后来都成了正式工人，并在城市里安了家。他也曾经动过心，但一看到躺在床上的母亲，心里就矛盾，最后他还是放弃了闯关东的念头。再后来，也有到部队当兵的机会，他都验上了。母亲说："二头，你走了谁照顾我啊。你大哥家的事你是知道的，他那没有良心的一家人怎么能像你一样伺候我……"说完，号啕大哭，边哭边骂。聋爷又放弃了他人生中最后的一次改变命运的机会，留在了母亲的身边。听老人讲过聋爷背着母亲赶集的故事。聋爷经常背着母亲步行到5里外集上去玩，像背着自己的孩子一样，生怕绊倒摔着母亲。到了集上，背着母亲到各处看看热闹，累了就坐在路边休息。中午他给母亲买几个香喷喷的煎包，再喝碗热粥。下午慢慢地背母亲回来。聋爷的孝敬远近闻名，这也许是他光棍多年后又能娶上老婆的一个重要原因。他母亲临终前拉着聋爷的手说："二头，你爹死得早，娘又拖累着你，也对不住你啊。好儿不要多，一个顶一窝，当娘的享了你的福呢。"

母亲去世后，聋爷已年过三十，正式成了光棍。一个人守着两间土墙草屋和一棵大枣树，默默地过着艰苦的日子。

那个时候，冬天没有农活时男女老少经常聚到牛屋旁边的空地上晒暖。女孩们踢毽子，跳皮筋，丢手帕。老汉们袖着手，叼着旱烟袋，或蹲着，或倚在墙上聊天。结了婚的妇女，或站着或倚墙，边纳鞋底边拉家常。而中青年男人则会在一起比力气，练摔跤，抱石磙。聋爷年轻时，力气非常大，是掰手腕的好手，摔跤时也很少有人能赢他。有比他矮的年轻人，几个回合后，他会把对手举起来，问对手服不服。对方认输了，他就放下来。如果对手不认输，他就会把对方扔到旁边的麦秸垛上，引得众人哈哈大笑。有的时候，年轻人比赛石磙。有的能把石磙推提团团转，有的推的速度非常快，吓得旁边的人乱跑。有的人两手托起石磙的一头，让石磙翻跟头，砸得地上一个坑接一个坑，周围的人齐声喝彩。人们一个个轮流，看谁翻得多。而最精彩的是聋爷的表演，他会两手抠住石磙两头的眼，慢慢地把石磙抱了起来，周围的人就会大喊小叫。走上几圈后，聋爷会慢慢把石磙举起来往地下一扔，平地会被砸一深坑。听说有一次，生产队里的马惊了，拉着马车狂奔，人们都吓得东藏西躲，是聋爷上去抓住缰绳，死死地把马拖住了。那时农村有耍大把戏的，把戏中有硬气功表演，那人能把很粗的钢棍折弯再取直。看把戏的人便起哄，让聋爷与耍把戏的比试一把。大家逼得急了，又看到耍把戏人也很自信，聋爷便上去试试了。这时候，全场男女老少几百号人都屏住呼吸，场上鸦雀无声，在明亮的汽灯下看两人较量。把钢筋折弯，再取直，这两项抓阄来选择。聋爷抓到的是把折弯的钢筋取直。耍把戏的人脱去上衣，运气扎腰，之后吸一口气，把钢筋一圈圈折起来，折的圈很小，来增加取直的难度。轮到聋爷取直时，他取到一多半就不再取了。临下场时，耍把戏人抱拳感谢聋爷照顾。后来人们问聋爷为什么只取一半，聋爷说人家出来混穷、要饭，也很不容易，我们不能踢人家的场子。"在家靠亲戚，出门靠朋友。"不管怎么样，都不能断人活路。

当年农村生产力落后，水利工程都是人工建设。在冬天种上麦子后，上级便开始组织各村壮劳力去挖河。那场面那队伍都有很多可写之处。挖河的时间根据工程量而定，有时挖20天，最长时间会挖两个月。开过动员会后，生产队会统计去的人数，45岁以下的男人都要去，再找三个会做饭的伙夫。去之前，生产队准备好各种挖河工具和生活用品，包括铁锨、钢绳、平板车、筐和绳。做饭用的炊具以及米面、肉和蔬菜、油盐等。去挖河的劳力们则把自己的行李和换洗衣服都带好，另外带些烟叶、白酒等。开始出发时，有的用牲口拉着车，有的用手扶拖拉机拖着连在一起的平板车，浩浩荡荡，如行军的队伍。聋爷身壮力强，在工地上每年都被评为先进。挖河时最苦的是"捞龙沟"。如果分到的河段，河底仍有积水，就需要有人下去站在水里往外捞稀泥，俗称"捞龙沟"。据说，担当这个任务的人既要身体强壮，又要有耐力。临下去前，打开白酒，灌上几口，赤脚下去，在冰冷的水里站上一个多小时。最后，稀泥运完才算完成捞龙沟的任务。那几年，只要遇到这种任务，大都是聋爷第一个下去。

挖河很艰苦，唯一的好处是能吃上白面馒头，不用在家里挨饿，每周还能吃上两次肥猪肉。高兴了，还能喝上两口老烧酒。晚上，大家睡在一个棚里，各自打着地铺。睡前大家会怂恿别人说说自己的女人，讲讲听来的风流韵事，之后到梦中去想着好事。聋爷出的力比别人大，吃的也多。尽管艰苦点，但能吃饱饭，有的人反而比在家还胖些。有一年，聋爷和外乡的一个身体不太强壮的人分到了一组，边干活边聊，聊得投机，聋爷就替他多挖一些。这个人生活在老中医家庭，从小跟从父亲学了一些治疗骨科的土方，如给牲口上胯、给崴着脚的人正骨等。晚上收工后，聋爷便与这个人住在一个工棚里，听他讲些骨科的知识。那人教聋爷给牲口或者给人上胯的方法，教他一些正骨的方法。并且他还用自己的身体做演示，卸胯、肩膀脱臼、下巴脱臼等。一个多月的挖河时间里，聋爷帮助那人多干了很多活，也跟那人学会了一些骨科医疗方法。后来工地上有人崴了脚，聋爷试着给他正骨，居然好了。还有一次，村里用马耙地时，一匹马用力过猛脱胯了，也是聋爷给它推上的。渐渐地，聋爷在十里八村有了一定的名声。

我们邻村住着一对贫穷的父女，女儿小兰十八九岁了，走路时一直拖着一条腿，原因就是天生掉胯。她父亲年纪越来越大，担心自己去世后的女儿的生活。便托人放出话来，谁能把他女儿的脱胯给治好，就把女儿嫁给谁。实际上是父亲为女儿寻个依靠了。于是有人给聋爷介绍，让聋爷给那老汉的女儿治脱胯，同时也可以捡个媳妇。聋爷说，我又不是医生，只是跟人学了点皮毛，怎么能给她治好。再说年龄比她大那么多，也不适合啊。后来，老汉听说聋爷会治疗脱胯，并且听说过聋爷孝敬母亲的事，知道他人品好，感觉聋爷虽然比女儿大了七八岁，但女儿跟了这样的男人不会受气，便让中间人介绍。聋爷动心了，可是"男女授受不亲"，一个男人给年轻女子上胯毕竟不方便。拖了一段时间，老汉答应先让他们结婚，再给他女儿治疗。就这样，聋爷捡了个比他小近十岁的如花似玉的媳妇，这也让村子里的光棍们流了不少口水。婚后，为了提高治疗把握，聋爷专门借了平板车去外乡找到工友的父亲，那位中医了解具体情况后，给媳妇治疗，并让她回来后躺上两个月。

有时候，幸福不幸福也不全取决于物质条件。聋爷娶回小兰，尽管生活负担重，但人生中该拥有的幸福都有了。两个月后，小兰能走了，慢慢地可以下地干活了，喂了两只羊，几只鸡。又到了一个冬天，聋爷要去跟着挖河了。走之前，他劈好了很多生火的劈柴，找人把草屋修葺一下。告诉小兰照顾好自己，没有事时去看看爹。就在挖河期间，天降大雪，天寒地冻。一个风急夜黑的晚上，有盗贼别开了大枣树下聋爷家的屋门，去偷小兰喂了半年的羊，也许盗贼看到了床上年轻貌美的小兰，动了邪念。就这样，羊被偷走了，小兰被污辱了。因为夜深天寒，北风呼号，再加上聋爷的家住在村外的一个高台子上，没有人听到小兰的嘶喊，没有人来抓盗贼，悲剧就这样发生了。第二天天亮后，人们到村头井边打水时，发现怀着孩子的小兰跳到井里自杀了。那时没有电话，村里便派人去河工上找到聋爷，告诉他有急事让他回家。聋爷飞奔到家后，看到躺在草屋地面草苫子上发胀了的小兰的躯体时，当即昏倒在地。至于当时是何等惨状，我没有看到也描述不出来，但这个打击把聋爷彻底击垮了。他连续发烧十几天都昏迷不醒。后来患了耳炎，再后来就失聪了。他几次想自杀都被哥哥和侄子救了过来。按照农村风俗，聋爷排行老二，便由大哥的二儿子擎受（继承）他，在农村叫"出仕"。侄子出仕后，不再赡养自己的父母，负责给聋爷养老送终。

"十聋九哑"，听不到自己的讲话，慢慢地发音就不准确了，聋爷就是这样成为聋哑人的。经受过这次打击，聋爷一下子老了很多，目光呆滞，全没有了当年的活力和英武。你如果仔细听他滔滔不绝地讲，偶尔会听懂个别词语。没有了小兰，没有了生活的希望，他的精神之河也已经干涸。再加上聋爷已经成为聋哑人，渐渐地无法与人沟通，成了另一群体的人了，便开始自己一个人在高宅子上的大枣树下的两间小屋里孤独地生活着。人们从门口路过，经常看到他坐在那儿发呆，久了，变成了蓬头垢面的老人，步履蹒跚、反应迟钝，再也没有了年轻时的光彩。

后来，农村实行联产责任制，聋爷跟二侄子吃，给他家干活，当他老得不能下地干活时，侄子便让他回到两间土屋去住了。他自己就背个筐，四处捡破烂，堆到一定数量时，便用平板车推到集上废品收购站去卖。曾有两次我步行到镇上中学，见他拉着吃力，便帮他推着，他笑着给我说了

很多我一句也听不懂的话。

聋爷就住在我们家东南角，他很多生活用具都没有，院子里也没有压水井，他便经常提着铁桶到我家提水，有时会借平板车、气筒等。那时人们大都看不起他了，自然不愿意借东西给他。我的父母善良，聋爷每次来借东西，父母都主动拿给他，他就会笑着说些我们听不懂的话，大致意思应该是感谢，或者是用完就还，等等。我家有喜事时，他在"大老知"（农村热心问事且德高望重的人）安排下，也来帮忙干些粗活，跟着改善一下生活，多抽上几支免费香烟。第二天，他会端着盆到我家来，要些酒席上没有用完的菜。这时候，母亲就会给他很多，他就笑着满意地回家了。

这些事是我亲眼看到过的，后来离开老家，关于聋爷的事就是听别人讲的了。当年还不像现在有养老院，听说聋爷病重时也没有得到很好的治疗。

前几年回家时，高宅子上起了一幢两层小楼，院子大门的仿古木门上镶着门钉，甚是威风。聋爷不见了，小土屋不见了，大枣树不见了，而关于聋爷的故事也渐渐地远了。

田爷爷

　　田爷爷是我家的远亲，其实是我们本来已经走不着的亲戚了，他是我外公的二世堂老表，并且住在离我家很远的另外公社的一个村庄上。据说田爷家和其他农家人一样，有儿有女，过着日出而作、日入而息的平凡日子。如果不是那场突如其来的灾难，我们也不会认识他，也就不会有下面我所写的关于田爷和毛驴的故事。听母亲说在一天的深夜，一场暴风雨掠进了田爷居住的那个平静的村庄，摧毁了很多树木和房屋，也夺去了田爷家几个人的生命，只留下一个女儿和他幸存下来。

　　当地政府对于在那场灾难中幸存的人进行了安置，因为受灾家庭没有力量再建房屋，另外也怕他们住在老家会很伤心，就分别把幸存者安排在县里的几个农场里当工人，田爷是那时候到我们村附近的一个农场里定居的。因为田爷年纪比较大了，农场里就让他在菜园里看园并收集农场住户家厕所里的便溺来浇灌菜地。因为菜园就在农场院子外面的不远处，田爷就一个人孤独地住在两间房子里。那时还没有电视，只有一个收音机陪伴他。白天，有很多男女知青会在出工时拐到他那儿，无非是想趁田爷不注意时摘根黄瓜或者西红柿。而田爷对这些年轻人很宽容，因而大家对田爷也很好。虽然田爷干的是最脏的活，但他管理的菜园却能为农场提供最新鲜的蔬菜，有次农场开表彰会他还戴了大红花。

　　田爷在菜园孤独地生活着，他的快乐就是默默地干活，认真地护理着菜园，享受着西红柿成长的快乐，夜晚会伴着星星倾听虫子的嬉戏与微笑，而有时想起在那次暴风雨中逝去的亲人就会一个人流泪。妻子的唠叨，儿子的憨厚，孙子的活泼，女儿的微笑，那一切的美好都随风飘去了，望望天空星星，也不知哪几颗是自己的亲人。再后来，田爷爷就不哭了，把自己的思念寄托在劳动里了。每天，知青和其他工人都下地干活和忙于其他事，田爷便推着箱车到各家各户的厕所里收集便溺。这既为住户打扫了卫生，也给菜园准备了肥料。因为那时化肥还很少，菜园里的各种蔬菜的肥料都是靠农场里的人畜粪便和农作物一起沤的土杂肥。在今天这应该被称为最时髦的"绿色蔬菜"或者"绿色食品"了。当时，农场还使用着牛马驴等牲畜，牛犁地、马耙地、驴耩地，牛还可以拉太平车，马能拉着马车运输庄稼和肥料。在今天看来，应该是被提倡的"循环经济"和环保经济了。因为农场是县里的种子示范和培育点，条件自然比乡村好，我们每天晚上在油灯下都会望着有电灯的农场发呆，总想着什么时候我们也能用上电灯。而田爷看菜园的小屋虽然在农场院墙外，但农场领导也安排人给装上了电灯，田爷也用上了水塔上的自来水。有一次外公到我家来给我母亲说了田爷家的不幸和这种亲戚关系，并且告诉母亲每逢季节变换时，去帮助田爷把被褥和棉衣给拆洗一下，因此我们家便与田爷走动了。我那时每到逢年过节，都会随母亲去看望田爷，也能到农场食堂里吃上一次好饭，有时也能到农场菜园里摘两根黄瓜和几个西红柿吃。

有一天，一头驴得病死了，刚出生几天的小驴驹因无法照应被扔在了菜园外的沟里面奄奄一息。田爷看到后把小驴驹抱到了自己的房子里，给它烤火，喂它馒头，给它买奶粉。在田爷的悉心呵护下，小驴驹居然活了下来，但走路仍然一瘸一拐的，田爷便请来兽医给它治疗。每天收工后，田爷会带着它到田野里玩，看它撒欢和打滚。就是在干活时，小驴驹也会跟在田爷的车子后面。自此，小驴驹成了田爷的伙伴，也成了田爷的寄托。

过了两年，小驴驹长大了，农场想把它收回去当作畜力，田爷找到了农场领导，陈述了几种理由，最后把驴子留了下来，同时置办了一套比马车略小的驴车，让小毛驴帮助他拉车。没有事时，田爷还可以驾着驴车去赶集，有时农场的谁家去走亲戚了或者拉点东西，都来找田爷帮忙。

改革开放后，农村的生产力得到解放，物质生产进一步发展，农业机械化让牛马离开了农业生产，拖拉机、播种机等让牲畜力不再被奉为上宾。由于农村的发展，农场的优势日趋减弱，在知青返城后，农场基本上和农村差不多了。农场的菜园没有了，土地也分到了各家各户。这时候田爷年龄大了，农场里给他办了退休，每月领退休金，以维系他的老年生活。田爷退休后，不用再管理菜园，也不再去每家打扫厕所，他的小毛驴也无法养着了。再说毛驴大了，有时不听使唤，田爷又不舍得将它卖掉，于是便来我家商量。他把毛驴给我家，让我家免费使用，只需要喂养，所有的东西都给我家，包括小驴车、缰绳、笼套、石槽等。田爷说农闲时可以到外地拉大米来卖，或者用大米换小麦，能挣些费用。因为我们兄弟姐妹多，家里很穷，大姐、大哥和二姐就是因为穷才辍学在家的，于是父亲很高兴地接受了。在开始的一段时间，田爷天天骑自行车到我家里来，教我父亲和大哥如何喂养毛驴，告诉父亲一些驾毛驴车的技巧，并说了毛驴的习性。那年秋天收种庄稼和运送土杂肥的确方便了许多。农忙过后，父亲和大哥就驾着小驴车去微山湖附近的地方拉大米来我们这儿换小麦，从中可以得到一些收入，父亲也就有能力供养我和两个弟弟及妹妹上学了。记得那时父亲和大哥都是在夜里10点多去，据说凌晨才能到达地方，在夜里父亲和大哥轮流驾车，而小毛驴却要整夜跑着。累了便停在路边让它吃些草料。等天明后，父亲和大哥便挨庄串户收大米，傍晚再起身回来，按米的好差换小麦。当时，好米是2斤小麦1斤米，一般的米是1斤半小麦换1斤米。在交通工具还不发达的20世纪80年代，毛驴和马的确为农村商品流通起到了很大的作用。记得父亲和大哥先是从微山湖那边往家乡拉大米，有时也拉盖房子用的稻草包片、稻草、喂牲畜用的稻糠等。再后来就拉我们这儿的地瓜、粉条、花生等特产到那儿去换大米、稻草和稻糠。听说晚上出发之前，总是好好地喂毛驴，在走时毛驴车上也带着草和料。每次回来，父亲都给我们和村人讲外地（实际上也就是百里之遥的山东鱼台县）的事情，讲着在路上发生的故事。如遇到了因生气而离家出走的媳妇，因为路途远想搭驴车的人，丢失了东西回来寻找的人等。有时夜里很冷了就在路边扯几把麦场里的麦秸烤火。当然，因为长时间地拉车，每次回来，毛驴身上的后胯部都会磨出血来，而田爷见了都会心疼地责备我父亲。为了担心驴子在路上挨打，田爷曾经跟着去了一次微山湖。实际上，父亲是那种深受儒家思想影响的人，言谈举止都遵循着仁义礼智信，所以，无论在老家还是到了微山湖，都深得人们的信任。父亲的毛驴车也成了每年秋后微山湖人盼望着的一道风景。因为父亲诚实，还在那儿交了一些朋友，那种"两肋插刀"般的友情现在是永远也不会有了。村里的人看到我们家因为这种小生意生活逐渐好起来，也纷纷买了马和马车，做起了这种经营，也因此渐渐富起来。娶不起亲的有了媳妇，上不起学的不再为学费发愁，抽不起烟的也不再因为缺少零钱而与老婆大吵小闹了。现在想想，那头小毛驴为我们村带来了很多，开启了老家人经商的序幕，解放了家乡人的思想，更为我们家做出了很大的贡献。当年家中要给我盖房子结婚，但前面的宅地很洼，需要很多土才能垫好。于是，每到空闲时间，我和大哥便用毛驴车到田地里拉土，秋天运土杂肥时，也是从责任田里取土，大概用了两年时间，才把前面的洼地垫好。我记得田爷经常到我们家里来看他的小毛驴，来了总是看看驴是否瘦了，而每次他走时，驴子都会挣着缰绳转圈，之后还会吼叫几声。毛驴很勤劳、很坚强，有一次在拉土时车子滑到了沟里，车子快翻了，而毛驴硬是弯腿伸头，死死地往上拉着，我连忙丢掉鞭子，到沟里往上使劲推，最后终于化险为夷。

毛驴不会说话，也不一定有人的灵性，但我相信它一定是有感情的。一次到县城给上中学的弟弟送粮食（那时中学的伙食是让学生每月交50斤小麦，15元钱），它在路上看到了另外一头驴子，便疯狂地追起来，怎么也拉不住它。多亏对方的驾车人力量大，才把它赶开。进了县中学校园，它看到很多学生，便拼命吼叫，学校保安立刻赶来要求我们离开，弟弟也因此受到了老师的批评。还有一次，家里用它拉耩子播种小麦，邻居地里也有一头驴子，当走到对面时，它疯狂地奔过去了，撕咬在一起，最后几个人用鞭子打了很久才分开，它还踢伤了一个人。为此，毛驴被用木棒打了好久，而它只站着任主人抽打。还有一次，它脱缰而跑，跑到了很远的地方，那时我已经工作了，只好请假到处去找它，脱缰的毛驴自由地奔跑在田地里，村庄上，我问了好久才问到它的下落。原来它跑到一个村子里一家喂养着驴子的一户人家与那家的毛驴混在了一起。最后还是在那家主人的帮助下才给它戴上笼套牵回家来，到家后它自然少不了挨一顿毒打。实际上，毛驴是可怜的，是孤独的。它不可能和伙伴在一起，也更不可能有异性的伙伴，它的生活单调而清苦。除了劳动便是拉车，而且时刻被缰绳和笼套束缚着。我不知道它是否有思想，但我知道它永远没有自由。我们偶尔能吃上鸡鱼肉蛋，而它却只能吃草喝冷水。偶尔吃上鲜草和豆料就是很好的生活了。在田爷那儿时，田爷还会在没有事时和它聊聊天，偶尔会给它刷刷毛，而到了我家，干完活除了喂些草料外便没有谁理会它。所以每次见到田爷来我家，它都要活跃好一会儿，也许是在想念它小时候的时光吧。而田爷每次走时，都会抚摸着毛驴的头和脖子，毛驴便用舌头舔着田爷的手，表现出依依不舍的样子。

毛驴是坚忍和勤劳的，但我相信它也有个性和脾气，有一次父亲打它时把它打得急了，带着车子冲向了父亲，父亲急忙跑着躲开，但还是被它挤在了墙上，如果不是有棵树阻挡住了车子，父亲一定会被它咬伤。听说后来大哥把它拴在树上，一顿好打。打得它后来能听懂人话了，大哥让它跪下它就跪下，让它起来它就起来。从此，毛驴老实了很多，也消瘦了很多，似乎从此便衰老了。因为我们弟兄相继上了大学，家中有了手扶拖拉机，父亲便不再想喂养这头毛驴。而田爷却坚持要我们家喂着，因为这样他能经常看到伴他多年的毛驴。田爷说可以每月给我家30元的补助，尽管这样，父亲还是不再喂养了。那时我已经在外地读大学了，据说田爷牵走毛驴时非常生气，把所有的东西都拉走了。田爷自己喂养一段时间后，因为年纪大了顾及不了，就送给了更远地方的一家亲戚。因为离得远了，田爷不方便去看他的毛驴。据说那家亲戚对毛驴更加不好，经常打它，喂得也不好，毛驴便更加瘦了。到最后，那家亲戚没有经过田爷的允许，竟然把毛驴卖到了锅上，成了人们桌上的一道菜。田爷听说后伤心了好久，和那家亲戚断绝了关系。从此以后的田爷也迅速衰老下去，没有多长时间，他也在自己的小屋里孤独地去世了。

我很想知道，毛驴在被抬到架子上时想的是什么。在家乡的传统上，杀死牛马驴骡等牲口时，要先用红布把它们的眼蒙上，主人要对着它们磕三个头，嘴里念叨着一些请它们谅解的话语。我不知道这头毛驴是否受到

了这种尊重。我也很想知道田爷在去世前想的是什么，是思念在暴风雨中死去的亲人还是更想念和他相伴很久的毛驴。而他的思想，永远没有人能够想象得到，也没有人能说出来。

三光棍

写之前，先要就文章的题目说几句。在我们老家的方言中，"光棍"一词有两种解释：一是指村子里的单身汉，说一个人一辈子打光棍就是一辈子单身未娶。另外，光棍还指一个男人穿着讲究，干净利索，爱好打扮。村人看到这样的男青年，就会说："看你光棍得，是不是有人给你说媳妇了。"而光棍一词也有它的贬义，说一个人逞能也称为充光棍。以前，农村穷，男青年打扮容易被人看作游手好闲、不务正业，是很被人看不起的。我们村里的三光棍就经常被人这样指点。

三光棍是村里人给他起的外号，就因为他喜欢打扮自己。那时农村里贫穷落后，人们都没有文化，且家家孩子都多。出于封建迷信，人们都喜欢给孩子起个难听的名字，说什么名字难听阎王爷不收，就能健健康康地活下来。如有的孩子起名叫花狗，有的叫臭孩，有的叫二猫、二鸡……有的孩子名字则很有政治色彩，如叫联营、合作、联盟、反修、团结、计划、跃进、抗震……有的孩子则根据其体貌特征取名，如花耳朵、二结巴、白毛、黑妮……而有的则根据其性格特点而起名，如憨二、四闷、二愣子……三光棍就是因为他爱打扮自己而得名的。

其实，三光棍是有名字的，他父亲读过私塾，识一些字，给他起名兆和。兆和有两个哥哥，两个姐姐，他是老小，天下父母爱小儿，因此他从小就被娇惯着。农村有重男轻女思想，女孩不算家丁，于是兆和算排行老三，母亲总是叫他三妮。兆和聪明伶俐，却因家太穷而早早辍学。及至大了，虽然他长得帅气，却因家穷而说不上媳妇。他的两个姐姐通过换亲的方法给他两个哥哥换来了媳妇，于是就一大家人住在了一个院子里。因为兆和与两个哥哥年龄差距大，于是两个嫂子也都把他当亲弟弟看。父母想，兆和年龄小，长得又好，等他大了，日子就过得好了，给他盖上新房子，就能说上媳妇了。但兆和长大了，日子却没有过好，再加上父母相继生病，给他盖房子的事也就遥遥无期了，这让他的父母死难瞑目。父亲临终前对他的两个哥哥说："大孩、二孩，你们好孬都成家了，就你弟弟三妮……"两个哥哥答应父亲，再穷再急都要给弟弟成个家，但他们结婚后都各自有四五个孩子，哪有能力给弟弟盖房子娶媳妇。日子就这样一天天过去，兆和过了说媳妇的年龄，真正成了光棍，再加上他好打扮，不喜欢干活，人们都喊他三光棍，时间一长，真名字竟渐渐地被人们忘记了。

其实，村子里还有几个光棍，大家只给他起三光棍的外号，就因他的衣着和性格。三光棍爱干净且心灵手巧，天天都把头梳得整齐光亮，两手纤长，很像女人手。他衣扣整齐，就连脚上的布鞋都黑白分明。三光棍平日里喜欢穿四个口袋的黄军褂，有时会穿蓝色的中山装。上面的口袋里总是别着两支钢笔，有时候还喜欢手里拿一本闲书。在劳动之余，他喜欢给人们读书听，有不认识的字就用别字来代过，有时读错了，人们也不会计较或者根本听不出来。就这样三光棍成了不讨人嫌也不太爱干活的人。

三光棍虽生在农村，但内心里渴望着不干活的生活，及至父母去世后，两个哥哥相继搬出去住，三光棍就自己守望着老院子了。他的家虽几近家徒四壁，但却被他收拾得干干净净。他是个喜欢干净且对什么都要求高的人。那时生产队里在一起干活，他总是干得很慢，无论什么活都像绣花一样。记得生产队栽红薯时，要挖红薯沟，就是在犁好的田地里放好线，沿着线挖一条小沟，在沟两边筑起高高的埂，其截面像个"凹"字。这样做的目的：一是便于浇灌和排水，因为红薯生长过程中喜干，这样挖出小沟，就容易防涝。二是突出的田埂土质松软，红薯易于生长。三是在秋季，刨红薯时方便，刨出红薯就自然把小沟填平了，也方便平整土地。三光棍眼力好，手里有活，他筑的红薯沟可以用尺子去标，土埂像用模子加工出来的梯形体，笔直笔直且有角有棱，表面光洁整齐。每次快下晌时，队长就会把所有人都叫到三光棍筑的红薯沟前，让人们参观学习。每年公社或者大队里开现场会，也会拿三光棍干的活做典范。到了冬季，农村兴修水利，开沟挖河，三光棍都会把斜坡修整得整齐光洁，相比之下，其他人的活就相形见绌了。三光棍很爱惜自己的农具，他的铁锨和他的人一样利索干净。每次干活回来，他都会把铁锨擦干净放好。他用的铁锨，把是用打磨光滑的槐木制成，用火烤后安装上的，光洁好用；铁锨的顶部被土磨得锃亮。不用时，他会用油擦好，保正不生锈。记得刚分田到户时，我家的地和他家的地挨着，亲眼看到过他割麦子的情景。割下的麦子整齐地捆好立在那儿，麦茬都一样高，仿佛用机器割的一样，且收割过的地里，没有遗下麦穗。我那时想，如果三光棍去学木匠或者去学一样技术，他会是个很好的匠人。可惜在当时，他只能做农民，只能做光棍。

三光棍不喜欢劳作，他后来就把地给了哥家，自己去做点小生意谋生。开始时，他骑着自行车到附近的学校里去修理钢笔，同时带着卖些学习用品。那时学校里学生开始用钢笔了，钢笔也容易坏，坏了就要修，三光棍看到了"商机"。所以每周总有那么一天，课间或者是放学时，我们就会看到他坐在校门口。眼前放着一只木制的带玻璃罩的盒子，里面摆着钢笔上的各种部件。靠在旁边自行车上的是一个小小的折叠货架，上面摆着一些橡皮、尺子、三角板等学习用品。他经常在周边的几个学校来回跑动，小学和中学都去，很受学生的欢迎。时间久了，他也渐渐掌握了规律，基本上是每周到一个学校一次或者两次。有的学生钢笔不好修，他便告诉学生下周修好带过来，修好了再给钱。有的学生特别穷，或者学习成绩特别好，他就少收钱或者不收钱，也许是对知识的向往或者是对学子的支持吧。曾经有那么一段时间，他那儿成了孩子们课间或者放学后的乐园。有时远看，黑压压的一片，一圈又一圈，都是围着看他修钢笔的学生。倏地，上课铃一响，学生都跑向了教室，校门口也就只剩下了他自己，一人一自行车一货架，他有时继续修钢笔，有时摆弄着货架，有时看闲书，有时和认识的老师拉呱。记得三光棍修钢笔时总是戴着手套，可能是怕墨水沾在手上洗不下来吧。后来才知道，他修钢笔的利润也就是五分一角的利，想必修得多了才能挣些钱养活自己。

　　三光棍就这样过着自己干净而单纯的日子，因为经济条件不好，也没有哪个姑娘愿意嫁给他，但他的两个哥哥却没有忘记父亲临终前的嘱托。他们一直想着给三弟说媳妇的事，光是媒人就请了一个又一个，多数都是看三光棍的家庭条件不好而不愿意嫁给他。20世纪80年代，老家一度刮起了从外地买女人做媳妇的风气。但凡说不上媳妇的男子，花上1万元或者2万元，就能买到一个媳妇，当然在现在这些都是犯法的。至今，我们村子里，仍然生活着几个外地女人。外村我的一个高中同学就买了个外地女孩，他结婚时我们去喝喜酒，见那女孩最多也就17岁左右。后来一问，才知道被贩卖来前才读高一，很为她可惜呢。三光棍的两个哥哥和两个姐姐凑了1万块钱，托人给他买了个女人当老婆，及至交了钱领来时，才发现是个17岁左右的女孩，比三光棍小了近20岁。三光棍不答应，又拗不过哥哥和姐姐的劝说，就收留下了这女孩。当天晚上洞房时，三光棍没有碰她，着实让听洞房的爷们儿失望而去。那女孩住在三光棍家的时候，我是见过的，是个矮矮的，瘦瘦的，很秀气的女孩。后来听说是三光棍放她跑的，撒谎告诉哥哥和姐姐，说那女孩自己跑掉了，实际上是三光棍给她路费让她走的。三光棍说，你那么小一定是被人骗来拐来的，我不能欺负你。回去后要好好的，或者上学或者另寻好人家嫁了。据说，临走的晚上，那女孩主动要把自己的身体给三光棍，要陪他睡一晚上，但三光棍沉思了好久还是控制住了自己，因为他认为不能去玷污一个清纯的女孩子。听说后来女孩回去后还给三光棍写信感谢他，并给他寄来了当地特产。三光棍的举动让哥哥和姐姐百思不得其解，最后还和中间人闹了一场。这件事情过去了，三光棍从此又开始了一个人的生活。再后来，哥哥姐姐们又给他买了个年龄相当的女人，胖胖的，很善良的样子，但这个女人做过了节育手术，不能给三光棍生孩子。为了给弟弟一个完整的家，两个姐姐托人给他抱养了一个女儿。就这样，三个没有任何血缘与亲情的人生活在了一起，组成了一个没有温度的家庭。虽然生活在了一起，但三光棍和这个女人却没有任何共同的生活习惯，性格也不合，于是经常打架，多半是三光棍把那女人打得哭着跑出去。人都是有尊严的，两年后，这个外地女人也走了。好聚好散，女人走时，也是三光棍给了她路费，听说那女人走时搂着女儿哭了一夜，还说以后会来看这个拉扯了两年的女儿，但据说她走后再也没有回来过，3岁多的女孩就靠三光棍一个人拉扯了。自此，三光棍就真的成了光棍，再也没有人为他的婚事操心。三光棍一个人带着女儿，父女两人相依为命，过着艰苦而平凡的日子。虽然不是亲生亲养，但三光棍却对女儿视同己出，用心地供养她上学。

再后来，农村经济条件好了，生活水平也提高了，学生们也都不再修钢笔了，三光棍便转行做其他的小生意。农村里谁家有东西买卖，他就从中做个经纪人，收点手续费。多多少少也有点收入了，供养孩子上学的钱也就够了。

在三光棍的第二个女人走后，他抱养的女儿的亲生父母曾经来打听过自己女儿的生活情况，知道现状后曾懊悔不该把女儿送到这样的人家。后来想花钱把女儿要回去，三光棍坚决不同意，说自己有能力把孩子拉扯大，并且会尽力供养孩子上学。

一晃10多年过去了，这期间，三光棍省吃俭用，从不让女儿受苦受累，但懂事的女儿却早早地学会了做家务。再后来，三光棍老了，虽然还是那样喜欢干净，注重穿着，还是坚守着自己的生活观，但腿脚已经笨拙，两鬓已经斑白。懂事的女儿经过了小学、初中和高中，就要去上大学了。临走那天，三光棍对女儿说："玲，你也知道，我不是你的亲爸爸，现在别家都生活好了，可是我没有本事，没能让你过上幸福生活，别家孩子有的你没有。你的亲生父母也一直惦记着你，当年如果不是孩子多，生活困难，他们也不会把你送到这儿的。你的父母一直想把你要回去，我担心你回去了，他们孩子多，不会全力支持你上学。现在你长大了，等你大学期间放假，就去你的亲生父母那儿去吧。这张银行卡里，是我们父女多年省吃俭用攒下来的钱，够你大学期间用的了。你上了大学，我感觉能对得起你的父母了，也能对得起所有为你担心的人了。你读大学走了，我就去在东北的姑姑那儿住几年，也许就不再回来了，你大了，自己的路就自己走吧……"

至于后来的情况，我不经常回老家，知道的很少了，他的养女玲后来去了哪儿，也成了云深不知处的想象。

邮递员老丁

老丁现在是否还健在，我已经不知道了。虽然我们曾经相识，但那时我只是个学生，他是镇邮政所的邮递员，并且与他也没有多少真正的交往。虽然我心里一直记得他，如果他还活着的话，也不一定会记得我了。

当年的邮递员是正式工人，是吃计划拿工资的人，本身就很吃香。虽然他家也住在农村，但与农村人还是有区别的。他在东北片送信已达20年之久，与我们周围村庄上的人都非常熟悉，我想现在农村的很多人提起老丁，仍然能记起他的模样与神态来。在我的印象里，老丁一年四季都穿一身绿色的邮政制服，骑一辆绿色自行车，后座两边搭着两只绿色帆布包，里面装着几个大队、生产队的报纸；自行车前杠上是绿色车兜子，里面装着各村人家的信件、电报、汇款单、挂号信、包裹单等。报纸杂志送到大队部、生产队队长或者会计家里，而其他的信件、电报、汇款单、包裹单等则要送到本人手里，让他们签字。一般情况下，老丁一进村便按着清脆的自行车铃，大声地喊着收信人的名字，从家门口经过时，如果主人家没有人，他便把信件放回车兜里，等下次来了再交给本人。但凡电报，都是急事，内容或者是亲戚病故了，或者是亲人在外地出事了，或者是外地亲戚要结婚了。也有到外地去的家人，逢年过节不回来了，就拍个电报报个平安。老丁每次都把电报直接交给本人，主人不在家，他就会在门口等着，让邻居去喊。等主人来了，老丁让他们签字，如果主人不识字，老丁就让他们按手印或者盖章。如果电报内容是报不幸的事，老丁会说几句安慰的话。

　　也许是长期风吹日晒的原因，老丁皮肤特别黑；可能是天天骑车的原因，他特别瘦，两只眼睛就显得很大。老丁当邮递员时，农村自行车稀罕，所以他每次进村，总是把车铃按得特别响，有时引得村子里的狗汪汪叫。他嗓门洪亮，一进村，一声呐喊，从村西头传到村东头，有亲人或者亲戚在外地的早早地站在门口等着老丁经过。见面了看老丁不停车子，还是会问一声：老丁，有俺家的信不？明知道没有却要问问，这实际上是对亲人的期盼。之后便与老丁寒暄一声，说下来喝口水吧，在这儿吃饭吧，而老丁一般要急着赶路，说声谢谢，不下车子了，便继续往前骑去。当年交通和通信都不发达，人们外地的亲戚不多，外出的人也很少，他负责的东北片几个村子里谁家有信件、包裹单等老丁都知道个差不多。

　　邻居家是个叫玉玉的女人，丈夫以前跟人闯关东，在东北的矿上当了工人，因为路途遥远，一般是一年才回来一次，平时都是靠信件联系，每过两个月，不是来信，就是来汇款单，有时也寄包裹来。每次听到老丁来时的铃铛声，玉玉都会跑出来，见到老丁就问有没有信件或者其他的什么。但凡有她丈夫的信，她便喜滋滋地接过来，在手里端详一会儿，然后求老丁给她读读，看到美丽端庄的玉玉，老丁也乐意帮忙。夫妻俩一年不见，信里自然有些亲密的话语，有时老丁读得不好意思，有时老丁还故意发挥几句，开玉玉的玩笑，玉玉却信以为真，便臊得脸通红，说声你这个死老丁，而老丁则满意地哈哈大笑。有时老丁快到玉玉家门口时，便大声地喊："玉玉，你家的汇款单到了"，有时又拖着长音喊："玉玉，你家买肉的钱来了"。

　　因为我家和玉玉家是邻居，接到丈夫的信后，她便在晚上到我家里和我母亲商量，让我把信再给她读一遍，同时帮她写回信。于是，每隔一个月或者两个月，晚上我做完作业后，会在煤油灯下给她读信，她认真地听着，唯恐漏掉一个字，有时听完也很伤感，便哽咽着向母亲诉苦。之后我便开始帮她写回信，她说一句我写一句，后来是我把她的意思写下来，读给她听。一封信写好，再从头到尾给她读一遍，不合适的地方进行修改。信的内容无非是收到了来信，告诉丈夫家里一切都好，老人身体怎么样，孩子成长的情况，今年农村收成和喂养了多少家禽，最后告诉丈夫在外面要照顾好自己，等等。当我把信写好放进信封递给她时，她都盯着看上几眼，仿佛是把自己的思念、自己的心事都放进信封里一样。临走时，她会放几块糖给我，同时说些感谢的话。

当时交通工具不便，离镇上的邮电所又远，玉玉有时趁赶集去寄信，有时就会让老丁代寄，老丁说上级规定不能代替寄信。但看到玉玉一个人，又带着两个小孩，便偷偷地给她帮忙。有时老丁也会到玉玉家干净的院子里坐一会儿，喝碗白开水，聊上几句。又过了几年，玉玉带着两个孩子去了丈夫那里，在东北安了家，自此很少回来，我再没有听到老丁喊玉玉的洪亮嗓音。

那时，我姨家在东北，后来大哥也去了东北矿上当工人。舅舅一家也在外地，照顾外祖父、外祖母便靠我们家了。姨家、舅家还有大哥经常给家写信、寄钱、寄东西，我家也经常给他们回信，寄些土特产，信件自然多一些，我也因此认识了老丁。20世纪七八十年代，农村还比较落后，人口流动不大，谁家有个城市里的亲戚，就很受村人羡慕和尊重。记得有次姨妈来我家走亲戚，左邻右舍都到我家里来看看城市人的样子。老丁每次送信来，我都向他要报纸，说用来包书皮，他每次都拒绝说没有多余的。要的次数多了，便会从大队订的报纸中抽出一张，连同我家的信件一并给我，有时会让我给他倒杯开水，我也乐此不疲。家里收的信多了，我就把信封上的邮票剪下来贴在本子上，与以前收集的信销票放在一起。后来遇到老丁，我就请求他把村子里的信给我，我帮着送，到主人家就央求要邮票，有些主人不情愿给，有些人则大方地让我把邮票剪下。那几年，我还真的收集了不少信销邮票，虽然不值什么钱，但这方寸邮票里却记录着当年的生活与回忆，也给了我精神生活的满足。有时看到这些邮票，便会想起老丁。

后来，我到镇上读高中，与老丁见面的时候少了。一年暑假遇到老丁，他问我读几年级了，我说高二，他就说：小伙子，还是读书有出息，你要好好学习，明年争取让我给你送大学录取通知书。鹿湾姓韩的男孩考上南京大学了、安庄姓安的女孩考上清华大学了，朱庄去年一年考上两个大学生，俺庄上姓李的考上徐州师院学院了……老丁的一句平常话语，我却看作了对我的鼓励，让我对考大学充满了向往、信心和动力，有几次梦到老丁骑着自行车在我家门口大声喊我接大学录取通知书。从此，我暗暗下决心好好学习，争取真正从老丁手里接到录取通知书。

我读高三那年，老丁不再来送信了。听说他在一个下雨天骑自行车送信时摔到了路边的沟里，也许是年龄大了，摔断了腿，出院后不再到各村送信，从此我再也没有见过老丁。当我接到大学录取通知书的那天，也不知道怎么去告诉他。

30年过去了，不知老丁是否还健在，很想再听听他的大嗓门和那急促的自行车铃声。

何以轻轻离去

有些人你平时可能感觉不到，一旦突然离世，心里就会有些感慨、有些伤心，就会后悔没早去看望一下，没早去与之说说话；也如有些东西，天天在你的手头，不觉得珍惜，而一旦失去了，才感觉到东西的美好；又如一天天平凡而普通的日子，日出日落，春夏秋冬，似风若水，自然感觉不到幸福与快乐，一旦身患沉疴或者身遇坎坷，才懂得平凡与自由的可贵。前两天，大哥打电话来告诉我士良哥走了，我心里很难过，已经有两年没有见士良哥了，而以前我在老家时经常遇到他，每次都很亲热地聊上一阵子，每次都感觉到他的阳光和坚强。他比我大哥大几岁，今年应该60出头吧。他的离世着实让我吃惊并且有些许的内疚。本来春节时应该去看看他的，但因为老家已经没有太多亲人，我只是去父母坟上祭祀，到村子看望几个年长者，就没有专门看望他，没想到他突然走了，留给人们一份遗憾和惋惜。

士良生得很可怜。因为我们是同一个村子里，并且他与我们家有特殊的关系，所以对他的情况比较熟悉。士良的母亲出身地主家庭，当年虽算不上大家闺秀，也应该称得上小家碧玉。她先是嫁给了门当户对的蒋翰林家的后代，生了两个孩子，后因成分不好受批斗，丈夫早早去世，她只好改嫁他人，就到了我们村子里，与老实巴交的贫农成了家，于是有了士良的姐姐和士良。我小时候见过士良的母亲，老人很干净利索，耳朵上戴着银耳环，生活习惯上仍然透出富裕家庭的痕迹。士良成长的年代最讲成分，他因为是地主女人的儿子常常被人欺负。当年农村还很封建，他又因为母亲是改嫁来的而被人嘲笑。再加上农村的落后，人多者欺负人少的，士良因此小时候受了很多委屈，而他又是个性格刚强的人，经常与人打架，每次打架回来都与母亲闹，哭着埋怨母亲为何生下他，为何把他生在这样的家庭，每到这时候，老实的父亲不会给他庇护，母亲只能在一旁哭。

虽然家里很穷，但士良的母亲想方设法供养他上学，他母亲会读书，善女红，她深知孩子只有读书，才有出路。而士良从小就聪明灵活，学习成绩一直都是年级第一。考高中时，全村只有他一个人考上了。他在中学成绩依然是名列前茅，并且多才多艺，深得老师和同学喜爱。但在高考前，他却因为家庭成分不好被取消了参加高考的资格。他当天就收拾书包回家了，沿着回家的路旁边的沟底，边哭边撕书，一本本撕碎撒向空中，泪花与纸屑齐飞，哭声与风啸共鸣。到了村头，他把空书包扔到了土井里，回家倒头就睡，他的母亲不知道怎么安慰士良，也只能陪着他流泪。三天后，他接受了现实，正式成为了一个农民。

士良活得很辛苦。因为穷，因为成分不好，士良在生产队干活都是干最脏最累的活。他后来想去当兵，也由于家庭成分政审时被刷了下来。眼看着年龄越来越大，却一直找不到媳妇。无奈之下，他便跟着我父亲学器乐，虽然在村里辈分比我父亲高出一辈，但他却磕头认我父亲师傅，从此我们两家的关系就更近了。师徒如父子，父亲待他如同自己的孩子一样，他虽然性格刚烈，但对我父亲毕恭毕敬，几乎天天在我的家里。因为有了一技之长，并且士良哥长得帅气，父亲托人给他介绍了对象，成了家。他们夫妻俩对我的父母充满感激，称我母亲师娘，逢年过节都到我家看望我的父母，并且和我们一样尊重我的父母，所以我们兄弟姐妹与士良有着一种亲情。在农忙时节，他们夫妻都会到我家帮助干活。我的父母去世时，士良哥和我们一样披麻戴孝，这件事让我们特别感动。我每年回家时，都抽一个晚上到他家里坐坐，有时聊两三个小时。

因为他兄弟姐妹少，深知人少力量小，没有势力总被人欺负，士良哥便把生儿育女当成大事，他有几年违反计划生育政策，当了几年的"超生游击队"。直到有了两个儿子和两个女儿后，他才算在家里安顿下来。他带着孩子躲避计划生育时，把值钱的家当都放到了我家，几年后回来了才又搬了回去。记得他回来时，看到家里的房子被扒了，门前的树也被砍走了。他们一家六口就在那个破院子里生活了下来。"留得青山在，不怕没柴烧"。士良夫妻俩用他们的勤劳重新把家建立起来了。农忙季节，有时一天都在地里忙。我曾见过他们用平板车拉着孩子，带着干粮和水，在地里从早忙到晚上。到了冬天，士良哥便在家里干着杀猪宰羊的生意，赚点零花钱和孩子的学费。有时用平板车推着卖，有时用自行车遛乡串街卖肉。他会经常给我家送来一些肉，让父亲当下酒菜。就是这样，两家的关系也越来越近，后来实行土地承包，我们两家联合买了种地的机械和各种农具，干活时也经常一起了。他一年年地把孩子都拉扯大，都送去上学，他一直想把他当年没有实现的心愿在孩子身上付诸实践，一直想让孩子不再遭受他曾经的磨难。多年的拼搏，四个孩子中，终于有一儿一女考上了学，另外两个孩子经商，也有了很好的出路。

随着孩子的成长，家里的房子不够住了，士良夫妻就想着盖新房子新院子，那时农村收入低，有时盖一口房子要准备几年。我曾记得，士良为了节省盖房子的成本，夫妻俩在离村庄很远的"北河"荒地里烧窑。两人整整忙了几个月，烧制了3万多块砖头。等新砖出窑，夫妻俩瘦了两圈，但他们心里却有着掩不住的喜悦。又经过一年多的拼搏，士良家里盖上了六间平房，四间配房，筑起了围墙，很是威风。从他门口经过时，曾经叫我们去他家里看看，也许这就是勤劳的成果吧。士良有经济头脑，一直有着发家致富的梦想。因为他家住在庄头上，空闲地方多，院子也大，他便搞过生猪饲养。可能是不掌握方法，也因为对市场规律不懂，反正是忙活了几年，也没有赚到钱。之后，他又建起大棚和火炉，进行木耳和蘑菇种植。这些都是体力活，原料自己做，菌种自己培育，也是忙了几年，赚了一些钱，终究是太累，便没有坚持下来。现在蒸菌的土炉子还在那儿立着呢。

士良和妻子为了供养孩子上学日夜操劳，后来农村开始种植经济作物，有几年，他们在所有的地里都种上了洋葱和大蒜。其实，种植洋葱和大蒜是折人寿命的活计，特别累，特别苦。如果不找人干，一般人都受不了，而这种作物的种植季节性很强，并且整地、育苗、栽植、覆地膜、浇水、施肥等环节繁杂而费时，这些士良都经受了一遍又一遍，钱没有剩下多少，身体倒是累垮了。最后一次见他时，很显得有些苍老而憔悴。

　　士良走得很孤独。二良哥操劳多年，房子盖起来了，孩子长大了，都已经结婚成家，都生活在其他城市。曾经非常热闹的院子空了，曾经健壮的身体佝偻了，只是他性格没变，脾气没有变，并且还增添了抽烟和赌博的坏习惯。其实是因为没有了艰苦中的挣扎，没有了对未来的憧憬，他的精神空了，如同日渐空荡的村庄一样。

　　前几天，士良和村子里几个人赌钱，家人知道后和与士良一起赌钱的人吵了几句，士良认为不照顾他的面子，到家后把妻子狠狠地打了一顿。妻子一生气去了女儿家，就剩下士良一个人在家。一天晚上，只有弦月读懂了士良的心，昔日的破院子里，夫唱妇随，四个孩子，猪羊鸡鸭鹅，狗猫兔牛马，繁忙紧张，热闹快乐；而今，孩子一个个天南海北，曾经的吵闹归于寂静，连妻子也去了女儿家，不再回来。漆黑寂静的晚上，只有星星看见了他的举动，士良给自己喝了一瓶白酒，抽了一盒烟，绳子的一头吊在屋内的梁头上，另一头系在了脖子上，就这样轻轻地走了，走向了另外一个世界。

二头

　　我的故乡在苏北，那儿是偏僻的乡村，在村庄的前面有一条静谧的河，人们称为太行（háng）堤河，河是东北西南流向。住了那么多年，两岸的居民却不知道河的源头在哪儿，不知道这条河流往哪儿，也没有人知道这条河流了多少年。河的两边星罗棋布地散落着一些村庄，这些村庄一直保持着传统封闭保守的生态，于是很多凄美悲伤的故事也随着河水的流淌与时光的飞逝湮没在两岸的黄土里。受中国传统社会的影响，再加上生产力的落后和交通不便，老家自给自足的农村生产生活痕迹特别明显，自然地形成了"一村一品"。现在依稀记得当年村人经常说的顺口溜：杨庄寺的条筐黄楼的菜，金刘寨的毛窝王堤口的箔，王菜园的木匠银河崖的布，娥墓崮的豆腐张河的杏，任庄的铁匠张楼的绳……从这里大体上知道农村生产生活中的必需品，都由各村分别手工制作并形成一定规模的。人们平时抽时间加工，等到逢大集时拿到集上销售，再用钱去买自己需要的东西。除了生产生活方面的东西体现特色外，这儿也有着农村精神生活方面的"一村一品"。当年流传着"鹿湾的大戏柳屯的拳，王龙庄的扎纸蒋河的响（喇叭班子），刘小楼的糖贡李河的杂技……"在农闲时节，这些村子里的人便遛乡穿巷进行简易的演出，唱大戏时要扎戏台子，住下来一唱就是十天半月，一般是唱完后挨家挨户收些钱粮，或者采取卖票的方法。有些家庭孩子多的，便送去学戏学技，以此为生。

　　二头家住在河北岸的娥墓崮，她的母亲在她很小时就去世了，她和哥哥就跟着父亲生活,她小学没有毕业就辍学在家。父亲和哥哥农忙时干活,农闲时做豆腐遛乡,她来操持家务和帮忙做豆腐。太行堤河北岸栽满了柳树,河南岸栽满了槐树。雨水从两岸树林流进河里,河两旁树根密布,也对河堤、河水起到了保护作用,因此河里的水很清,有时能清澈见底。用河水做出的豆腐又细又嫩,入口凉爽细软,清香沁腑。每次做好了豆腐,二头都会轻轻地啜一小口,也是检验一下口感,以便更好地适合当地人的口味。那时没有洗衣粉,人们到河里洗衣多用皂角,没有污染,河水也成了人们生活和灌溉的主要水源。夏天水多时也有运沙船经过,会向两岸的村民买些土特产带回去。每天的中午和傍晚也有很多人到河里洗澡。有时候,二头也到船上去卖些豆腐,好奇地这儿看看,那儿瞧瞧。二头家虽然做豆腐,在那艰苦的年代,她却很少能吃上豆腐,但吃豆腐渣,喝豆腐卤水倒是经常的事。二头从小长得俊俏,再加上常吃豆腐渣,皮肤也就特别好,尤其是一双会说话的大眼睛和长长的睫毛,又给她增添了几分妩媚。每天早晨,二头起床后就到河里挑水来泡豆子,晚上父亲和哥哥轮流推磨,她则帮忙煮豆子和接豆浆。一般来说手工豆腐做出来要忙上大半夜。第二天一大早趁人们没有下地干活或者做早饭时到附近乡村去吆喝着或者卖或者换。那时人们普遍都很穷,不是每家都能经常吃豆腐的,大多是谁家来了客人,抑或是有媒人到家里给孩子提亲了,或者在农忙时候改善一下生活,才去换上两块豆腐算作一样菜。二头每天都把换来的豆子晒好,挑拣干净,到河里把豆子淘干净泡上,晚上再煮,这样做出的豆腐才白嫩细软。

太行堤河北岸都是柳树,春天来了柳枝依依,飘着清香,远看去绿荫葱葱,很是迷人。清明节到了,人们到北岸折柳枝插在房子的门两旁,用锅灰在院子里画出驱鬼的图形。尤其是天空飘着沾衣欲湿的杏花雨时,走在河边,享受着拂面不冷的杨柳风,那种静静的惬意,现在很难寻觅了。二头挑水时,也会用柳枝编个草帽戴在头上,嘴里哼着曲子,心里想着一种秘密,情致自然好了。北岸之所以植柳,主要是看中了柳树实用价值。柳树木质绵软,生长快,长大了用树身做盖房子的椽子。树身不直的,用来做案板等,树根锯好用来做毛窝子的鞋底,松软轻巧。过了清明不久,河南岸的槐树就开花了,岸边槐花簇簇,花香袭人。这时两岸人家都会到这儿采摘槐花，那可是最美最绿色最安全的菜肴。二头也会从远处的木桥上绕到南岸，采摘槐花，做出可口的饭菜。会把吃不完的新鲜槐花用热水烫了晒干，到冬天作为一样菜。待到槐花全开了，整个南岸，繁花似锦，绵延数里，那种景象，会让人有天上人间的感觉。槐花期过后，雨打风吹，地上铺满了厚厚的槐花，走在上面，踩着软软的，犹如花海漫步。这时二头会来扫槐花拉到家存起来，到冬天用来喂羊。河南岸栽植槐树，也是考虑了槐树的价值。槐树生长慢，木质硬，适合用来做家具、农具等，尤其是平板车和家具的主框架，用槐木做出来扎实耐用。

虽然两岸的村庄只隔一条河，但只在很远的地方有架木桥，因此两岸村庄交往并不多。河边有位老汉用一条旧船摆渡，一次5分钱，一般没有急事，人们大都不去乘坐。二头家在北岸的娥墓崮，与南岸的槐树村相对，所以每天到河里挑水时，二头都能看到槐树村的炊烟，有时还会看到在树林里练拳的小伙子。这时候二头就会坐在扁担上，手托两腮往南岸瞅很长时间。练拳的小伙子看到了，便用手卷成喇叭状，向二头喊叫几声，二头就甩甩长辫子，挑着水回家了。到家或者做饭，或者收拾家务，有时会发发呆。那时二头已经十七八岁，也有了自己的心思。每天早晨，她挑着水桶早早地到河边，坐在扁担上看对岸练拳的男孩。有一个夏天的早晨，二头正坐在那儿发呆，对面练拳的一个男孩居然从河里游了过来，二头慌忙挑起水就走，那男孩在后面喊："哎，你怎么走了，告诉我你叫什么名字，我姑姑家就在你们庄上呢。"二头听到后，稍微停了一下，还是匆匆地挑水走了。之后的几天里，二头挑水就不去那么早了。

又有那么一天，练拳的男孩到姑姑家来走亲戚，姑姑让他去买豆腐，结果他在二头家里遇到了二头，就和二头搭讪，二头羞怯地与他说了几句，并说喜欢看他练武术。彼此说一会儿话，也算认识了。当第二天男孩练完拳再游过来时，二头就不害怕了，开始大胆地和他聊东聊西。男孩就告诉二头什么时候哪个村子里放电影，哪个村子什么时候唱大戏。有时，男孩会对二头讲他村子里的新鲜事。时间久了，二头也喜欢上了这男孩，一次男孩说要娶二头，二头就红着脸说你去找媒人啊。男孩回去后便托姑姑给他做媒，二头的父亲一口回绝了。男孩的姑姑又去了几次，二头的父亲都没有答应。原来，二头的哥哥有点跛，早已到了提亲的年龄，因为他有缺陷，并且家穷，再加上从小没有了娘，自然很难娶上媳妇。二头父亲早就动了念头，万不得已，就让二头通过换亲的方式给她哥哥换个媳妇。

不管二头是否愿意，最后的结果还是二头用她的美貌给哥哥换来了媳妇，她也就有了嫂子，她父亲也就了却了心病，单纯俊俏的二头通过"三转"嫁到了我们村子里，嫁给了一个比她大近10岁的光棍汉子。就这样，二头还没有来得及细想的心思消失了，还没有开始的爱情夭折了，她的苦难也就此开始。二头嫁过来时全村人都去看新媳妇，记得她穿着紧身红袄，低着头，粗粗的辫子，长长的睫毛，鹅蛋脸，全村人都在心里说她嫁过来就是鲜花插到了牛粪里，太可惜了，全村的青年男子都羡慕得彻夜难眠，闹洞房一直闹到凌晨。

二头在父亲家时，虽然清苦，但没有受过什么气，没有经过什么事，嫁给了这个男人后，就算进了炼狱。男人的粗暴与野蛮，家庭生活的艰苦，田地劳作的繁重，不到半年，二头就已花容失色，只剩下两只迷人的眼睛还熠熠生辉，但明显没有了初嫁时的妩媚与娇羞了。

一年后，二头生下了大女儿，取名"藏"，带有明显的重男轻女的封建迷信印记。当时农村里执守着"不孝有三，无后为大"的封建思想，媳妇们不生儿子就低人一等，二头因此遭到了家人的白眼。她白天干活，操持家务，晚上回来喂猪喂羊，奶孩子，等孩子睡着了，丈夫又要来折磨她。她有时实在受不了，便哭着回娘家去，有时会到母亲坟上哭诉半响。每次回娘家，还得看嫂子的脸色。有一次二头实在不想再与这个男人过下去了，闹得厉害。因为是三家换亲，她一闹，她嫂子就与她哥闹，二头的父亲与哥哥或者训斥她或者劝她好好地过下去，说将来孩子大了日子就好了。这种哭着回娘家无奈回来的情况重复几次后，二头除了上坟，也就很少回娘家了。又过了两年，二头生下了二女儿，取名叫"躲"。这让脾气粗暴的男人更加恼怒，便三天两头地喝醉酒，醉了就骂二头。骂二头无能，说别家的女人能生儿子，你咋长的，只会生闺女。说到来气了，拽过二头来就打。开始时二头还与他争打，结果被打得更厉害。后来，二头就任他打骂了。经常是第二天早上二头眼角青紫着出去干活。

虽然受到劳累与折磨，二头毕竟还不到30岁，依然有着少妇的丰腴秀美，仍然招人喜欢。因为家里穷，公公、婆婆、小姑子、小叔子都住在一个院子里的几间平房里。小叔子二十五六岁了，仍没有说上媳妇，与年轻漂亮的嫂子住在一起，难免会起不良之意。有时晚上会偷偷躲在哥哥屋子的窗前偷听，尤其是二头奶孩子时，小叔子会盯着嫂子看。二头很讨厌，一起干活和吃饭时不理会他。一年夏天，小叔子偷看二头换衣服，被二头发现了，出来与他吵起来，结果丈夫回来又把二头打一顿，边打边骂，他奶奶的，又不是黄花闺女，看看你怎么了，连儿子都生不出来，还有脸和我弟弟吵架。哭了一场后，二头有了寻短见的念头，她把绳子拴在梁头上，准备往头上套时，扭脸看到了床上的两个女儿，不由得流下了眼泪，默默地把绳子解了下来。

又过了两年，计划生育政策收紧了，因为超生，二头家被罚得一无所有。当时计生政策执行强硬。"一牵猪，二扒粮，三抓人，四拆房"。二头住的两间土坯房子没有拆的价值，被保留下来了，而房子里除了她结婚陪嫁的桌子柜子外，再没有值钱的东西了。就是在这两间房子里，二头生下了第三个女儿，取名"臭妮"。她没有生出儿子，坐月子时也就没有人照顾，在生孩子两天后，就自己下床洗衣服、做饭和看孩子了。结扎手术后，没有了生儿子的希望，二头的男人醉酒的次数越来越多，打她时手下更没有轻重了，人们从他家经过，经常听到他骂人与打人的声音。

一天早晨从地里干活回来，二头只顾奶孩子，没有来得及做饭，丈夫又找碴把二头打了一顿。那天是星期天，我刚好在家里，目睹了二头丈夫的野蛮、凶狠和无情。打完妻子，他便跑到村头小商店里去赊酒喝了。

二头真的看不到生活的阳光了，真的认为生活没有了奔头，也失去了活着的信心。她散着头发，穿着丈夫殴打她时扯烂的衬衫，抱着1岁的女儿，领着6岁的藏和4岁的躲，来到邻居家里。她扑腾跪倒在邻居家妇女前，磕了三个响头，说："大婶，我走了，把我的三个孩子托付给你，有时间就帮忙给理料着，我不想活了，已经喝下半瓶农药……我来世一定好好报答你。"说完，二头把孩子一放，就往家门口跑。她是个懂事的女人，临走前，她还知道不能死在别人家。

村里人赶紧用平板车拉着二头往镇医院去，就在半路上，二头到达了另一世界，也许那儿是她认为最幸福的地方。

因为住在同一村子，并且两家住得不远，二头的"来"和"走"我都比较清楚，直到现在还难以忘记。

补充的话：二头的故事基本上是真实的，但也有虚构成分，这个故事发生在20世纪80年代初偏僻落后的家乡。创作性地写下来，只是对当时农村历史生态的片段记忆。社会发展了，生产力提高了，生活水平有了很大的改善，人们的思想解放了，重男轻女的理念渐渐淡化。我想二头如果晚出生10多年，悲剧就不会发生了。

黑妮

　　黑妮是我小时候的邻家女孩,现在也40多岁了。不见她已经20多年,上次回家听说她在外地身患重病,天数不多了。她很想再回到老家看看,但身体条件已经不允许,夙愿难成。听到这个消息,我的眼前便浮现了当年与她一起上学、一起下地割草、一起拉耧子的情景,心中自然地有了几分感慨。

　　黑妮上面有两个哥哥两个姐姐,黑妮的父母靠着省吃俭用和日夜辛劳把五个孩子拉扯大很不容易。其实,当年孩子多的家庭大都如此。黑妮是父母年龄很大时才有的女儿,她和她大哥的闺女年龄一般大,小学时也在一个班里上学。村子里和我一样年龄的有7个,我们从小学一年级到五年级都在一个班里,自然有着很多农村孩提的快乐与纯真。我记忆中的黑妮其实并不太黑,倒是那条大辫子又黑又长,垂在腰际下面,还有她的眼睛又黑又大,且明眸善睐,睫毛又黑又长,双眼皮扑闪扑闪的,好像会说话似的。黑妮总是穿着带补丁的衣服,但她的穿着很干净利索。可能是营养不良,也可能是天生如此,黑妮一直瘦瘦的,身材苗条。黑妮的腰特别细特别软,每年暑假我们几个约着一同去地里割草时,她都在田地间的路上给我们表演下腰(就是身体后仰,用手接地),同时还做一些翻跟头等杂技类的动作。有的孩子跟着学,不是失败就是疼得龇牙咧嘴,而这时黑妮会露出很开心的样子。有时玩得疯了,不知不觉一上午过去,简单割点草回家,自然是被家长训斥一顿,说贪玩不正干之类的。在我们村子的外面有一大片苘（qīng）地，是生产队种了秋天用来做苘绳的。有时下午放学后，我们一群同龄孩子就会到苘地里捉迷藏。记得苘的叶子很大很柔，有点像荷叶的样子。在苘地里钻来钻去，苘叶扫过面颊凉凉的，煞是舒服。苘的主干很细很直很高很滑，我们隐藏在里面，感觉很安全。苘不生病虫，我们在苘地里来回钻着、跑着，很是开心。有时累了，坐在苘下乘凉，听着风儿声响。即使下雨了，有雨点砸在苘叶上，只听到啪啪响，地面却仍然不湿，直到雨大了，我们才钻出来急急地跑回家去。有几次，黑妮跟我们一起钻在苘地里玩，同伴们也会找条蚯蚓吓她。现在想想，那种快乐，应该不亚于今天的"网游"吧。

黑妮的两个哥哥结婚后都分家另住，搬到外面去了。当年农村贫穷，男孩多的一结婚就要分家另住。那时候农村分家很有意思的，父母要找两个村里德高望重的老人，让他们看看全家有多少东西，怎么分家合适。如分给孩子多少粮食，多少件生活用具，几头牲畜，等等。另外，分家另住时，父母要把锅碗瓢勺都准备好，还有一些农具。分家后，做父母的再日夜操劳，为下一个儿子结婚做准备。分家另过的儿子，有了家庭有了孩子，开始整日忙于生计。分家另过的人，慢慢地也没有过多的时间和条件来孝敬父母了。黑妮的两个哥哥都结婚分家后，两个姐姐也相继出嫁。父母也老了，平时只有她和年老的父母住在一个破旧的院子里。做饭洗衣服、喂猪喂羊等，所有的事都靠黑妮来做。有时候，我们邀她上学，她就让我们等着她把家里收拾好再走。这自然影响了她的学习，因此她的成绩也不是很好，经常被老师批评和罚站。由于害羞，老师批评她或者罚她抄作业时，她会哭。但到放学的时候，一同走在路上便又恢复那天真无邪的样子了。可能是当时农村的师资不好，也可能是家庭不重视教育的原因吧，反正黑妮的成绩不好，经常在晚上到我家抄我的作业。有时太晚了，我就让她拿回去抄，第二天上学时再给我。黑妮的侄女也和我们一个班，成绩也不太好，她娘俩总是约在一起来我家，一个方桌上、一盏煤油灯、三个孩子一起做作业的情景至今仍然清晰。可能我在学习上对她们有所帮助，黑妮和她侄女对我很好，经常给我带好吃的东西，及至后来我读高中时，黑妮还给我用白线钩了个衣领（当年农村流行用白线和钩针钩领子，这样可以少洗衣服）。当年农村教育资源紧缺，升学考试自然多，五年级升初一要考，初二升初三要考，初三升高中要先预考，通过预考的才能参加中考，高三考大学时先预考，刷掉一大批人，剩下的才能参加高考。就这样一次次地筛选，农村孩子能步入大学的少而又少。黑妮学习很认真，慢慢地成绩上去了，但她在读到初二时突然辍学。我们几个去她家约过她几次，她父母都不让她再接着读下去，坚持几次后，黑妮终于没有再进入校园。当年农村封建思想影响还依然严重。"嫁出的女，泼出的水"，女孩终究是人家的人，家长自然都不愿意在女孩教育上投资，这也是重男轻女的表现吧。也可能是她的父母年纪大了需要照顾，农活和家务都需要有个人。反正自此黑妮与我们分开了，放学的路上少了她的笑声，似乎少了很多快乐。其实，在考初三时，我们7个也只有我勉强考到镇上的中学接着读下去了。

在记忆中，黑妮家院子里有一棵大枣树，结的枣又大又甜又脆又好看。她的父母在枣快红了时，天天坐在院子里看着，防小孩去偷，还要不断撵麻雀。我们有时从她门口经过，看着枣儿一天天变大，变得红红的亮亮的，眼馋嘴馋。每逢刮风下雨，地上便会落下早熟的枣，黑妮的母亲便让她都拾起来放好，这时候黑妮就会找机会悄悄地送给我一些。

初二辍学后，黑妮就在家参加干农活了，慢慢地见到她的时候也少了。改革开放后，农村分田到户，体力活多，而农村生产力非常落后。犁地用牛，耩用马，割麦用镰，运输用平板车，时间持续了很多年。由于牲口不够或者难以借到，有时耩麦子时还需要用人拉耩子。而拉耩子需要人多，中间还不能停，要一气拉到地头。每到种麦子时，便几家联合，年轻的半劳力一起拉耩子。因为黑妮家与我家是邻居，经常在一起劳动。当年农村比城市多了麦忙假和秋忙假两个假期，我在秋忙假回家帮忙时曾经和黑妮一起拉过耩子。黑妮的大哥腰间别着旱烟袋在后面摇耧的镜头依稀在心。我在镇上读高中时，遇到过黑妮赶集，用小竹篮子挎着红红的脆灵枣，上面用毛巾盖着，到集上去卖。当时她还专门给我捧了很多，我分给班里的同学吃，多年后他们还记得那种枣的甜和脆。

当年农村没有电视，一两个月才能看一场电影，黑妮在家除了干活，喂养牲畜，就是侍候父母，两个哥哥也不问事。到了十七八岁时，虽然农村生活条件不好，但黑妮却出落得越发漂亮了。辫子依然黝黑发亮，依然垂到腰际，穿着凸显身材的衣服，浑身透出了青春与活力。虽然农村穷，但遮不住花儿开放。

"哪个少女不怀春，哪个少年不多情。"黑妮大了，有了自己的怀想。尽管平时忙着干活，忙于家务，但有时看到结婚和出嫁的，回到家里她也会辗转反侧。有一次，黑妮去另一个村子的代销店买东西，拿着一张10元的钞票，但不知道怎么回事，等到地方时，居然找不到了，她吓得哭着来回找了好几遍，都没有找到。在20世纪80年代，10元的分量是很重的，如果被脾气暴躁的父亲知道了，一顿打骂肯定少不了。黑妮只好给代销店的年轻人商量，先把生活用品赊来，记上账，以后再还。

黑妮给他商量了很久，他才答应赊给她，并且让她签字记账。黑妮到家后没敢告诉父母丢钱的事，想着什么时候还上就算过去了。后来，黑妮遇到那个人，说等等借钱还给他，他说，不用了，你父母那么大岁数了，挣钱也不容易，你是把钱丢了，又不是乱花的。他的话让黑妮很感动。没有事时黑妮便和同伴们一起去代销店玩。后来代销店有了村子里第一台黑白电视机，每到晚上，那年轻人便把电视机搬到门外面，人们如同看电影一样聚在代销店门口。百多个人盯着14寸的屏幕，虽然远远地看去如同看连环画一样，但人们一样看得津津有味。这时候，那年轻人在商店里守着，等着人们来买烟赊酒。黑妮有时会到店里和那年轻人说说话，有时黑妮被他逗得咯咯笑。也许是黑妮到了情窦初开的年龄，也许是因为她的感情生活过于枯燥，反正是时间久了，两人竟产生了感情。一天晚上，人们正看着电视，突降大雨，大家都纷纷跑回家，黑妮到代销店躲雨，想等等雨停了再走，结果雨越下越大，黑妮就住在了代销店……

当雨停黑妮回到家时，父母已经入睡。她躺在床上悄悄地回忆着发生的一切，有恐惧、有激动、有担心、有快乐。此后，他们经常约会，在店里，在田野，终于有一天，黑妮发现自己怀孕了。当年，未婚而孕是大忌，是十分丢人的事。当她的衣服遮不住身体的时候，她的父母知道了，父亲气得大病一场，母亲在晚上对她又打又骂。可"家丑不可外扬"，最后是大嫂用平板车把她从医院拉回来的。这些故事发生时我已经考学离开家乡，是在假期回来时遇到了黑妮。我看到她体形有了变化，神情也不似过去天真可爱，一问村子的儿时伙伴，才知道发生了这么多事。

这事如果发生在今天，一切都见怪不怪，而在当年这是很让人抬不起头的。最后，黑妮的父母托村子里在南方当兵的人给黑妮找个外地婆家。没有举行什么婚礼，也没有声张，黑妮就打个包袱，跟着去了南方。走了后，黑妮便很少回来，再后来时有了两个孩子，就更少与家里联系了。"天下父母爱小儿"，生气归生气，黑妮真的走了，她的母亲很想她，后悔不该一时犯糊涂把女儿送到了外地，每次逢年过节，她想起女儿来经常以泪洗面。黑妮在家时，知冷知热，给父母端茶倒水，加饭添衣，黑妮走了，两个老人更加凄凉。儿子们都有自己的孩子自己的事，再加上婆媳不和是农村铁一样的规律，哪会侍候老人那么周到。黑妮的父亲病重时，她正怀着第二个孩子，自然不能前来送终，母亲去世时她来了，哭得晕过去几次。

在40多岁时，黑妮病了，身心俱悴，她很渴望能再回来看看那个生活了十多年的老院子，看看曾经一起捉过迷藏的同龄人，看看曾经劳作过的北方黄土地，但这对她是一种奢望，也可能是来生的事了。

邻家小青

今年的清明前，回了趟老家，给父母上坟之后，去老院子看看，院子已经空了，已经静了，已经荒了，只有那棵和我同龄的40多岁的老枣树孤独地立在那儿，守望着曾经的风风雨雨。院子里的草儿已经悄然吐青，而那棵枣树却没有任何季节的呼唤。实际上，也只有它记得近半个世纪的沧桑。我家的老院子空了，邻居家院子也空了，整个村子都快空了，走过整个村庄也没有遇到几个人。

正思忖间，忽然耳边有声音响起，"是二哥回来了吗？来给大娘烧纸呢？"扭头一看，一时没有认出来。那年轻姑娘便说："不认识了？我是小青。"我一下子反应过来，是邻居家女孩小青。实际上，我已经有几年没有见过她。我们两家虽然不是同姓，但我的父母与她的奶奶爷爷却是几十年的邻居。记得小时候，农村多没有院墙，一天三顿饭，也多是端着碗聚在一起边说话边吃，大多数情况下是小青的奶奶爷爷端着碗到我们家来，或倚在院子里的树上，或找个地方坐下，或者干脆就蹲在地上，吃完后还要聊一会儿。因为我们两家人口都差不多，贫穷的程度也大致相同。小青的叔比我大两岁，但经常在一起玩。有时夏天了，我晚上会到他家的杏林里与小青的叔一起看杏，在大杏树下睡觉。那时候小青的父亲还没有结婚。小青的父亲在家是老大，与我们有年龄差距，虽然是邻居，大抵和我说话的时候也不多。

那时的农村，都特别穷，而人口多的，日子则会过得更加艰难。对于儿子多的人家，儿子的婚事是父母时时的惆怅。眼看着儿子一个个长成了"大笑话子（地方方言，就是说个子高了），媒人也不见一个"，小青的奶奶硬硬地愁出了病来。她躺在病床上流着泪说很想看到一个儿媳进门，这样死也闭眼了。无奈之下，小青的姑姑答应自己给大哥换个媳妇。当年农村兄弟姐妹多而又难找媳妇的，做父母的经常采用"三转"的"换亲"的方法给儿子娶个媳妇。这需要媒人多方协调。有的媒人协调能力很强，听说"换亲"的最高纪录竟然是九家联合，相互换亲。小青的妈妈就是这样嫁给小青的爸爸的。仔细一看，小青是集中了她爸爸妈妈的优点，20多一点，出落得如桃花一样。

其实，关于小青家和小青的故事，都是以前回家时听别人告诉我的，就是现在写下来，也许是个大概，也许有点断章取义，但小青的故事里所反映的内容却是社会现象的缩影。

小青的姑姑嫁给了一个"点脚"的男人，于是小青的父亲才娶了个漂亮的女人。那时的农村，多是为了生活，多是为了传宗接代，他们哪有什么浪漫与爱情，只知道长得丑与俊，贫与富。只知道吃饱肚子就行，能生孩子就好。《骆驼祥子》中有这样一句话，"爱与不爱，穷人只在金钱上来决定，情种，只生在大富之家。"记得别人夸小青的妈妈长得俊时，小青的爸爸就会瓮声瓮气地说一句"俊也不能当饭吃"。在小青的妈妈嫁过来的第二个月，小青的奶奶就去世了。临去世时，手里攥着半块馒头，大概是怕在另一个世界也挨饿吧。

一个年轻女人与几个男人生活在一个院子毕竟不方便，小青的爷爷与别人家换宅子，在村后盖了三间腰子墙（一半砖墙一半土墙）瓦间边（一半瓦一半麦秸封顶）的房子，就算分家另过了。因为我上学不经常回家，再加上住得远了，就很少见到小青一家人。小青的父亲老实，不会说话，属于"憨忠厚而没有用的男人"，有了两个孩子后，日子更加地紧了，两口子打架是经常的事，而小青的母亲受了委屈，喜欢到我母亲这儿来诉苦，因此也多少知道了她家的一些事。小青的母亲长得好看，惹得村子里的光棍汉子猴急，农闲时就会到小青家里玩，与小青的妈妈开开玩笑，说些讨便宜的话，有时趁机半真半假地摸上一把。特别是小青的妈妈给孩子喂奶时，这些男人们就饱了眼福。后来，小青的妈妈还真与一个光棍好上了，不知道怎么结束的，只是听说一次让小青的爸爸抓到了，闹得很厉害。

因为家里实在太穷，小青在小学六年级就辍学了，在家帮着妈妈喂猪，放羊，做饭。那时候因为吃得不好，见到的小青，除了皮肤白，大眼睛、双眼皮外，穿着不可体的衣服，就是一个瘦瘦的黄毛丫头。在农村几年时间里，她经常看到的是父母的吵闹，是父亲与兄弟间的不和，是父亲天不明就推着货郎车子，摇着拨浪鼓出去，天黑很长时间才疲惫回家的镜头。小青很渴望能为父亲分担些辛苦，但她才是个十几岁的孩子，没有知识，没有技能，没有力气，也只能陪着母亲流泪，只能多帮着做点家务，带好弟弟，为父母腾出时间干农活，有时就到地里送饭。

后来，农村流行起了到南方打工，尤其是女孩子，到苏、锡、常的一些服装厂、电子厂和鞋厂当工人。在一个春节后的一天凌晨，小青偷偷地跟着村子里的姑娘跑到了南方。到了地方才写信告诉家里，她说她要好好干，多挣钱，让父亲不再劳苦，让妈妈不再流泪，让家庭不再被人瞧不起，让弟弟好好上学，让家里翻盖房子……其实，能做到这些是何等的艰难。当年刚出去打工时，辛辛苦苦一个月也就几百元钱，这让小青很满足了。留好自己用的后，就悉数寄回了家。随着物价上涨，随着家庭开支增大，随着父亲看病用钱，小青一年挣下的几千元钱根本不够，她感觉到与刚出来时的梦想越来越远了。

小青换了几个地方，都没有改变自己的境遇。后来，听了室友的闲谈，动了念头。她把当月的工资都用来买新衣服，又把自己的长发烫成了波浪，去洗发屋学习美发美容。俗话说女大十八变，小青本来就长得漂亮，稍作打扮后，更是姿色迷人，初学美发，便得到了女老板的赏识。人的欲望大门一旦打开，再想关闭就很难了，小青对于金钱的渴望让她放弃了自己的底线，同时，她也发现了自己的"资本"。随着钱包的饱胀，她的思想也就更加开放，慢慢地，她发现南方的钱好"挣"，发现男人的钱更好"挣"。到后来，她不再学习美容美发，直接去了洗浴中心。思想"解放"后的小青几乎"一夜而富"，她感觉离梦越来越近了，而她的家庭也因为她发生着很大的变化。小青的父亲不再起早贪黑地推着货郎车逛乡串街，她的妈妈脸上也露出难得的笑容，到我家串门时，多是和母亲讲女儿怎么孝敬她，讲家里打算在出春就翻盖房子，还说想盖两层的小楼。她说的这些，后来真的都实现了，就连小青的弟弟上大学，都不用为学费发愁。

母亲在世时，我回家过春节曾见过小青一次，穿着时尚而恰当，并没有化妆，也没有涂口红和画眉，就是那种"浓妆淡抹总相宜"的自然美。也许是年龄差距吧，再加上不常见，遇到了羞答答地招呼一声，便匆匆地过去了。听村子里的人讲，小青是被一个大老板"包"下来的。那时候"小三""包养""第三者"等名词还很少出现，小青大概已经付诸实践了吧。可是，想想看看，小青错了吗？错在了哪儿？她让父母不再为没有钱而发愁，她供养弟弟在大学里安心地读书，她用自己的收入为家里盖上了两层小楼……

这次见到小青，虽然20多岁了，看上去仍然是那个甜甜的女孩。她的明天在哪儿，她不知道，可能也不想知道。

后记：写不尽的家乡事

"为什么我的眼里常含泪水？因为我对这土地爱得深沉……"艾青的诗句表达了诗人的爱国之情，同时也可以用来表达众多离开家乡的游子们对故乡的热爱和眷恋。我真正离开家乡时已经30岁，生活在家乡的日子让我生出了对故乡的依恋与怀念。曾经住过的老房子，曾经走过的小石桥，曾经劳作过的黄土地，曾经爬上去捉小鸟的大杨树，曾经和伙伴们一同上学的乡间小路……那么多的"曾经"在我心里结成了散不去的心绪，让我很多次想回老家去看看。只可惜每次回去，都是匆匆太匆匆，或者被同学约去，或者到亲戚那儿，很少能静静地在老家院子里待一会儿，在院前的树林里寻找童年的足迹。及至父母不在了，老屋坍塌了，院子荒芜了，很少有机会再回老家了，于是一些过去的美好和记忆都化作了梦里的一抹云，看得见，却摸不着。

在家乡生活的30年时间里，经历了"文革"末期的风云变幻，经历了计划经济向市场经济的过渡，经历了大家庭从目不识丁到兄弟姐妹相继入学的进步，经历了农村手工劳动向半机械化的跨越，经历了农村生活水平的提高和人们精神生活的丰富……在这一时期，我目睹了农村风土人情的变化，目睹了村人演绎的或感人或悲怆的故事，目睹了一些家庭的生死离别和喜怒哀乐……生于斯，长于斯，我参加过农村的各种劳动，见证过农村的婚丧嫁娶，体验过"汗滴禾下土"的辛苦，经历过"三更灯火五更鸡"的苦读，感受过家乡人的纯朴敦厚，品味过农村的酸甜苦辣……所以，我

227

对家乡有着深深的怀念，也有着很多的记忆。我的童年、我的青少年与这块土地紧密相连，儿时的伙伴或远去他乡，或嫁人成家，今日再见到，心理上的距离已成深壑。曾经一同生活的兄弟姐妹，或出嫁离开，或求学定居外地，一生含辛茹苦的父母，也已长眠于"日出而作"的黄土地里了。村里的乡亲们，年长者一个个远去，或带着一种遗憾，或带着一种牵挂，或带着一种未来得及表达的想法。随着岁月悄悄流淌，一些人淡出了人们的生活，淡出了人们的语境，淡出了人们的记忆。

我生活和工作过的乡镇很有历史底蕴，汉高祖刘邦曾出生在丰县，刘邦的曾祖父刘清却埋葬在这个乡镇。我读小学时母校所在的村子也有名气，白居易的诗中描述的朱陈村就是这儿，男耕女织，"不知有汉"的田园生活一直是家乡人神往的梦境。但说起我生活过的村庄，却如同沙漠中的一粒沙子，没有特别之处，没有可圈可点的地方。这里的人们，世世代代忙着生，忙着死，一辈辈人烟、一桩桩往事，如同河流之水，无声无息地流向大海，不见了踪迹。我曾经对我生活多年的村庄做过思考，也一点一滴地记下了几十年人们的足迹和具有代表性的故事。

国家有史，地方有志，家族有谱，这是人们的精神之本，心灵之根，而一个村庄也应该有自己的记录和沉淀。周庄、乌镇、西塘等村镇因文化出名、因名人而显，因历史而存。我家住的这个村庄，也应该有着属于自己的文明和故事，也应当有着让后人记住的乡愁。

从我记事起，以农耕为主的村子里很少有人读书求学，更很少有人走进城市。人们接受教育的主要途径便是口口相传的家规和各种民间曲艺，乡风家风中既有传统文化中的仁义礼智信等精华，也有"三纲五常""男尊女卑"等糟粕，物化到人们的生活中，自然会演绎出各种各样的故事来。抚今追昔，我越来越感激我的父母，在生活那么困难的时期，在子女那么多的情况下，老人能节衣缩食供养我们几个上学，让我们一个个走出来。记得父亲经常说也只会说的一句话："只要好好上学，就不缺你们的纸和笔。"我是我们家也是我们村第一个通过考学走出来的，也就成了我们村第一个"吃计划"的，自然成了村里的"文化人"。本着儿时的梦想，本着对家乡的热爱，本着"生活是创作的源泉""文学即人学"等原理，工作读书之余，坚持写日记，坚持记下灵感，记下家乡的风土人情，记下家乡的人情世故，记下村里的春夏秋冬，记下村里值得留存的文明。我尝试着从日记中撷取一些素材，匆匆成文，间或地发表了带着家乡味道、带着乡土气息的文章。把这些文章编辑成册，或许是对家乡的记忆了。

这本书的内容是记录家乡的人和事，有纪实部分，也有虚构情节，啮合了"源于生活高于生活"的创作法则。鉴于有家乡纪实的成分，便删减了文中的一些故事情节，避免人们"对号入座"。

"乡间音韵"主要选取了我在老家工作和学习历程中几个难忘的镜头，有对我影响至深的恩师，有让我认识到学习重要、给我动力的同学，有自己努力的拼搏的足迹，有我当年对教育的执着和努力。这些文章的主旨是引人向学向上，做到学而优则……尤其是《以读书的方式走来》这篇文章，记录了个人用读书学习的方式提高自己、改变自己的过程。出生在20世纪60年代中期的人，都经历过生活的艰苦，坎坷的砥砺。通过读书走出来的每个人，都说不尽"十年寒窗"的往事。对于贫苦家庭的孩子来说，走出农村，走进城市，真的可以用"蜀道难，难于上青天"来形容。而当年农村的孩子，要想改变自己的命运，也只有通过读书求学。现在有些人的价值取向发生改变，流行着不读书仍然可以致富的想法，"读书无用论"的思想蛊惑着一部分人。实际上，综观历史，"忠厚传家远，诗书济世长"仍然是真正的人生准则。长远看，选择读书，就是选择了幸福之路。

"梦回故乡"是家乡地理，也可以说是我的"人生地理"。这一部分所记录的几个地方，都对我的世界观、价值观产生了深远影响，让我不能忘却，催我不断奋进。我工作生活过的乡镇，有着丰厚的文化积淀，承载着很多同学老师的记忆，我用繁文缛节记录下那个乡镇街道的"清明上河图"，曾引起了很多同学、校友、老师、同事和学生们的反响，他们分别在文中寻找属于自己的"人生地理"。文中的叙述，是两代人的记忆，是他们心中浓得化不开的情结。实际上，文中所描述的景象，多数已不复存在，即如人生飘过的足迹和风景一样。这几篇文章，除了画像式地记录外，更多地给人以家乡的诗意存在。

"乡风民俗"部分书写了家乡曾经的和现在部分地存在着或者发生变

化了的风土人情及文化符号，也可以称其为村里先辈们劳动智慧的结晶和文明遗存。农耕文化的记录、建筑风格的回忆、传统节日的叙述、农村商贩的描写……"窥一斑而知全貌"，读了这些文章，对于苏、鲁、豫、皖四省交界处农村几十年经济、文化、风俗等发展变化都有了大致了解。一些文章还原了农村当年的生活画卷，探寻了日渐式微的部分非物质文化遗产……文中展现的是故乡文明里的美好成分，是家乡乡村文明的回忆和记录。要走向未来，不能忘记过去，书中选录的文章透视着家乡的昨天、今天和明天。

"乡里乡亲"记录了我比较熟悉的家乡有故事性的代表人物，他们身上或凝聚着家乡人显著的性格特点，或体现了当年农村人的文化心态，或代表了农村过去和现在的生存状况，或反映了他们的心理变化与精神方面的某种缺失。《邮递员老丁》中老丁对我的鼓励让我难忘，也给封闭农村带来了外面的诱人气息；《黑妮》中主人的悲剧表达了她当年精神生活的匮乏和对爱情的大胆追求，同时也诉说着她对人生命运的无助；《二头》中二头的故事带着时代悲剧的符号，重男轻女思想对人的戕害，大男子主义的愚昧，以及农村妇女逆来顺受的软弱等；《三光棍》中的兆和，内心有着属于自己的守望，有着农村人的敦厚善良；《羊倌吴》更多地诉说了改革开放后农村留守老人的孤独与寂寞，也暗示了空心村的凄凉与空荒；《道听老王》叙说着两岸的故事和三个时期的历史发展，一定还有很多无法续写的故事；《邻家小青》中的小青，不是悲剧也不是喜剧，是说不清楚的一种生存状态，只能带给读者一种猜想，一种思考……

上面说过，这本书是从我的日记中和已经发表的文章中选择出来，围绕乡土题材编辑而成，既是家乡某一方面某一情景的记述，又是个人农村经历及在农村生活、学习、工作的回忆。鉴于文学素养所限，文章在艺术性、文化性、时代性等方面还存在着很大不足。文章里只是记下了家乡的些许民俗风情，记下了家乡个别人的故事，希望读者能从中读出淡淡的忧伤和文章深处蕴含着的那种向上的力量。

2017年8月26日于徐州云龙湖畔